薬屋の魔女は押しかけ婿から逃れられない！

登場人物紹介
エルダー
金色の毛並みを持つ人狼。
フィオナの婿になるべくはるばる
魔法薬店までやってきた。
彼女と結婚するため、
日夜身体を張っている。
フィオナ
ダンジョンの地下で魔法薬店を
営む魔女。明るく素直な性格で、
高い魔力を保持している。
体質上、陽射しにあたることができず、
外の世界に憧れを持つ。

ドッフェル
フィオナと
昔なじみのドワーフ。
ダンジョンの地下31階に
住んでいて
定期的にフィオナの
もとを訪れる。
セオドア＆リーザ
フィオナの両親。
各地のダンジョンをまわっていて、
その途中、エルダーの村の
危機を救った。
ロクサーヌ
非常に優秀な
魔法使い。
エルダーが好きで、
フィオナを
目の敵《かたき》にしている。
マギス＆ジル
優しい魔法使いと
その相棒の狼。
フィオナの店の常連客。

プロローグ

「凄く素敵！　エルダーってセンス良いのね」

小さな魔法薬店のカウンター内で、フィオナは陳列棚を見上げながら、感嘆の息を吐いた。

彼女の目線の先にある、がっしりした大きな木製の棚。そこに並ぶのは、全て魔法薬だ。色とりどりの液体が入った小瓶、粉薬の包みや丸薬を詰めた大瓶が、魔法の灯火を反射して光っている。

先ほどまで、この棚は野暮《やぼ》ったい雰囲気があった。ところがエルダーが少し瓶の配置を変え、棚に敷いた布の色を統一しただけで、ぐっと小洒落《こじゃれ》た様子になったのだ。

「フィオナが満足してくれたなら、何よりだ」

傍《かたわ》らに立つ人狼の青年――エルダーがこちらを向いて微笑む。

十八歳のフィオナより二つ年上の彼は、一見、落ち着き払っているが、賞賛されたことはまんざらでもないようだ。その証拠に、金色の尾がパタパタ揺れて、髪の合間から覗《のぞ》く狼耳もピクピクと動いている。

「エルダーが帰ってしまう前に、こういう技術も習っておきたいわ」

フィオナがそんなことを言った途端、彼が期待に満ちた目をした。

「婿《むこ》にすると言ってくれれば、俺はずっとここにいるぞ」

「え、それは……あっ、調合室に戻らなきゃ！」

フィオナはやや顔を引きつらせて話題を強引に打ち切り、店の奥の調合室へ一目散に駆け戻る。

そして、閉めた扉の内側に背を預け、ドキドキする胸を両手で押さえた。

まったく。エルダーがここにきたのは義務を果たすためだけのくせに。一年後には故郷へ帰った方が、彼だって幸せなのに。

しれっと今みたいな台詞《せりふ》を言うから、困ったものだ。

ドギマギしてしまうこちらの身にもなって欲しいと、溜息《ためいき》を吐いた。

――ダンジョンの奥で魔法薬店を営《いとな》むフィオナのもとに、押しかけ婿《むこ》志望の人狼がやってきたのは、少し前の話になる……。

一　青銀の魔女と押しかけ婿《むこ》志望の人狼

石造りの階層が何百階も続く地下迷宮。魔物が蠢《うごめ》く広い内部には、あちらこちらに下の階へと繋《つな》がる階段がある。

いつしか『ダンジョン』と呼ばれるようになったこの不可思議な迷宮を、誰が何のために、どうやって造りあげたのかは一切解らない。

ダンジョン内の光景は灰色の敷石《しきいし》の道に、同じ石材からできた階段が殆《ほとん》どだが、青空が見える空間や草木が生《お》い茂《しげ》る地など、不思議な場所もある。清らかな水が無限に湧く水盤が所々に存在し、栄養価の高い実のなる灌木《かんぼく》も、時おり壁の隙間から生《は》えていた。

そうした冒険者を生かす配慮もある反面で、特定の敷石《しきいし》を踏むと無数の槍が突き出てくる壁や落とし穴など、容赦《ようしゃ》なく命を奪《うば》う罠もある。

とにかく、こうしたダンジョンは世界各地に点在し、その存在理由を解き明かした者も、最奥へ辿《たど》り着いた者も皆無だ。

基本的に下の階層に行くほど生息する魔物は強くなり、仕掛けられている罠も巧みで危険になっていく。昔結成された大国の調査団は、途中で全滅したという。

そこで大抵の国はダンジョンを国有地と定めつつ、自己責任であれば内部の探索とそこにいる魔物の狩りを許可するようになった。

勿論《もちろん》、国の利益とするためだ。

魔物は地上にも生息しているが、一方でダンジョンにしか生息しない魔物も多く、中には高く売れる種もある。魔物狩りで生計を立てる冒険者は、より良い獲物を求めてダンジョンへ赴《おもむ》いた。

また、ダンジョンという謎の存在に惹《ひ》かれ、危険を承知でその深遠《しんえん》に挑《いど》みたがる者も絶えない。

そのため陽の光の差し込まぬ暗闇だったダンジョンの通路には、冒険者が根気よく撒《ま》いて歩いた光苔《ひかりごけ》が繁殖《はんしょく》し、段々とランプや松明《たいまつ》なしに歩ける場所が増えていった。

魔物の習性や繁殖《はんしょく》状況、罠の有無などは、冒険者の話を聞けば、国が探索せずとも情報を入手できた。

巨大なダンジョンには大勢の冒険者が集まるので、彼らを相手にする商売で近くの街が栄えるといった経済効果もある。

そして冒険者を相手にする商売が行える場所は、地上だけとは限らなかった。


カザリスという辺境の街の傍《そば》に存在するダンジョン。そこの地下十五階の片隅《すみ》に、古びた木造の建物がある。

『銀鈴堂《ぎんりんどう》』という看板を掲げた小さなその建物は、ずっと昔からここにある老舗《しにせ》の魔法薬店だ。

地下迷宮では緊急時に必要な品を買える店や、安全対策完備の休憩所に、大変需要がある。

また、出入りする冒険者が多いところでは、魔法浄化槽つきの手洗い所が設置されていなければ、目も当てられぬ衛生状況になる。疫病《えきびょう》の蔓延《まんえん》にも繋《つな》がりかねない。

そこで国は、通行の妨《さまた》げにならぬ場所であることなどの条件つきでダンジョンの敷地を民間へ売り、商売をすることを許可しているのだ。

『銀鈴堂』もその一つで、通路に面したところにカウンターを設置し、薬を販売している。

カウンター内部には多種の魔法薬を並べた棚があり、天井から下がる花の形をしたランプから柔《やわ》らかな白い光が輝く。その奥の居住空間は暖簾《のれん》で目隠しがされていた。

「あふ……」

年季の入っている飴《あめ》色の分厚いカウンターをつやつやになるまで磨《みが》いていた、十八歳の少女店主――フィオナは堪《こら》えきれずに大欠伸《おおあくび》を漏《も》らした。

その装《よそお》いはブラウスとスカートに清潔な白いエプロンと、どこにでもいる平凡な町娘のようだ。

ただし、一本の三つ編みにした腰まである髪の色――青銀《あおぎん》の髪は、滅多に見かけない。

この髪色こそ、フィオナが地下深くで一人魔法薬店を営《いとな》んでいる最大の理由である。

青銀の髪を持って生まれる人間はこの世界にごくごくまれにいて、彼女たちは概して非常に強い魔力を宿しているため、『青銀の魔女』と呼ばれる。

そして青銀の魔女は例外なく、陽の光で衰弱《すいじゃく》する体質だった。

少し陽射しにあたるだけで体調を崩し、長時間晒《さら》され続けると、最悪、死に至る。

ただ、そうした点を除けば、青銀の魔女はごく普通の人間の女性と変わらない。当たり前のように歳をとり、子孫を残すこともできた。

ちなみに青銀の魔女が娘を産んでも青銀の魔女が生まれるとは限らない。

しかし、親族や祖先に青銀の魔女がいれば、何代か経《へ》て青銀の魔女が生まれることもあった。大勢の姉妹の中で、一人だけ青銀の魔女が生まれることもある。

例えば、フィオナの母は青銀の魔女である母親から生まれ、青銀の魔女であるフィオナを産んだが、自身は魔力を持たない人間である。

フィオナの両親は各地のダンジョンをまわる旅暮らしをしているので、陽に当たれぬ娘を連れ歩くのは難しかった。よってフィオナは青銀の魔女だった祖母に引き取られ、殆《ほとん》ど地上に出ることなくこのダンジョンの地下で育ったのだ。

陽の光をまるで浴びない肌は真っ白く滑《なめ》らかで、あどけなさを残した顔だちは可愛らしい。ただ現在、長い睫毛《まつげ》に縁《ふち》取られた青い目は寝不足で充血し、顔色もやや悪かった。

フィオナが眠気を払うべく頬を叩いていると、店の壁にかけた鳩時計が九時を知らせる。

地下では昼も夜も解らないが、この地で生活する以上、時間のメリハリは必要だ。

緊急事態を除き、基本的に店の営業時間は朝九時から夕方六時となっている。

「ご先祖様。本日も開店いたします」

フィオナは店のカウンターに向けて祈りを捧《ささ》げ、指を鳴らす。

するとカウンターの上部で、店名が浮彫りされた長方形の看板が薄い青銀に輝き始めた。

フィオナを育て魔法を教えてくれた『銀鈴堂』先代店主の祖母は、一年前に他界している。

あの日。普段と変わらずに魔法薬を作った祖母は、少し疲れたと言って居間の長椅子に横たわり目を瞑《つむ》ると、早くに亡くした夫の名を嬉しそうに呼んだ。そして、『ええ。フィオナはもう立派な店主になれますよ』と呟《つぶや》いたきり、穏《おだ》やかな表情で逝《い》った。

祖父はフィオナが赤子の頃に事故で亡くなったから、直接の思い出はない。

ただ、とても家族思いの優しい人だったと聞いている。そんな祖父が天寿を終えた妻を迎えにきたのだろう。祖母を亡くしたことは寂《さび》しかったが、そう考えると嘆《なげ》き悲しまずにすんだ。

そして生前に祖母から教えられていた通り、店の結界を司《つかさど》るカウンターの裏側に自分の名を刻み、新たな店主となった。

（昨日も殆《ほとん》ど徹夜になっちゃった。お客さんがくるまで仮眠をとろうかな……）

まだ人気《ひとけ》のない静まり返った通路を眺《なが》め、フィオナは眠い目を擦《こす》って考える。

祖母からみっちり教えを受けていたおかげで、なんとか店を切り盛りできているけれど、やはり一人では忙しく、寝不足と過労気味だ。

最近カザリスの街はたいそう景気が良く、このダンジョンを訪れる冒険者も急増したが、それでも常に人通りがあるわけではないのだから、ちょっと休むくらい問題ないだろう。

店は結界で守られているため、店主がカウンター内にいなくとも商品を盗まれる恐れはない。それに、客用に『御用のある方は鳴らしてください』という札の下がった呼び鈴が備えてあるので、客に不自由させることもないはずだ。

奥に引っ込もうとした時、聞き覚えのある男性の声と狼の鳴き声がして、フィオナは足を止めた。

カウンターから身を乗り出すと、ぼんやりと苔《こけ》の光る通路の奥から、白い雄狼を連れた壮年の男性がやってくる。マギスという銀鈴堂の常連客だった。

柔和な顔つきの彼は、濃い茶色の真っ直ぐな長髪を後ろに流し、ひょろりとした体躯《たいく》に古びた濃い紫のローブマントを羽織《はお》っている。腰のベルトにある細長い杖が、彼が魔法使いであることを示していた。

「おはよう、フィオナちゃん」

彼が手を振って挨拶《あいさつ》をすると、白い狼も元気よくひと吠えした。

「マギスさん！　お久しぶりです。ジルも元気そうね！」

たちまち眠気が吹き飛び、フィオナも彼らに手を振り返す。

「驚いたよ。最近のカザリスは活気づいていると聞いてはいたが、ここまでとは。半年ぶりに帰ったらあんまりに賑《にぎ》やかで、間違えて違う街にきてしまったかと思った。なぁ、ジル？」

カウンターの向かいに立ったマギスがおどけた口調で言えば、ジルが同意を示すように「ワォン」と鳴いた。

ジルは生まれて間もない頃に、親とはぐれて死にかけていたところをマギスに保護された。賢《かしこ》く強く成長した今では、果敢《かかん》に魔物に立ち向かう立派なパートナーとなっているらしい。

マギスの場合は狼が相棒だが、大抵の冒険者は複数人でパーティを組む。

なぜなら、魔物の中には、魔法の攻撃しか効かないものもいれば、逆に魔法が一切効かないものもいる。また、一人では多数の魔物に襲《おそ》われた時に逃げきれない。

そのため、リスク回避として様々な分野に特化した者が集まり、パーティを組む。その内情は友情や肉親の絆《きずな》で結ばれた仲だったり、金銭で雇われた関係だったりと様々だ。

パーティの人数が多ければそれだけ戦闘が有利になるが、その反面、困る部分も出てくる。

当然ながら人数に応じて、食費や宿代などの経費がかさみ、成功報酬も一人当たりの分配が減るのだ。苦楽を共にして絆《きずな》を深めると口で言うのは簡単だけれど、現実はそう甘くない。

些細《ささい》な意見や生活習慣の違いから、一緒に行動するうちに小さな不満がつみ上がり、ケンカ別れするパーティも珍しくないという。

マギスも若い頃には複数人でパーティを組んだが、それなりに苦労や揉《も》めごとがあったらしい。

それでも彼は、引退した最後の仲間たちとは理想的な別れ方をして、今でも仲が良いようだ。

半年ほど前、遠方に住む元仲間に子どもの名づけ親を頼まれたからと旅に出ていった。しばらくそちらのダンジョンをまわっていたのだろう、顔を見るのは久しぶりだ。

「新しい街道ができてから、このダンジョンにくる冒険者が急増したので、地下商店街やドワーフ村も大忙しみたいですよ。おかげでうちも大繁盛《はんじょう》です」

フィオナは、寝不足の目を軽く擦《こす》り笑った。

元々、このダンジョンの入り口は険しい山の中腹にあり、昔は入り口まで登るのにも一苦労だった。しかし商業ギルドが神殿へ資金を提供し、地下十階に転移魔法陣を設置したことで、使用料さえ払えば、街から一瞬で移動や大量の物資の持ち込みができるようになったのだ。

その上先日、都とカザリスを繋《つな》ぐ新しい街道ができた。

すると、このダンジョンには一気に人が集まるようになった。

というのも、ここのダンジョンの魔物は比較的倒しやすく、しかもお金になる種類が多い。その上、地下十五階は自然洞窟《どうくつ》と繋《つな》がっていて、そちらにはダンジョンとはまた違う希少な魔物や薬草が豊富にあるのだ。

さらに地下三十一階まで下りると、そこにはドワーフの村がある。

地の精霊の末裔《まつえい》と言われるドワーフは、地上で暮らすことを好まず、地下深くに坑道を掘って氏族ごとに村を作り、ダンジョンの深い階層と繋《つな》げたりして暮らしている。そんな彼らは、非常に手先が器用で鍛冶《かじ》技術に長《た》けていた。

特にこのダンジョンの地下三十一階に居住しているドワーフのルブ族は、見事な宝飾品や武器を作ると有名で、国内外からの注文が昔から絶えなかった。

だから転移魔法陣が設置され、新しい街道ができた今、冒険者たちがこぞって集まり始めたのだ。

それにともない、高価な転移魔法陣でこまめに往復するより、ダンジョン内の宿に長期滞在したいと考えるパーティも増え、地下十階にある商店街もまた順調に繁栄《はんえい》していった。

ちなみにどこのダンジョンにも、魔物が全く生息しない階層がある。

ここでは、五階、十階、フィオナの住む十五階……というように五階ごとの階層がそれにあたるため、冒険者たちも安心して地下商店街に滞在できるのだ。

「地下商店街の宿も満員だったが、ここのドワーフ村の工房も注文待ちの客がぎっしりだろうね。あそこへ最後に行ったのは、もう何年前だったかな。苦労もしたが、良い思い出だよ」

マギスが懐かしそうに目を細め、傍《かたわ》らでじっと彼を見上げているジルの頭を撫《な》でる。

「なかなか楽しい村だったけど、お前と僕だけで訪れるのは、流石《さすが》に無理な場所だからね。よほどのことがなければ、もう行く機会はないだろう」

フィオナは少々もの悲しい気分で、寂《さび》しそうなマギスの横顔を眺《なが》めた。

ダンジョンは、下の階に行くほど魔物が強くなる。地下三十一階までの道のりは相応に厳しく、十分な人数か、少数でも実力を備えたパーティでなければ、とても行き来はできなかった。

しかも、この銀鈴堂がある十五階より奥は、ドワーフ村まで国営施設も民間の店も一切ない。挑戦する冒険者も少ないので、途中でなにかあった時に運よく助けがくる確率も低い。

「……おっと、買い物を忘れるところだった」

顔を上げたマギスが湿《しめ》っぽい空気を振り払うみたいに笑い、カウンターに置いてある品書きを開く。白木の薄い板を帳面のように綴《と》じた品書きには、フィオナが作ることのできる魔法薬、百種以上が効能ごとに書き記されている。

ただ、肝心の材料がなければ魔法薬は作れないし、中には手に入りにくい材料もある。

現在、店の棚に並んでおらず調合室に材料もない薬には、品切れの紙札を貼っていた。

「宿にしばらく空《あ》きがないから、野営の準備を整えようと思ってね。簡易結界紙を五枚と、魔力補充薬を六本もらおうか。あとは、これの買い取りを頼む」

品書きを閉じたマギスが肩かけ鞄《かばん》の蓋《ふた》を開けて魔法薬の空《あ》き瓶を数本、カウンターに置いた。瓶は貴重なので、どこの魔法薬店でも綺麗に洗浄し再利用するために空《あ》き瓶を買い取るのだ。

「かしこまりました」

フィオナは空《あ》き瓶を回収して足元の籠《かご》に入れると、背後の棚から注文された品を取り出した。

マギスは熟練の魔法使いだが、魔力というのは体力と同じで、使えば疲弊《ひへい》するものだ。だが、疲れ切っていようと、魔物は容赦《ようしゃ》なく襲《おそ》いかかってくる。

よって、魔力補充薬は冒険者の魔法使いにとって必需品なのだ。

また、簡易結界紙は、魔力を使わずとも、魔物を近づけない小さな結界を張ることができる。一人と一匹で野営するなら、大量の魔力を消費する広い結界を張るより、小さな簡易結界紙を使って、いざという時のために魔力を温存する方が良い。

注文の品がカウンターに並ぶと、マギスは代金を支払ってそれらを肩かけ鞄《かばん》にしまい、微笑んだ。

「カザリスの街や地下商店街でも、最近やってきたらしい冒険者の間で、この店が話題にあがっていたよ。ダンジョンの奥にあるのに、都の老舗《しにせ》魔法薬店に引けをとらない品揃《ぞろ》えで質は極上。しかも信じられないほど良心的な値だとね」

「そ、そう言ってもらえると……祖母が亡くなった時には一人でやっていけるか不安でしたけど、昔馴染《なじ》みのお客さんが代替わりしても贔屓《ひいき》にしてくださって、本当にありがたいです」

フィオナは頬を掻《か》き、照れ笑いをした。

自分はここ以外の店を見たことがないが、魔法薬は店によって値段も品質も全然違うそうだ。

販売許可を得るにはギルドへ加入する必要があり、ギルドが量や最低限の効能などの規定を設《もう》けているものの、値段は個々の店によって自由に決めて良いことになっている。

例えば肉体治癒《ちゆ》を促《うなが》す回復薬は、地上の街なら一瓶五十リル前後が相場らしい。でも、ダンジョンの奥深くでは材料の仕入れに費用がかかるので、その値段では赤字になってしまう。

こちらも霞《かすみ》を食っては生きていけないので、利益を出すため、銀鈴堂の回復薬は一瓶百リルだ。

その他の魔法薬も同じく、地上に比べると倍程の値段になっている。

それでも『良心的』と言われるのは、危険なダンジョンの深部で、緊急に魔法薬を必要としている冒険者の足元を見る商人もいるせいだった。大怪我をしている時に、流れの行商人から相場の三十倍で回復薬を買わざるをえなかったという話もざらにある。

だから、ダンジョンの十五階層なんて立地にある店なら、回復薬が二百リルでもおかしくない。

しかし、銀鈴堂は『困っている者の弱みにつけ込むな』と、初代店主から伝わる心得を守り、極力地上の相場にあわせている。

「フィオナちゃんなら大丈夫だよ。僕は昔からこの店の世話になっているが、君の作る薬は先代の品質にまるで劣《おと》らないと保証する」

マギスは優しく微笑んで言う。それがお世辞でないということは、彼が未だにここで買い物をすることが証明していた。

大抵の冒険者は、街で安価な魔法薬を購入してダンジョンに挑《いど》む。銀鈴堂のようなダンジョン内の店では、必要最低限の補充か、そこでしか売っていない品のみを買うのが常識だ。

だがマギスは昔から、銀鈴堂の魔法薬は一瓶の値が倍額でも、籠《こ》められた魔力が高く一般的な品質の三倍は価値があると言い、普段から必要な魔法薬は全てここで買ってくれる。

他にも何人か、そうした昔馴《な》染《じ》みの客がいた。

初代からフィオナまで、銀鈴堂の店主は代々青銀の魔女が務めている。そのために、高度な魔法を籠《こ》めた珍しい魔法薬を販売できるのと、マギスみたいに品質重視の固定客がついてくれているからこそ、経営が成り立つのだ。

ただ、逆に言えばそれだけ彼らは魔法薬の品質に対して厳しい目を持っているということで、この店の薬の質が落ちれば離れていくはず。客と店の関係とはそういうものだ。

だから、自分が店主になっても、先代からの顧客が変わらず通ってくれるのが嬉しい。

「ワォン」

不意にジルが控《ひか》えめに鳴いた。飼い主の足元で大人しく待っていた白狼は、買い物が終わったのを祭したのだろう。期待に満ちた目で、フィオナとマギスを交互に眺《なが》めて尻尾を振っている。

その可愛らしい様子に、フィオナは口元を綻《ほころ》ばせた。

「マギスさん。ジルにおやつをあげて、撫《な》でても良いですか？」

ジルは非常に賢《かしこ》くお行儀も良い、地下商店街でも人気者の狼だ。しかし、その気になれば人間を噛《か》み殺せる牙を持っているし、ジルが従う飼い主はフィオナではない。

そのため飼い主の許可なく、撫《な》でたり餌《えさ》を与えたりしてはいけないのだ。

「ああ、いつもありがとう。ジル、可愛がってもらいなさい」

マギスがにこやかに頷《うなず》いたので、フィオナはいそいそと奥の暖簾《のれん》をくぐって廊下に出た。

暖簾《のれん》を出ると真っ直ぐな廊下があり、すぐ右の扉が調合室、他は居住スペースになっている。

貯蔵庫に駆け込んで、ジル用に魔法で塩分を抜いた干し肉を取ってきたフィオナは、店の脇にある玄関扉から外に飛び出た。

「ジル、お待たせ！」

手に持った干し肉を見せると、ジルはお行儀よくちゃんと前足を揃《そろ》えて座り、フィオナが『よし！』と言ってから咥《くわ》える。

尻尾を揺らして美味《おい》しそうに干し肉を食べるジルの姿に、フィオナはうっとり見惚《みと》れた。狼という生き物は、どうしてこうも魅力的なのか。

昔から大型犬の類《たぐい》は大好きだが、自分で飼うのは諦《あきら》めていた。彼らはダンジョン探索のお供もできるが、基本的に陽のあたる野山を元気に駆けまわるのが好きな生き物なのだ。

青銀の魔女がペットとして大事に飼育したところで、その楽しみを与えてあげることはできない。

だから、マギスが買い物にくるたびに、この可愛い狼と会えるのが嬉しくてたまらなかった。

ジルは食べ終わると、傍《かたわ》らにしゃがみ込んでいたフィオナの肩に頭を擦《こす》りつけ、甘え始めた。

「またきてくれて嬉しいわ。ジルに半年も会えなくて、とても寂《さび》しかったの」

白い狼を抱き締め、少し硬い温かな毛並みを、モフモフと両手でかき交ぜる。

できることなら、ずっと撫《な》でていたいほど心地よいモフモフを堪能《たんのう》していると、さっきマギスがやってきた通路の奥から、複数の足音や鎧《よろい》の鳴る音が響いてきた。

目を向けると人間やエルフ、ハーフキャットと、色んな種族が交ざる一団がこちらへ歩いてくる。

大抵の冒険者のパーティの人数は多くても六人くらいだが、十人近くいる大所帯だ。

「あったぞ！　銀鈴堂……魔法薬店だ」

先頭の男が、銀鈴堂を見て破顔《はがん》する。

「お客さんのようだね。じゃあ、行こうかジル。フィオナちゃん、またくるよ」

マギスに呼ばれたジルは、さっとフィオナの腕から飛び出して飼い主のもとへ駆け戻った。

「ええ。ありがとうございます」

一抹の寂《さび》しさを覚えつつ、フィオナは微笑んでマギスとジルを見送る。

しかし、ぼんやりしてはいられない。

次のお客さんを迎えるべく、急いで中に戻って手を洗い、営業スマイルを作って店に出た。

——そして三十分後。

「ありがとうございました。またのお越しを、お待ちしています」

フィオナは大所帯のパーティを見送り、空《あ》き瓶を数十本も入れた重いバケツを両手に提げ、よたよたと調合室に運び込んだ。

調合室はこの家屋で一番広い、円形の部屋だ。ここの部屋だけ天井が吹き抜けで極端に高い。扉と通気口部分を除けば、壁一面が天井まで届く梯子《はしご》つきの棚になっている。

作りつけの棚には魔法薬を作る器具と、瓶や箱に詰められた材料がところせましと並ぶ。棚を覆《おお》うように張り巡らされた綱には、さまざまな乾燥薬草の束《たば》が下がり、室内はいつも薬草の匂いに満ちていた。

部屋の中央には、流しが備えつけられた頑丈《がんじょう》な調合台と、木の丸椅子が二つあり、フィオナは流しの脇に重いバケツを置いた。

地下の住居では上下水道などあるはずもなく、調合台についている大きな流しも魔道具だ。

家の魔道具は全て、床下の魔法石とパイプで繋《つな》がっており、そこへ定期的に魔力を注ぎ込むことで潤滑《じゅんかつ》に機能する。勿論《もちろん》、それには大量の魔力を必要とした。

結界を維持するための魔力を定期的に注ぎながら、家中の魔道具を動かし、かつ毎日の魔法薬作りをこなせるのは、大量の魔力を持つ青銀の魔女だからこそだ。

「あれだけ一度に買ってくれたお客さんは初めてだわ。新記録ね」

ふぅと額《ひたい》の汗を拭《ぬぐ》ってフィオナは独り言を呟《つぶや》く。

この数十本の空《から》の瓶は、先ほどの大所帯パーティが持ち込んだもので、彼らはそれと同じくらいの量の魔法薬を買っていった。回復薬など、三十本と言われて耳を疑った程だ。

彼らは都の近くのダンジョンで魔物狩りをしていたが、新しくできた街道を抜けてカザリスにやってきたと言っていた。

国の中心地である都には、国内唯一の魔法学院や、剣士の訓練場、各種ギルドの本部などが集まり、冒険者にとっても生活がしやすい。

だが、人が多いので周辺のダンジョンの魔物を狩りすぎてしまい、近頃では魔物が絶滅しかねないと、捕獲数やダンジョンへ入る日数に制限が設《もう》けられたそうだ。

そのためにあぶれた冒険者が、新街道を通ってカザリスに押し寄せているのだ。

マギスが言っていたように、彼らは地下商店街で銀鈴堂の噂《うわさ》を聞き、足を運んでくれたらしい。

パーティには魔法薬の質を匂いで評価する鑑定士もいて、この店の回復薬なら百リルでも安いと言い、大人数ということもあって大量買いしていったのである。

売れ行きが良いのはありがたいが、回復薬の在庫はすっかり乏《とぼ》しくなってしまった。

「他はとりあえずまだ大丈夫だけど、回復薬はすぐに作っておかなくちゃね。お祖母《ばあ》ちゃん」

フィオナはいつも祖母が使っていた木椅子に、そっと語りかけた。

傷の治癒《ちゆ》と体力の回復を劇的に促《うなが》す回復薬は、緊急に必要とされる場合が多い。

大怪我を負った時などは回復薬を数秒早く飲ませるかどうかで、深刻な後遺症の有無や、生死が左右されることすらある。

よって回復薬は、ダンジョン内では欠かせないものだ。

これだけは在庫を切らしてはならないと、祖母は口を酸《す》っぱくして言っていた。

そもそも祖父の死因は、ダンジョンの奥で強力な魔物に襲《おそ》われた際に、持っていた回復薬を、自身も重傷を負っていたにもかかわらず居合わせた他の怪我人に譲《ゆず》ったためだという。もし、もう一瓶でも回復薬がその場にあれば、祖父は若くして亡くならなかったかもしれない。

その話を祖母から聞かされて育ったフィオナも、回復薬の重要さは身に染みている。

「ふぁ……」

静かになった途端、また押し寄せてきた眠気を、フィオナは両手で頬を叩き追い払う。

一つ一つの瓶を丁寧に洗って金属製の籠《かご》に入れ、熱殺菌も兼ねる魔法で乾かす。そして、棚から追加の空《あ》き瓶と回復薬の材料を取り出し、愛用の椅子に腰かけて調合を開始した。

薬草の粉末を数種類、それぞれ秤《はかり》で正確に分量を測り、全部ビーカーに入れて水を注いだあと、ガラス棒でよく混ぜる。粉が完全に水に溶けてドロリとした深緑の粘液《ねんえき》になると、フィオナは両手をビーカーの上にかざして回復の呪文を唱《とな》え始めた。

材料を調合した液体や軟膏《なんこう》へ、それに合った魔法を籠《こ》めることで、魔法薬が完成するのだ。

よって、ただ薬草の粉末を混ぜただけでは魔法薬の効果は見込めない。また、薬草の配分がいい加減だったりすると魔法効果は宿らないか、酷く減少してしまう。

そして、フィオナは祖母からもう一つ、魔法薬作りのコツを教わっていた。

（……どうかこれを飲んだ人が、一刻も早く健《すこ》やかになれますように）

呪文を唱《とな》えながら、魔法薬が良い効果を発揮するようにと、心の中で強く願う。

とはいえ、それをしたからといって魔法薬の効果が強くなるわけではない。魔法薬の効果を左右するのは、正確な調合と魔力の強さだと言われている。

『だからこれは、なんの根拠もないし、あたしの思い込みかもしれないけどね。こうした方が、良い薬ができそうな気がするんだよ』

そう言って魔法薬を作る祖母の表情はいつも穏《おだ》やかで、その手からキラキラした魔法の光が粒子になってビーカーに降り注ぐ様《さま》は、この上なく美しかった。

懐かしい祖母の姿を脳裏に思い描き、フィオナは詠唱《えいしょう》を続ける。

自分の手から回復魔法の光が零《こぼ》れ落ちるにつれ、ビーカーの中の液体が徐々に変化していく。スライムを思わせる不気味な粘液《ねんえき》状だったものが、サラリとした液体になり、色も淡い金色を帯《お》びた綺麗な薄緑になる。

最後まで無事に詠唱《えいしょう》を終えると、出来上がった魔法薬を漏斗《ろうと》で小瓶に移して栓《せん》をした。

これで一瓶、完成だ。調合した薬品には、すぐさま魔力を注がなくてはいけないので、面倒でも一瓶ごとに調合する必要がある。

ひたすら作り続け、ようやく二十瓶目の回復薬の材料をビーカーに入れたころには、もうお昼過ぎだった。

(とりあえずこれができたら休憩して、残りは夜にしよう……)

へとへとになって、フィオナは胸中で呟《つぶや》いた。

薬には自分の魔力を注ぎ込むので、これだけ一気に作るのは凄くキツい。

ビーカーに手をかざして呪文を唱《とな》え始めた……が、途端に店の呼び鈴がなった。

つい、そちらに気をとられた一瞬が命取りだ。詠唱《えいしょう》は中断されてしまい、金色を帯《お》び始めていたビーカーの中の液体は、たちまちドス黒く濁《にご》る。

「あぁ～……」

フィオナは落胆《らくたん》の声をあげて肩を落としたが、グズグズ落ち込んでもいられない。

急いで失敗作を廃棄《はいき》し、店のカウンターに出る。

しょんぼりした顔から、営業スマイルに切り替えるのも忘れない。

「お待たせしました。いらっしゃいま……」

しかし、元気よく暖簾《のれん》をくぐった瞬間、フィオナは目を見開いた。

カウンターの向こうにいたのは、人狼の青年だった。

人狼は狼の姿に変身できる種だが、人型の時にも耳は狼の形で、頭部の高い位置にあり、尻尾もついている。

短い金色の髪から狼の耳が突き出た人狼の青年は、見た感じせいぜい二十歳前後といったところか。

襟元の詰まった刺繍《ししゅう》入りの長衣に裾《すそ》の窄《すぼ》まったズボンは、この辺りではあまり目にしない格好だった。見るからに重そうな特大の鞄《かばん》も背負っているし、随分《ずいぶん》と遠くからきたようだ。スラリと背が高く、濃い金茶色の切れ長の目と鼻筋の通った顔立ちは、さぞ若い女性の目を引くだろう。

だが、フィオナは彼の整った顔でも異国情緒たっぷりな装《よそお》いでもなく、金色の狼耳と、上着の裾《すそ》から覗《のぞ》くふさふさした金色の尻尾に目を奪われた。

冒険者の中には時おり人狼もいる。

けれど、いくらフィオナが狼大好きとはいえ、彼らが人間に近い姿をしている時は狼耳や尻尾へ目が釘づけになることはない。

しかし、今目の前にいる青年は、これまで見たことのない金色の毛並みをしていた。

この状態で見惚《みと》れたのは初めてだが、これなら無理もない……なんて自分で思ってしまう程、青年の金色の尻尾は綺麗だった。

（ふさふさで艶《つや》やかで……なんて綺麗な尻尾なの）

つい、うっとりと見惚《みと》れていたが、ふと気づくと、青年が困惑した顔で立ち尽《つ》くしていた。

「あっ、申し訳ありません。こちらが品書きになります」

不躾《ぶしつけ》に眺《なが》めてしまったかと、フィオナは急いで愛想笑いを浮かべ、カウンターの端に置いてあった品書きの板を差し出す。

だが、彼はフィオナを凝視《ぎょうし》したまま、品書きを見ようともしない。

「お客さん？」

もう一度声をかけると、ようやく彼は我に返ったようだ。慌《あわ》てた様子で首を横に振る。

「いや、俺は魔法薬を買いにきたのではなく、アーガス夫妻のご息女を訪ねてきた。フィオナという名で、この店を営《いとな》んでいると聞いたんだが……」

唐突《とうとつ》に出てきた両親の名に、フィオナは目を丸くした。

フィオナの母リーザは、青銀の魔女だった祖母の一人娘だが、髪は夕陽を思わせる鮮《あざ》やかなオレンジ色で、魔力は少しも持っていない。

しかし、天性の身体能力と底なしの体力、荒くれ男にも負けない豪快な気質を持つ、フィオナの知る限り最強の女剣士だ。

自由奔放《ほんぽう》な母は、少女時代からカザリスを飛び出して世界各地を冒険しまくり、現在は学者の夫セオドアと、世界中のダンジョンを研究しながら旅暮らしを満喫している。

そして父のセオドアも、理知的な学者ではあるが決して文弱《ぶんじゃく》ではない。母が惚れるだけあり、戦斧《せんぷ》を自在に操《あやつ》る筋骨隆々《きんこつりゅうりゅう》の巨漢で、そこらの魔物が束《たば》になってかかってきても簡単に弾き飛ばす。

あの二人なら、いつかダンジョンの最奥にだって辿《たど》り着けそうだとフィオナは思う。

昔から両親とは年に一度会うかどうかで、子ども心に寂《さび》しくなかったといえば嘘になる。でも、二人が陽に当たれぬ娘を守るために、泣く泣く祖母に預《あず》けたことも理解していた。

父も母も豪快で気風《きっぷ》が良く、多くの人に慕《した》われている。このダンジョンやカザリスの街でも、大勢の人を魔物や盗賊から助けたそうで、両親に助けられた人は、その縁でフィオナにも親切にしてくれる。

また、二人は旅先から心の籠《こ》もった手紙と十分な仕送りを欠かさず送ってきたが、手に入りにくい魔法薬の材料もたびたび届けてくれた。この店が良い品揃《ぞろ》えを維持できるのも、両親のおかげである。

「フィオナは私ですけれど、両親とお知り合いですか？」

答えて尋ね返すと、みるみるうちに彼の顔が赤くなった。

「やっぱり、君が？　人違いなどではなく本当に、アーガス夫妻のために回復薬を作った、フィオナなんだな？」

「え？　はい。両親には、私の作った回復薬を渡しておりますが」

訝《いぶか》しむフィオナの目の前で金色の狼耳が小刻みに震えたかと思うと、唐突《とうとつ》に強い締《し》めつけを感じた。

「やっと……会えた」

耳元で、感極まったような掠《かす》れ声が聞こえ、少し硬い金色の髪が頬をくすぐる。

なんとカウンターへ飛び込まんばかりに身を乗り出した人狼の青年が、両腕でフィオナをがっちりと抱き締めていたのだ。

冒険者は男の人が多いから、フィオナも男性への免疫がないわけではない。だが、家族以外の男の人から抱き締められるなど想像すらしたことがなかったフィオナに、これはいかんせん刺激が強すぎた。

「っ！　きゃあああああ！」

凍結した思考が動き出すと同時に、フィオナの喉《のど》から悲鳴がほとばしる。

すると、カウンターに青銀の稲妻が走り、見えない手が彼をフィオナから引き剥《は》がすと、凄《すさ》まじい勢いで店外へと弾き飛ばした。

実はカウンターの板は特殊な魔道具で、悪意を持つ者はこの板から先に指一本入れない。また、店に張られた結界は悪意を持っているかどうかにかかわらず、店主が強い危機を感じた相手を、即座に弾き飛ばすのだ。ちなみに弾かれる強さは、店主の感じた恐怖に比例する。

人狼の青年は向かいの石壁へしたたかに叩きつけられていた。

轟音《ごうおん》と共に、光苔《ひかりごけ》が舞い散ってもうもうと煙《けむり》があがる。並みの人間ならば、骨の数本くらい折れていそうだ。

「痛《い》てて……」

だが、人間より遥《はる》かに頑丈《がんじょう》な人狼の青年は、軽く顔をしかめただけですぐに身を起こす。

「いきなりなにするんですか！　近づかないで！」

恐慌状態で喉《のど》を引き攣《つ》らせ、フィオナは叫ぶ。

もはや素敵な尻尾も耳も関係なく、目の前の青年はただの危険人物にしか見えない。

これ以上、彼がなにかするようならば、店の両脇で石壁にカモフラージュしてあるゴーレムをけしかけるのも辞さないつもりだ。

しかし、それは杞憂《きゆう》だった。

こちらに踏み出そうとしていた人狼の青年は、フィオナの怯《おび》えきった様子を見ると歩みを止めた。

「す、すまない。ようやく会えたばかりか、まさか君が……いや、なんにせよ申し訳ない。大変無礼なことをした」

深々と頭を下げた彼に、フィオナはまだ警戒しつつ、改めて尋ねた。

「あの……私が両親に作った回復薬と仰《おっしゃ》いましたが、回復薬がご入用ではないのですか？」

すると彼は首を横に振り、フィオナの正面でビシッと背筋を伸ばして立った。胸の前で右手を拳《こぶし》にして左の掌《てのひら》に合わせる。

彼の仕草は、昔父から聞いた、遠い東の山岳地帯で相手に対する敬意や謝意を示す挨拶《あいさつ》のように見えた。

「申し遅れたが、俺はガルナ人狼族の長《おさ》の末息子でエルダーという。ガルナ族は先日、全滅の危機にあったのをアーガス夫妻に救われた。夫妻は我が一族の恩人だ」

「父さんと母さんが、あなたたちの一族を……？」

フィオナは呆気にとられた。確かに、両親はとてつもなく強いが、人狼も尋常でない体力と生命力の強さを持つ戦闘に長《た》けた種だ。

人狼はどこの国にも属さず、あちこちの山奥に住み部族ごとに小さな村を作っている。

各国の軍の介入を防げるだけの戦闘力を持つ故《ゆえ》に、どの人狼部族の村も小さな自治国家たりえるのだそうだ。

そんな人狼の村が全滅しかけたなど、一体なにがあったのだろうか？

フィオナが狼狽《うろた》えていると、生真面目な表情で彼が続けた。

「長《おさ》である父が、アーガス夫妻に謝礼を申し出たところ、娘と店を守るように請《こ》われたそうだ。俺は婿《むこ》となって、夫妻に救われた命のある限り、フィオナと共にこの店を守ると誓おう。不束者《ふつつかもの》だが宜しく頼む！」

「婿《むこ》ぉっ⁉」

フィオナの絶叫が、ダンジョンの通路いっぱいに響く。

「じょ、冗談や嘘はやめてください。両親が、私の結婚相手を勝手に決めたりするはずはありません。一生を共に過ごす大事な結婚相手は、きちんと自分で選びなさいと言われています」

確信をもって抗議すると、エルダーが荷物を探って一通の手紙を取り出した。

「嘘でも冗談でもない。その証拠に、アーガス夫妻から手紙を預《あず》かっているのだが、これを渡すために近づいても良いか？」

彼が掲げた二通の封筒に、フィオナは目を凝《こ》らした。

光源が光苔《ひかりごけ》のみのダンジョン内はそれほど明るくないが、『フィオナへ』『愛する娘へ』と、並んで大きく記されている文字はよく見えた。確かに、父と母の筆跡だ。

「……はい。でも、カウンターに手紙を置くだけで、私に触らないと誓ってくださいね？」

フィオナが用心深く言うと、エルダーが頷《うなず》いた。

「誓おう」

そしてエルダーは手紙をカウンターに置き、さっと離れる。その際、僅《わず》かながら彼の手が飴《あめ》色の板に触れたのを、フィオナはちゃんと見た。

いきなり抱きついたりした彼だが、考えてみればそれができたのは、フィオナへ暴行をしようなどという悪意を持っていなかったからこそである。

また、そのせいで弾き飛ばされても、自分が悪かったと謝ってくれたし、フィオナに敵意を抱きはしなかったようだ。そうでなければ、再び店の向かいの石壁に叩きつけられていたことだろう。

内心ホッとするが、それはともかく、両親が婿《むこ》を勝手に決めるなんてやはり信じられない。封を切るのももどかしく両親の手紙を読み、思わず首を傾《かし》げた。

(これって、もしかして……そういうこと!?)

先ほどエルダーが告げた言葉をよく反芻《はんすう》し、愕然《がくぜん》とする。

「あの、エルダーさん。お話は解りましたが……」

恐る恐る声をかけると、神妙だった彼の表情が一気に明るくなり、狼耳がピクピクし始めた。

「解ってくれたなら幸いだ。それから、俺は二つ年上だが、エルダーと呼んで欲しい。婿《むこ》入りしにきたのだから、他人行儀な言葉遣いもやめてくれ」

「いえ、それが……」

尻尾をブンブン揺らし、とびきり優しい微笑みを浮かべたエルダーに、フィオナは気まずさいっぱいで告げた。

「言い辛いんですけれど、両親が頼んだのは、私の婿《むこ》になることじゃなかったんです」

両親はやっぱり娘に婿《むこ》を押しつけようなどとしていないし、彼も嘘をついている訳ではなかった。本当に両親に感謝し、誠実な思いで婿《むこ》になると言っているのだと思う。

「どういうことだ？　確かに夫妻は、娘と店を守るよう望まれたそうだが……」

エルダーが首を傾《かし》げると、背負った大荷物がガサリと音を立てて揺れる。

(あああぁ……きっと、本当に婿《むこ》になるつもりで、身のまわりの品とか持ってきたのね)

荷物も決意も、さぞ重たかっただろうに。

とても気まずい思いで、フィオナは店の横の扉を手で示す。

「宜しければ、お入りになりませんか？　随分《ずいぶん》と遠くからいらっしゃったようですし、腰を落ち着けて説明した方が良いと思いますから」

「あ、ああ……では、そうさせてもらう」

エルダーが頷《うなず》いたので、フィオナは急いで店の奥から玄関へとまわって戸を開ける。

そしてとりあえず、遠路はるばるやってきた彼のために、疲労《ひろう》回復の薬草茶を淹《い》れることにした。


店と調合室の奥にある居住スペースは、そう広くない。

貯蔵庫と台所と、食堂を兼ねている居間。小さな寝室が二つ、それに浴室洗面所があるのみだ。

フィオナはエルダーを居間に通し、食卓を兼ねた四人がけテーブルの椅子を一つ勧める。

台所に行って魔法で湯を沸《わ》かし、二人分の薬草茶を淹《い》れて戻ると、荷物を置いて座ったエルダーは、興味深そうに室内を見回していた。

「ダンジョンの中の住居は、初めてですか？」

フィオナが声をかけると、エルダーはややバツが悪そうに苦笑した。

「ジロジロ見てすまない。実を言うと、俺はダンジョンの話こそ聞いていたが、実際に入ったのは、ここが初めてだ。故郷の近くにダンジョンはなかったからな」

「そうだったんですか。別に、気にしませんよ」

フィオナは微笑み、住み慣れた室内をグルリと見回す。

この住居内の壁と天井は全て、白い塗料で塗られている。これは、ドワーフが使う特殊塗料で、湿気や冷気を防ぎ、地下でも快適な室温を保てた。

窓はないが、通気口が上手く配置されているので空気の通りはよい。天井に取りつけた魔道具のガラス球は、壁のレバーを操作すれば灯りをつけたり消したりできる。

この店の歴代店主は全員が青銀の魔女なのだが、生活に必要な魔法を一通り使える彼女たちだけでなく、その夫や子が魔力を持たずとも不便なく暮らせる設備が整っているのだ。

居間の片側にはソファーと書き物机にもなるチェストが置かれ、もう一方の壁には、作りつけの大きな棚がある。

そこには、オルゴールや砂時計、古い木彫りの人形といった様々なものが飾《かざ》られていた。フィオナの両親が、帰ってくるたびに渡してくれた遠い地の土産《みやげ》もいっぱいある。

両親からそれらを受け取ると、フィオナは地図を広げてどんな場所なのか詳しく教えてもらって、一つずつ大切に飾《かざ》る。そうするとまるで、自分もそこへ行ってきたような気分に浸《ひた》れた。

その他にも、旧知のドワーフから誕生日プレゼントにもらったアメジストの美しい結晶や、ジルの足跡スタンプを入れた額縁《がくぶち》など、大切なものがたくさん並んでいる。

「……アーガス夫妻の似顔絵か」

不意にエルダーが、棚の一つに視線を止めて呟《つぶや》いた。

小さな額縁《がくぶち》に収まっている絵は、フィオナが四歳の頃に描いたものだ。拙《つたな》い両親の似顔絵の下に、やはり子どもの字で『父さんと母さん』と書いてある。

今見れば我ながら下手だと思うが、描いた時は傑作《けっさく》だと自画自賛し、両親も額に入れて帰るたびに眺《なが》めるので、未だに捨てられずに飾《かざ》ってあった。

「はい。私が子どもの頃に描いたものだから、すごく下手ですけど」

フィオナは赤面して苦笑し、裏返しておけば良かったなと後悔した。

客を迎えるなんて慣れてないから、初対面の人に、子どもの頃の下手くそな絵を見られるのは意外に恥ずかしいと、初めて知った。

しかし、エルダーは微笑んで首を横に振る。

「いや、俺が夫妻の姿を見たのはほんの一瞬だったが、すぐに二人だと解った。夫妻はフィオナを自慢の娘だと言っていたそうだが、きっと君にとっても、大好きで自慢のご両親なんだろうな」

しみじみとした声音に、フィオナは頷《うなず》いた。彼の向かいに腰を下ろし、先ほどもらった二通の手紙をテーブルにのせる。

「そうです。だから、両親が私の知らないところで勝手に結婚相手を決めたりしないと、信じていた通りでした」

肝心な話を切り出すと、エルダーは僅《わず》かに身構えた。どうしても信じられないと言わんばかりの雰囲気を感じる。

フィオナは咳払《せきばら》いをし、初めから順を追って話すことにした。

「両親の手紙には、あなたたちの集落に狼熱《おおかみねつ》が蔓延《まんえん》している最中、ゴブリンの襲撃を受けた、と書いてありました」

狼熱《おおかみねつ》、という人狼がごくまれに罹患《りかん》する熱病がある。

それにかかると数日間高熱が出て、熱が引くまで狼の姿に変身できなくなるのだ。

非常に感染力が強く、一人が発症すれば、あっという間に村全体へ広まる。特効薬はないが、数日安静にしていればケロリと治る上に、耐性がついて二度とかからないので深刻視されていなかった。

しかし、発症がごくまれなので、逆に村の誰も耐性がないということになり、全員が一度に弱ってしまう。

両親は旅の途中、たまたま彼らの危機に遭遇《そうぐう》したそうだ。

ガルナ族の話によれば、数十年ぶりに狼熱《おおかみねつ》が村で広まって一族全員が感染してしまい、弱りきった頃合いを見計らったように、大群のゴブリンが襲《おそ》ってきたらしい。

ゴブリンは山林に住む、緑色の皮膚をした小鬼のような醜《みにく》い魔物だ。

腕力はそれほど強くないが、なかなか狡賢《ずるがしこ》く残忍な性格で、弱っている獲物を集団で襲《おそ》い、散々嬲《なぶ》ってから食い殺す。特に柔《やわ》らかな肉を好み、辺境の人里では子どもを攫《さら》ったりした。

普段であれば、人狼には決して近づいてこないのに、ガルナ族の人狼たちが次々と具合を悪くしていくのをどこかで見かけ、襲《おそ》う機会を窺《うかが》っていたのだろう。

山奥から立ち上る不審な煙《けむり》で異変に気づいた両親が駆けつけたところ、建物に火をつけ、ゴブリンが村を襲撃していた。とはいえ、人狼は流石強靭《さすがきょうじん》さを誇《ほこ》る種だけあり、狼化できず熱に弱っていながらもなんとか応戦していたらしい。

「……それで両親はゴブリンを追い払い、幸い一人も死者を出さずにすんだ。その後も、怪我人の手当や建物の修復を手伝うなど、少し手を貸したそうですね」

フィオナが言うと、テーブルの向こうでエルダーはゆるゆると首を横に振った。

「アーガス夫妻がきてくれなかったら、ガルナ族はゴブリンに皆殺しにされていたはずだ。あの時、俺は熱でろくに動けず、何匹ものゴブリンに食いつかれ死にかけていた」

彼はカップの茶を一口飲むと、息を吐いて視線をあげた。鋭《するど》い琥珀色《こはくいろ》の瞳が、じっとフィオナを見据える。

「俺が死なずにすんだのは、アーガス夫妻の助けも勿論《もちろん》だが、君のおかげでもある」

「私の？」

フィオナが目を瞬《しばたた》かせると、エルダーは懐《ふところ》から布包みを取り出した。

包みを解《ほど》くと、空《から》になった魔法薬の小瓶が現れる。

ピカピカに磨《みが》かれたガラスの小瓶は、ヒビ一つ入っていない。厚手の布で厳重にくるまれていたから、先ほどエルダーが弾き飛ばされた時にも割れなかったのだろう。

「これは、アーガス夫妻が俺に飲ませてくれた回復薬の瓶だ。俺の住んでいた辺りで作られる魔法薬の瓶は全て陶器で、こうしたガラス瓶は村に一つもなかった」

「じゃあ、これは私が父さんたちに持たせた薬なのね」

ガラスの曲面に映る自分の顔を見つめ、フィオナは呟《つぶや》いた。

父も母も、魔物に束《たば》で襲《おそ》われようとかすり傷すら滅多に負わない。それは解っているけれど、離れている間になにかあったらと考えると、やはり不安だった。

旅の間、二人が無事でいられますようにと、ここへ帰ってくるたびに新しい回復薬を作り、お守《まも》り代わりに持っていってくれるよう頼んでいた。

「ああ。二人に助けられた時、俺は殆《ほとん》ど意識をなくしかけていたが、アーガス夫妻が『自慢の娘が作った特製の回復薬だ』と言ったのはよく聞こえた」

エルダーが微笑み、衣服の襟元の留め具を一つ外す。かなり薄くなっていたが喉《のど》元に酷い裂傷《れっしょう》の痕がいくつも見えた。

人狼は凄《すさ》まじい回復力を持つが、死にかけた時に負った傷痕はなかなか消えないと聞く。本当に、彼はあの傷で死にかけたのだろう。

「薬瓶の残りを嗅《か》いだ村の医師も、滅多に見ない逸品だと称賛していた。アーガス夫妻がゴブリンを追い払ってくれたとしても、あの回復薬を飲まなければ俺は助からなかったに違いない。だから、俺の命を救ってくれた回復薬の作り手に、会いにきたかった」

衣服を直したエルダーが熱心な口調で言った。ついでに勢いよくパタパタ揺れ始めた金色の尻尾がテーブルの端からチラチラと覗《のぞ》く。

その綺麗な金色をつい目で追いそうになるのを堪《こら》えつつ、フィオナはおずおずと異を唱《とな》えた。

「そう言ってくれるのは光栄ですけど、怪我の痕を見た限り、私の回復薬は大してお役に立てなかったはずです。回復薬の効果ではなく、エルダーさんが……」

そう言いかけると、ぱっと彼が片手をあげてフィオナの言葉を遮《さえぎ》った。

「他人行儀なさんづけは止めてくれと頼んだだろう」

「でも、婿《むこ》入りして欲しいというのは誤解なんですってば」

「俺はそう呼んで欲しいし、できればこちらもフィオナと呼ばせて欲しいが、どうしても駄目か？」

懇願《こんがん》され、フィオナはうっと声を詰まらせる。

美形は得だ。凛々《りり》しい表情や明るい笑顔だけでなく、憂《うれ》い顔さえ様《さま》になる。

まぁ、それだけならばほだされなかったかもしれない。だが、哀愁《あいしゅう》を漂《ただよ》わせてシュンと垂《た》れてしまった素敵な狼耳と尻尾に、ついつい罪悪感を刺激された。

年頃が近いのだから、気楽に話したいというのはおかしいことじゃない。

頑《かたく》なにさんづけをするのは、必要以上に邪険にしているような気がしてくる。

「……じゃあ、エルダー」

躊躇《ためら》いながらフィオナが呼ぶと、途端にエルダーの顔が輝き、狼耳がピクピク嬉しそうに震え始めた。

「なんだ？　フィオナ」

嬉しそうな声音で答えた彼に、フィオナはコホンと咳ばらいをして話を戻した。

「どんなに回復薬の質が良かろうと、喉《のど》にそんな酷い痕が残ってしまうような怪我をしたら上手く薬を飲みこめなくて、効果なんて殆《ほとん》どなかったはずだわ。エルダーが助かったのは、あなたが人狼で生命力が強かったおかげよ」

「そんなことはない！　実際、飲み込めた薬の量は僅《わず》かだったが……」

「そ、それはともかく、肝心の婿《むこ》入りの誤解の件について、これを見て欲しいの」

なおも言い募《つの》ろうとするエルダーを押し止め、フィオナは何枚にもわたる両親の手紙から二枚を抜き出し、テーブルに広げた。

二枚の紙に視線を走らせたエルダーが、見る見るうちに顔を強張《こわば》らせていく。

「え……じゃあ、まさか……フィオナと店を守れというのは……」

上擦《うわず》った声を発した彼は、自分たちが勘違いしていたことを理解したようだ。本当に、彼の一族はフィオナの両親に感謝し、恩返しをしようとしてくれたのだろう。

フィオナは溜息《ためいき》を呑み、手紙の記述を振り返る。

ゴブリンを退《しりぞ》けたあと、両親はガルナ族の長《おさ》から、一族全員の恩人に礼をしたいと言われたそうだ。だが、死者こそ出なかったものの、村が酷い損害を受けたことは変わらない。すぐには動けない怪我人も大勢いて、今は僅《わず》かな物資も惜しいはずだ。

フィオナと同じく両親も、死者がなかったのは人狼の生命力あってこそだし、困った時はお互い様だからと遠慮しようとした。

しかし人狼は、義理堅い性質だ。長《おさ》や村の主だった老人たちは、何かしら礼をさせてくれと引き下がらなかった。

しまいに、品や金が受け取れないのならば、一族の者の内、誰かを数年ほど従者につけさせようと言い出したので、両親はそれならと思いついた。

エルダーに見せた手紙には、両親の考えがはっきりと記されている。

『――従者とか言われても、あたしたちも困るしね。人狼のやり方は知らないけれど、誰か一人に数年も従者をさせるなんて、ちょいと不公平な感じだろ？　それなら交替で、たまにフィオナと店の様子を見に行ってもらおうと、ガルナ族の長《おさ》に「娘と店を守ってくれ」って頼んだよ』

『――私たちがあまり傍《そば》にいられないぶん、時々でも様子を見にきてくれる人が増えるのは喜ばしいと思ってね。ガルナ族は、良い人たちだったよ。店にきたら、お茶でも出してあげてくれ』

両親は人狼たちの申し出を、遠く離れて暮らす娘の安否確認に使いたかっただけなのだ。

「つまり両親は、私とこの店が無事かどうか時々見にきて欲しいという意味で『娘と店を守って』とお願いをしたの。でも、言い方が不十分だったせいで、『娘と一緒に店を守ってくれ』と、エルダーのお父さんに誤解されてしまったのね。お騒がせして本当にごめんなさい」

無言で手紙を凝視《ぎょうし》しているエルダーに、フィオナは頭を下げた。

「そういうことで、エルダーが無理に私と結婚する必要なんてないの。こうしてきてくれたことで、もうお礼はしてもらったわ。経緯とお騒がせしてしまったお詫《わ》びを手紙に書くから、故郷へ持って帰って。そうすればあなたも心置きなく、自分の好きな相手を探せるでしょう？」

命を救われたからといって、結婚を強制されたのではエルダーもたまらないだろう。人生の大切なことを決める自由をなくしては、助かった意味がない。そういう面でも、両親が恩返しに娘と結婚しろなんて要求をするはずはなかった。

これで万事解決……と、思ったのだが。

「ま、待ってくれ！」

なぜかエルダーは喜ぶどころか、悲痛そのものといった表情になった。

「え？」

「さっき、結婚相手は自分で決めるよう、ご両親に言われたと話していたが……もう既に、フィオナは心に決めた相手がいるのか？」

「いいえ。まだいないわ」

正直に答えると、彼はそわそわと視線を彷徨《さまよ》わせて息を吸い、キッとこちらを見据える。

何事かとフィオナが身構えると、彼は重々しく口を開いた。

「フィオナ……俺は魔法薬こそ作れないが、魔物の狩りは慣れているし、店番や家事もそれなりに自信がある。そして人狼の男は、結婚したら相手の女性を生涯大切にする」

「へぇ、家事も仕事もできて奥さんも大切にするなんて、理想の結婚相手って感じね」

フィオナは素直に感心した。

エルダーは見た目が良いだけでなく、なかなか多方面に有能な男のようだ。

それならさぞかし故郷でもモテただろうし、婿《むこ》入りせずにすめば、喜ぶ人狼の女性は多かろう。

そう思った瞬間、彼がテーブル越しに身を乗り出した。

「そう思ってくれるか!?　アーガス夫妻の頼みは誤解だったにせよ、ぜひとも俺は婿《むこ》入りしたいと思う。フィオナに好きな男がいないのなら、前向きに考えて欲しい」

「ええっ!?」

驚きのあまり、危うく手にしたカップをひっくり返すところだった。

「たった今、俺を理想の結婚相手だと言ってくれただろう」

「い、いえ……それはあくまでも一般的な認識で……単に能力と条件の話というか……」

なんの冗談かと思ったが、エルダーは至極真面目な表情だ。

「私に好きな人がいないとか、条件が理想的とか、そういう問題ではないでしょう？　いくらなんでも今日会ったばかりの人と結婚なんて……それともあなたは、見ず知らずの私とどうしても結婚したい事情でもあるの？」

顔を強張《こわば》らせながら、おずおずと尋ねる。

婿《むこ》入り話が誤解だったのを喜び、大手を振って帰るのが普通では……？

フィオナは、そう訝《いぶか》しむうちに、ふとある可能性に辿《たど》りついた。

――『やっと……会えた』

抱きつかれた時に聞こえた彼の言葉を思い出して、心臓が大きく脈打つ。

もしかしたら両親はフィオナの性格や容姿をガルナ族に詳しく知らせていて、エルダーも義務感だけでなく、話に聞いた恩人の娘に好意を持ったからこそ、婿《むこ》役に志願したのかもしれない。

フィオナとて魔力と体質が少し変わっているだけで、ごく普通の年頃の娘だ。恋を知らなくても憧《あこが》れはある。

エルダーがこうしてフィオナを実際に見て気に入ったので、誤解と判明しても結婚したいと食い下がっている……ということならまんざらでもない。

エルダーは唐突《とうとつ》で強引なところもあるが、フィオナが近寄るなと言えばそうしてくれたし、自分の行為が拙《まず》かったと素直に認め謝ってくれたのにも好感が持てる。

彼が、本来の約束通りに時おり様子を見にきてくれるなら、これからも会う機会はある訳だ。すぐに求婚を受けられなくとも、交友を深めるくらいはしてみたい。

ドキドキしながらエルダーの返答を待っていると、彼がとても言い辛そうに切り出した。

「いや、何と言うかその……長《おさ》の父をはじめ村の主だった年寄り衆は、アーガス夫妻の要望が誤解だったと言われたら全員ショックで寝込みかねん。一族の命を受けた恩返しなのに、たまに様子を見に行くくらいでは、全然つり合わないからな」

「え……本当に、そんな理由!?」

「俺は長《おさ》の息子の内で唯一の独身であるし、こういう場合は長《おさ》の家系の者が、責任を持って義務を果たすのが当然だと思っている。先ほどは感激のあまり抱きついてしまったが、もうフィオナを無理に襲《おそ》う気はないから安心してくれ」

キッパリ断言され、フィオナのはかない期待はものの見事に打ち砕かれた。

つまり彼は、恋愛感情なんか全くないのに結婚を申し込み、その相手に嬉しそうに抱きついたということだ。

嬉しそうだったのも、別にフィオナへ好意を持っていたためではなく、『恩人の娘』という存在に会えたことで、長《おさ》の息子として『義務』を果たせるという意気込み故《ゆえ》だろう。

勝手に自惚《うぬぼ》れた希望を抱いたのはこちらだから、憤《いきどお》る気はない。

それでも、もう一度聞いてみることにした。

「……一応聞くけれど、エルダーの一族の人は全員、両親から私のことを詳しく聞かなかったの？」

「夫妻からフィオナについて聞いたのは、名前と年齢と、ここで薬屋をしていることのみだ」

（――はい。よく解りました。完全に義理ですね）

あっさりと答えたエルダーを、フィオナは胡乱《うろん》な目で眺《なが》める。

考えてみれば人狼の村は、小さな独立国家も同然だ。そこに住む人狼たちを束《たば》ねる長《おさ》は、いわば国王で、その息子のエルダーは王子さまというところか。

人間の王族だって政略結婚は珍しくないのだし、彼がそういう感覚で育ったなら、結婚に恋愛感情など不要と言うのも頷《うなず》ける。

ちょっと話を聞いただけで見も知らぬ相手に恋をしたなんて夢みたいな話より、よほど現実的だ。

溜息《ためいき》を呑み込み、フィオナも現実的に問題解決を考えることにした。

すなわち、どうしたらこの押しかけ婿《むこ》志望の人狼にとっととお帰り願い、かつガルナ族の人狼たちにもショックを与えずにすむかだ。

実際の会話を聞いていないのでなんとも言えないが、両親の言い方が良くなかったのも、彼らが誤解をした原因かもしれない。

エルダーや彼の父に、見知らぬ相手との結婚という重い選択をさせた上、あっけなく追い返して、村中に気まずい思いをさせるのは忍びない。

フィオナが眉間にしわを寄せて考え込んでいると、唐突《とうとつ》にエルダーがポンと手を叩いた。

「それなら、婿《むこ》でなく住み込みの護衛兼店番として、俺をここに置く気はないか？」

「エルダーを店で雇えということ？」

意外な提案に、フィオナは目を瞬《しばたた》かせた。

「こちらの都合でここに居たいだけだから、手伝いはするが賃金を寄こせなどとは言わない。一年経ってもフィオナが俺を受け入れられなければ、婿《むこ》入りを諦《あきら》めて故郷に帰る。それだけの期間を勤《つと》めれば皆も恩義を果たしたと納得するはずだ。後は本来の約束通りに、時々様子を見にくるに留める」

「うーん……護衛と、店番……」

思いがけぬ魅力的な提案に、フィオナの心が揺れる。

ちょうど、手伝いを一人雇いたいと思っていたのだ。

最近は冒険者の増加に伴って店の客も多くなった。おかげで売り上げは増えたが、一人では手がまわらなくなってきている。

睡眠時間を削って調合しているので、頭の働きが緩慢《かんまん》になって失敗も増え、そのせいでさらに作業時間が延びて寝る時間が少なくなるという悪循環に陥《おちい》っていたのだ。

それに、魔法薬作り以外にも、客の応対や棚の整理など仕事は山ほどある。

誰か一人雇って魔力と関係のない仕事を請け負ってもらえば調合に集中できると考え、先月思い切って女性限定で求人を出してみたのだ。

祖母の使っていた寝室が空《あ》いているから、住み込みの個室も提供できる。

真面目に勤《つと》めてくれるのなら数か月くらいの短期でもかまわないし、場所の不自由さの代わりに、賃金には相場より色をつけたって良い。

しかし、転移魔法陣で簡単に街と行き来できる地下商店街ならともかく、地下十五階なんて場所では流石《さすが》にまともな人材の確保は難しかった。

求人票には女性限定と記載していたのを無視して、募集を見たと数人の男がやってきたが、いずれもろくでもないことを企《たくら》んでいたらしい。

いくら愛想笑いを浮かべても、店の者へ悪意を持っていれば中には入れない。

カウンターの結界は、住居用の戸口にも施《ほどこ》されているのだ。

やってきた男たちは、ことごとく結界に弾き飛ばされて面接終了。見事、全員不採用となった次第である。

（私の様子見を頼まれたなら、エルダーは父さんと母さんから護衛の紹介状を持ってきたようなものよ。彼を雇えば、お互いに助かるじゃない！）

脳裏で、疲れきった自分が囁《ささや》く。

（確かに、期間限定で雇うなら、私にとっても都合が良いのよね……）

フィオナは魔法薬を作れるだけではなく、魔法も使える。

でも、攻撃魔法はともかく、どうしても防御魔法を上手く使いこなせない。他人に短時間ならかけられるけど、自分には全くかけられないのだ。

にもかかわらず、ついつい目を逸《そ》らし、防御魔法なら祖母が大得意なのだからとあまり練習しなかった。

その怠惰《たいだ》のツケは、祖母が亡くなってからしっかりと味わうことになる。

この階から繋《つな》がる自然洞窟《どうくつ》は、魔法薬の材料になる動植物が豊富で、以前なら祖母に防御呪文をしっかり唱《とな》えてもらえば、一人でも安心して材料集めに行けた。

また、食料や生活用品は、商店街の店に定期配達してもらっているけれど、時には急に必要なものを買いに行きたい時もある。店から片道三時間はかかる地下商店街までの道のりも、祖母の防御魔法をかけてもらえば、平気で行けた。

それが今はできないので、商店街へ行きたい時や、ダンジョン内で魔法薬の材料を集める時には、通信魔法を使って護衛を依頼している。

しかし地下商店街の護衛斡旋所《あっせんじょ》も、カザリスの好景気でダンジョンを訪れる観光客が増えて人手不足が続き、最近はなかなかすぐにきてもらえない。

そのため、材料集めの際には目くらましの魔法などを駆使《くし》して、魔物を必死で振り切って逃げていた。だけどそれでは不便で仕方なく、ますますストレスと疲れが蓄積《ちくせき》していく。

(信用の置ける人なら、店番と雑務をしてもらえるだけでも十分だと思っていたけれど、護衛まで兼任してもらえるのなら……)

グラグラ、グラグラと、フィオナの心がいっそう揺らぐ。

「……エルダーは転移魔法陣で地下商店街にきた後、ここまで一人できたのよね？」

護衛も務めてもらうならこの程度は必須なので念のために確認すると、エルダーは肩を竦《すく》めた。

「一人できたが、転移魔法陣は使わなかった。俺は婿《むこ》入りする気だったし、ダンジョン内の様子を一階からとりあえず見ておきたかったんだ」

「ダンジョンの一階から⁉」

予想以上の返答にフィオナは驚き、壁際に置かれた重そうな荷物を凝視《ぎょうし》した。

「じゃあ、ダンジョンの入り口まで登るのは大変だったでしょう。殆《ほとん》どの人は転移魔法陣を使っちゃうから、街から山の中腹までの道は荒れ放題で通りづらいし、下手をすればダンジョンの上階より凶暴な魔物もいるって聞くわ」

「そう苦労はしなかった。あれくらいの魔物や荒れた山道は、故郷ではごく普通だ」

簡単に言ってのけたエルダーに、フィオナは目を丸くした。

普通と言うが、転移魔法陣を使わずにダンジョンに入ろうとすれば相当に苦労すると、マギスや他のお客さんから聞いている。

それを楽々とこなしたエルダーを護衛に雇えば、さぞ頼もしいだろう。

フィオナは無意識に腕を組み、深く考え込んだ。

店だけでなく住居部分にしても、誰かが店主に害をなそうとしたら、すぐ結界の作用で外に放り出される。

だが店を一歩出れば結界の効果はないので、雇うなら信用の置ける相手でなくては困る。

その点エルダーは、誠実そうな人物に思えるが……

「やっぱり、いくらなんでも初対面の男の人と、いきなり同居っていうのは……」

「俺が無理に押し倒しやしないかと、警戒しているのか」

エルダーの声に、フィオナはハッとする。

「あっ！　ご、ごめんなさい」

フィオナは耳まで一気に熱くなった。真剣に考え込むあまり、いつのまにか考えていることを口に出してしまっていたらしい。

しかしエルダーは軽く肩を竦《すく》めて苦笑する。

「先ほどの失態を考えれば、フィオナが疑うのも当然だ。だから、条件を提示しよう」

「条件？」

首を傾《かし》げると、エルダーが椅子から立ち上がった。

次の瞬間、陽炎《かげろう》のようにその姿がゆらいで消え、代わりに一頭の金色の狼が現れた。

「わぁっ」

フィオナの口から、思わず感嘆の声があがる。

「この姿は気に入ったか？」

少し得意そうに言ったエルダーに、フィオナは夢中で頷《うなず》いた。

「最高に素敵よ」

人に近い姿でも目を奪われたくらい素敵な狼耳と尻尾だから、完全に狼の姿となったらもっと見事だろうと思っていた。

しなやかな体躯《たいく》を覆《おお》う金色の毛並みの美しさは、想像より遥《はる》かに素晴らしい。精悍《せいかん》な顔立ちに、尖《とが》った形の良い鼻と、濃い金茶色の鋭《するど》い目。これほど引きつけられる狼を、フィオナは初めて見た。

エルダーがゆったりと尻尾を揺らす。

「住み込みでの勤《つと》めを認めてくれるのなら、フィオナは俺の尻尾でも耳でもどこでも、好きなだけ撫《な》で放題というのは？　勿論《もちろん》俺からは決して必要以上にフィオナに触らない」

「ええっ！」

思いもかけぬ魅惑的な提案に、フィオナはガタンと椅子を鳴らして立ち上がる。

どうやら、さっきからエルダーの尻尾や耳に視線を向けていたことに、彼はちゃんと気づいていたようだ。

（この、綺麗な毛並みをモフモフし放題……っ！）

不敵な笑みを浮かべた金色の狼を前に、フィオナはプルプルと身を震わせたが、すぐに食いつくなと己《おのれ》を戒《いまし》めた。

（こんなにあっさりエルダーのペースに呑まれたら、なんだかんだで今後も丸め込まれ、気づいたらなし崩しに婿《むこ》入りを了承させられていそうだわ）

ここはやはり、毅然《きぜん》と断るべきだ。フィオナは腹に力を込めてエルダーを睨《にら》む。

二人の視線がぶつかり、見えない戦いの火花が散った……ような気がした。

「か、考えたけれど、やっぱり……」

フィオナが口を開いた瞬間、エルダーが片方の前足を優雅《ゆうが》にあげて、クルリとひっくり返す。すると、他よりやや濃い色の短い毛と、ぷっくりした黒い肉球がフィオナの目に飛び込む。

「毛並みだけでなく、肉球も触らせるが、どうだろうか」

「……本当に、プニプニさせてくれる？」

勝負あり。両手で顔を覆《おお》い、フィオナは誘惑に屈した。

狼にとって足は命だ。ジルでさえ、肉球をプニプニさせてくれるのは、相当機嫌のいい時だけである。足跡スタンプを取らせてもらうまで、どれだけ頑張ったことか。

「勿論《もちろん》、フィオナなら毛並みでも肉球でも好きなだけ触らせる。交渉成立だな？」

瞬時にエルダーが狼から人の姿に戻った。ニヤリと口の端を上げた彼は、服装の乱れもなく、さっきまで狼だったのが嘘みたいだ。

「まだよ」

フィオナは首を横に振り、居間の隅《すみ》にある文机《ふづくえ》の引き出しから一枚の紙を取り出す。

開店準備から閉店後の片づけまでの就業時間。お休みの曜日。お給金の額など、一通りを記した求人用紙だ。

あまりにも良い人がこなかったので、がっかりして地下商店街の求人ボードから外して机にしまったきりだったけれど、捨てずにとっておいて良かった。

万年筆で、女性限定と書いた部分を消して、護衛分の賃金をプラスしてからエルダーに渡す。

「賃金やお休みについては、ここに記載してあるものでどうかしら？」

「気持ちはありがたいが、無理に押しかけて雇わせたも同然だ。住み込ませてもらうだけで充分だから、賃金を受け取る訳にはいかない」

困惑顔の彼に、フィオナはきっぱりと告げる。

「あなたを雇うのなら、これは譲《ゆず》れないわ。きちんとした労働には対価を支払うべきよ。自分は給金に見合った働きをしていると、責任と誇《ほこ》りをもってお勤《つと》めをしてもらうためにもね」

そう言うと、エルダーは面食らったような顔で頭を掻《か》いた。一通り用紙に目を通した彼は、丁寧に畳《たた》んでポケットにしまい微笑む。

「文句なしの好待遇だ」

「良かった」

求人をするなど初めてだったから、内心ドキドキしていたフィオナは胸を撫《な》でおろす。

「では改めて、今日から宜しくね」

そう言ってエルダーに片手を差し出すと、彼は僅《わず》かに驚いたようだったが、フィオナの手を軽く握《にぎ》り人好きのする笑みを浮かべた。

「こちらこそ、宜しく頼む」

金色の尻尾をパタパタ揺らしているエルダーはとても嬉しそうで、フィオナまでホッコリと幸せな気分になる。

ひと騒《さわ》ぎあったが、なんだか心身の疲れが少し癒《いや》された気分だった。

二　ダンジョンにきた理由

——銀鈴堂の初代店主は、リリーベルという青銀の魔女で、貴族令嬢だった。

青銀の魔女は、昔から大魔女と崇《あが》められた一方で、陽射しを浴びることで体調を崩すなど、空の神に厭《いと》われた魔物だと忌《い》まれる風潮もあった。

リリーベルの生まれた当時は、特に貴族の間で、青銀の魔女は魔物という迷信が横行していたのだ。

かつてそんな話がなかった時代には、貧しい庶民階級に生まれた青銀の魔女を、魔力の強い子孫を残すため王侯貴族がこぞって妾《めかけ》として囲っていたらしい。

そうして、多くの貴族の家系に青銀の魔女の血が混ざっていったが、やがて貴族社会に偏見が広まると、権力者たちは手の平を返し始める。

貴族の家系から青銀の魔女についての記録は抹消《まっしょう》され、極まれに青銀の魔女が生まれたら赤子のうちに殺すなど、家名を汚さぬようひた隠しにした。

そのせいか、元から滅多に生まれなかった青銀の魔女はいっそう少なくなり、表向きには高貴な貴族階級には生まれないとされたのだ。

リリーベルの両親も、典型的な選民主義の貴族だった。

高貴な血筋の自分たちの間に忌《い》まわしい青銀の魔女が生まれるはずがない。魔物が悪戯《いたずら》で子を取り換えたのだと、生まれた娘を躊躇《ためら》わず殺そうとした。

だが、罪のない赤子を憐《あわ》れに思った産婆が、その屋敷の当主――つまり、リリーベルの祖父に助命を訴えたので、間一髪で生き長らえたという。

聡明《そうめい》な祖父は、くだらぬ迷信で赤子を手にかけるなど言語道断だと息子夫婦を叱責《しっせき》し、リリーベルを自分の庇護《ひご》下において人目に触れぬようひっそり育てることにした。

孫が青銀の魔女という事実を恥じたのではない。自分の考えがどうであれ、当時の貴族社会では、まだまだ青銀の魔女が生き辛いのを考慮しての措置《そち》である。

屋敷の一角にリリーベルを匿《かくま》い、産婆やごく少数の信頼できる使用人だけを傍《そば》に置いた。

そして普通の貴族令嬢のような淑女教育ではなく、魔法と基礎学問、市井《しせい》に関する事柄、それから一人でも困らず生活していけるだけの家事全般を熱心に学ばせたのだ。

祖父は心身ともに健康であったが、高齢でおそらくリリーベルが成人する前に寿命を迎えるだろうと承知していた。

そうなれば貴族社会にリリーベルの居場所はなくなる。

両親は、都合の悪い娘の存在は無視を決め込み、その後に生まれた跡継《つ》ぎの男児と別宅で暮らしているが、祖父が死に家督《かとく》を継《つ》げば邸《やしき》へ移り住み、全ての財産を牛耳《ぎゅうじ》る。

そうなればリリーベルは両親に殺されるか、良くて一生幽閉《ゆうへい》など、ろくな目に遭わないはず。

そのため、リリーベルは一人になっても、市井《しせい》で逞《たくま》しく生きる力が必要だった。

だが、青銀の魔女は陽の下では暮らせない。

孫娘の今後に頭を悩ませていたある日、祖父は旧友のドワーフにリリーベルの話をした。すると、そのドワーフは自分たちの村へ人間を住まわせることは難しいが、できる限り近くで受け入れようと提案してくれた。

そして、青銀の魔女であるリリーベルが、両親の追っ手と陽射しを避《さ》けて暮らしつつその才を生かせるよう、ダンジョンの地下で魔法薬店を営《いとな》むように勧めたのだ。

ほどなく祖父が亡くなると、思った通りリリーベルの両親は、忌《い》まわしい娘を殺そうとした。

だが、彼女はドワーフの助けを借りてさっさと逃げ出し、生まれ育った地から遠く離れたカザリスで貴族の身分を捨て、ただの身寄りのない娘として新しく人生を始める。

祖父から密《ひそ》かに渡されていた資金でダンジョンの一画を買い取り、ルブ族のドワーフに建ててもらった住みよい家に強力な結界魔法をかけて、魔法薬店『銀鈴堂』を開いたのだ。

「――この場所に店を構えているのは、そういうことだったのか」

フィオナが手短に店の成り立ちを伝えると、エルダーは納得がいったという風に頷《うなず》き、改めて室内をグルリと見回した。

「父さんたちから話を聞いてないなら、ダンジョンの奥で一人暮らしなんて、エルダーや村の人たちは妙だと思ったんじゃないかしら？」

フィオナが苦笑すると、エルダーがビクンと肩を揺らす。

「そっ、それは、不思議に思っていた。ダンジョンは女性が暮らすには危険すぎるところなのに、よく一人で平気だと……」

しどろもどろの話しぶりを見るに、やはり予想は当たったらしい。

エルダーや彼の一族は、フィオナが青銀の魔女だとは知らなかった。

なにかしらの事情があってダンジョンで暮らす可哀想な娘だと同情していたのなら、フィオナの両親が娘の傍《そば》に頼れる男を置くために、強靭《きょうじん》な人狼との結婚を望んでいると思い込んだのも頷《うなず》ける。

「そう思うのは無理もないわ。初代店主リリーベルは青銀の魔女でも特に強い魔力の持ち主だったの。彼女が強力な結界を店に残してくれなければ、私だってここで暮らすのは流石《さすが》に無理よ」

それを聞くと、エルダーが首を傾《かし》げた。

「だったら、なぜ街に移り住まず、無理をしてここで店を続けるんだ？」

「え……」

「今や青銀の魔女は伝説みたいな存在で、俺もフィオナに会うまで、話を聞いたことしかなかった。だが、青銀の魔女が魔物だという迷信は、詐欺《さぎ》の祈祷師《きとうし》が流した嘘だと今では広く知られている。それに初代店主は事情があったからダンジョンに隠れ住んだにせよ、長年ここで店をやっているのなら、この辺りの人に青銀の魔女は問題なく受け入れられている訳だろう？」

「それは、そうだけど……」

「この店には歴史と思い入れがあるのかもしれないが、自身の安全の方を重視するべきじゃないか？　あれだけ見事な回復薬を作れるのなら、どこの街で薬屋を開いてもきっと重宝され、皆に受け入れられる。日光に当たらないよう気をつければ、安全に暮らせると思うが。アーガス夫妻だって、フィオナを心配しているからこそ、俺たちに見守るよう頼んだはずだ」

正論を突きつけられたフィオナは、一瞬顔を歪《ゆが》めそうになった。

「あなたがそう考えるのはもっともよ。その方がよほど合理的で安全だと、私も理解できるわ。でも、さっきの……リリーベルの話には続きがあるの。それが今も、この場所に銀鈴堂がある理由よ」

――ダンジョンに魔法薬店を開いたリリーベルは、順調な人生を送った。

ドワーフ村の住人は親切で、冒険者も効果が高い魔法薬を良心的な値で売る青銀の魔女を忌《い》むことはなかったからだ。

やがて幸せな生活の中で、リリーベルは誠実な冒険者の男性と結ばれ息子を一人産んだ。

父親似の黒髪と屈強な体格を持って生まれた息子は、やがて逞《たくま》しい青年となり、カザリスに住む気立ての良い女性と結婚してダンジョンを出た。

翌年には、息子と同じ黒髪の娘が生まれ、また翌年には妻に似た金髪の双子の娘が生まれたと、喜ばしい便りは続いた。

だが、その翌年に生まれた末娘はリリーベルと同じ青銀の髪だったのだ。

普通、青銀の魔女は数代に一人生まれるかどうかで、孫に生まれるというのは珍しい。リリーベルの魔力が飛びぬけて高かったせいかもしれないが、そこは不明だ。

幸いにも、息子もその妻も青銀の魔女の末娘を忌《い》むことはなく、近所の人たちも偏見の目を向けることはなかったという。

可愛くて人懐こい末娘はミモザと名づけられ、姉とも大変仲が良く皆に愛された。

けれど、かえってそれが彼女には仇《あだ》となったのだ。

陽の光が自分の身体には毒だと両親から強く言い聞かされていても、楽しそうに戸外で遊ぶ姉や友人を窓から眺《なが》めるだけなのは、幼い少女には酷《こく》だった。

もし、たった一人でもミモザが同じ年頃の青銀の魔女と知り合えれば、その存在を心の支えに我慢できたかもしれない。

でも、もはや他の青銀の魔女は姿を消し、噂《うわさ》さえ聞かなくなっていた。

ミモザの欲求と孤独は深まっていくばかりで、それらに抗《あらが》うことはできなかった。

少しくらいならと何度も誘惑に負け、こっそり外に遊びに行っては高熱を出して寝込む。

それを繰り返す末娘を見て両親は決断した。

――このままではミモザは死ぬ。リリーベルのもとで守ってもらおう。

話を聞いたリリーベルと夫は、快《こころよ》くミモザを預《あず》かった。

ミモザも最初は家族を恋しがり嘆《なげ》いたが、次第に賢《かしこ》い祖母と優しい祖父を慕《した》って熱心に魔法薬作りを学んだ。

そして、老齢のリリーベルが天寿を全《まっと》うすると、ミモザは二代目の店主になったのだ。

「……二代目の店主ミモザは生涯独身だったけれど、姉の孫娘にまた青銀の魔女が生まれ、その子を引き取って育てたそうよ。それからも一族にはたびたび青銀の魔女が生まれ、赤子の時にここに引き取られて店を継《つ》ぐの。先代店主の祖母が去年亡くなり、私は九代目の店主となったわ」

話し終えたフィオナは、いつのまにか床を見つめていた視線をエルダーへ向ける。

「なにはともあれ、私はこの店が好きよ。こんな場所だからこそ、魔法薬を必要とする人がいて、祖母の薬が大勢の冒険者の命を救うのを見てきたわ。ここの店主になれたことを誇《ほこ》りに思っているの」

きっぱり告げると、エルダーが真摯な表情となっていきなり頭を下げた。

「そんな事情があるとは知らず、余計な口出しをして本当にすまなかった」

フィオナは慌《あわ》てて両手を振った。

「いいえ、気にしていないわ。はっきり言ってくれたから、早く事情が説明できて良かったもの。でも、ダンジョンの生活だって慣れればそう悪くはないのよ。とりあえず部屋に案内するわ！」

気を取り直し、フィオナはこれから彼に使ってもらう部屋に案内する。

居間の奥側の壁には扉が二つ並び、それぞれ寝室になっているのだ。

「こっちが私の部屋よ。エルダーは隣を使ってね」

フィオナは自室の扉を示してから、隣の扉を開ける。祖母と……それから祖父が存命の時は一緒に使っていた寝室だ。

形見分けと掃除《そうじ》はすませており、大き目の寝台も埃避《ほこりよ》けを外せばすぐに使える。

寝台の他には、衣服を入れるチェストと小さな文机《ふづくえ》と椅子がある。室内を見回し、エルダーは荷物を部屋の隅《すみ》に置くと微笑んだ。

「良い部屋だな、ありがとう」

「気に入ってもらえてよかったわ」

屈託《くったく》のない笑顔が、お世辞ではなく本心で言ってくれているのだと感じさせる。

荷物を解《ほど》くのは後にしてもらい、続けて台所や浴室洗面所などにある生活に必要な魔道具の使い方を見せてから店に移った。

開店から閉店まで基本的な業務を一通り説明するが、一度に全部覚えてもらおうとは流石《さすが》に思っていない。

「少しずつ覚えてくれれば大丈夫よ。エルダーの故郷とは魔道具の形や、料理とか生活の細々《こまごま》したところも随分《ずいぶん》と違うんじゃない？　何か困ることがあれば言ってね」

旅暮らしに慣れた者ならともかく、いきなり遠い地で暮らし始めると異なる生活習慣に馴染《なじ》めず、不満を溜《た》めてしまう者も多いと聞く。

しかし、エルダーは笑って首を横に振った。

「ありがたいが、俺の母はこの近くの出身なんだ。村を出たのはこれが初めてだけど、子どもの頃からよく母の故郷の話を聞いていたし、こちらの料理や菓子も食べ慣れている」

「あら、それなら良かったわ」

少し意外だったけれど、彼が不便でないなら何よりだとフィオナは安堵《あんど》する。

「でも、こういう魔道具は聞いたことも、見たこともなかった」

エルダーはそう言って、先ほど彼を弾き飛ばしたカウンターの板を手で示した。

「これが、初代店主リリーベルが作った特製の結界なの」

年季が入り飴《あめ》色になったカウンターの板を、フィオナは指先でそっと撫《な》でる。そして、エルダーがやや警戒気味にカウンターを眺《なが》めているのに気づいて噴《ふ》き出した。

「店主に危機感を抱かせたり、敵意を持ったりしていなければ触れても平気よ。それにエルダーが敵意を持っていたら、とっくに外へ弾き飛ばされているわ。カウンターに触れていなくても、建物全体に結界は有効なんだから」

笑いながらエルダーに告げると、彼がホッとしたように息を吐き、カウンターに大きな手で触れる。そしてフィオナを見て満面の笑みとなった。

「それなら良かった。俺がフィオナに敵意なんか持っていないのは当然として、フィオナも俺をも う警戒していないと証明された訳だ」

「……そういうことになるわね」

まさかそんな風に切り返されるとは思わず、フィオナはどきりとする。

その上エルダーはしげしげとカウンターを眺《なが》めて、更にとんでもないことを言い出した。

「どうせなら、フィオナの俺への好感度がどれくらい増えたか解れば良いのにな。そういう魔法はかかってないのか？」

「結界は店主を守るもので、ご機嫌を表すグラフじゃないのよ」

だいたい、わざわざ自分の気持ちを駄々洩《だだも》れにする魔道具なんて、一体どこの誰が作るというのだ。

なにを考えているのかと呆れて答えた時、ガチャガチャと鳴る金属音と、重たげな足音が聞こえてきた。

この賑《にぎ》やかさで、もう誰がやってきたかフィオナには解る。

「ドッフェルおじ様だわ！」

カウンターから身を乗り出すと、思った通り大荷物を背負った壮年のドワーフが一人、こちらへやってくるではないか。

ドワーフは男女ともに背が低くがっしりした体格で、成人男性ならば必ず濃く長い髭《ひげ》を蓄《たくわ》え、手入れを欠かさない。そして自身の作った武具を、誇《ほこ》らしげに身につけるのだ。

そのドワーフも顔の下半分を豊かな赤黒い髭《ひげ》が覆《おお》っていた。見事な装飾を施《ほどこ》した赤銅色《しゃくどういろ》の鎧《よろい》が、腰に吊るした斧《おの》と歩みに合わせて賑《にぎ》やかに鳴る。

「やぁ、フィオナ」

店の前にくると、壮年のドワーフはにこやかに両手を広げた。鎧《よろい》と同色の鉄兜《かぶと》と濃い髭《ひげ》で顔の大部分が隠れていても、親しげな光を湛《たた》えた黒い小粒な目はしっかり見える。

「ドッフェルおじ様、いらっしゃい！」

フィオナは満面の笑みでカウンターから身を乗り出し、彼に抱きつく。

彼はこのダンジョンの地下三十一階に住むドワーフの一人で、銀鈴堂の古い縁者だ。

フィオナが固い鉄鎧《よろい》に抱きつくと、丸っこくて大きなドワーフの手が、背と頭を優しく三回ずつ叩いた。ドワーフ式の親愛を示す挨拶《あいさつ》だ。

フィオナも彼の背を叩こうとした時、いきなりエルダーが素《す》っ頓狂《とんきょう》な声をあげた。

「な……っ、フィオナ！」

「え？」

驚いて彼を見ると、エルダーが恨《うら》めしそうな目で軽く睨《にら》んでいる。

「問答無用で吹き飛ばした俺の時と、随分《ずいぶん》態度が違うじゃないか」

フィオナはドワーフの鎧《よろい》の背と兜《かぶと》を軽く叩いてから離れ、グルグルと喉《のど》を唸《うな》らせているエルダーを呆れて眺《なが》めた。

「態度が違うって……ドッフェルおじ様は、先祖代々家族も同然なのよ。今日が初対面のエルダーとは違って当然だと思うけれど」

「先祖代々？」

「初代店主がここへ無事にこられたのは、彼女の祖父と知り合いだったドワーフの協力があったからだと話したでしょう？　そのドワーフが、おじ様のご先祖なのよ」

「そういうことだ、人狼の兄ちゃん。ここの代々の店主と、うちの家系は長い付き合いでな。ドワーフじゃなくたって、フィオナも俺の可愛い娘の一人だ」

ドッフェルはガハハと豪快に笑いエルダーの肩を力強く叩いた後、首を傾《かし》げた。

「しかし、そっち側にいるなんざ、お前さんは何者だ？」

『そっち側』とは勿論《もちろん》、店の関係者しか入れぬはずのカウンター内部のことだ。

エルダーはニコリと微笑むと、ドッフェルに向き直り、あの拳《こぶし》と掌《てのひら》を合わせた異国風の礼をした。

「ガルナ族のエルダーと申します。本来はフィオナのむ……ぐっ！」

フィオナはエルダーの言わんとすることに気づき、急いで彼に飛びついて、その口を手でベチッと塞《ふさ》ぐ。

「お、おじ様！　少し待ってね」

フィオナは引きつった笑みを浮かべてドッフェルに言い、エルダーの腕を引っ張って店から見えない奥へ連れて行く。

「お願いだから、婿《むこ》にくるつもりだったとかは言わないで。皆に誤解されたら困るわ」

声を潜《ひそ》めて頼むと、エルダーはやや不服そうな顔をしつつ頷《うなず》いた。

「フィオナが困るのなら黙っている」

「ありがとう。私の両親の紹介でしばらくここを手伝いにきたということにしてね」

ホッと息を吐き、フィオナはエルダーと店に戻る。

「待たせてごめんなさい。彼は父さんと母さんが旅先で出会った人で、今日から店を手伝ってくれることになったの」

「そうか、リーザたちの紹介なら安心だ。最近は客も増えたし、フィオナも一人じゃ大変そうだったからなぁ」

「ええ。おじ様にも紹介できて良かったわ。お茶の用意をするから上がって」

ドッフェルは武器工房を営《いとな》んでおり、月に一度か二度は村の仲間に頼まれ地下商店街へ買い出しにくる。そして商店街からの帰りに銀鈴堂へ寄って、この店で魔法薬も買い、フィオナとお茶を飲みながらしばし語らっていくのだ。

しかし、いそいそと戸口を開けに行こうとしたフィオナをドッフェルが止めた。

「すまんが、今日は買い物と土産《みやげ》だけを置きにきた。村にくる連中が増えたから、うちの工房も注文が殺到して、皆にも不足の材料を急ぎで頼まれている。また今度ゆっくり寄らせてくれ」

そう言ってドッフェルは荷物を探り、買う物のリストが書かれたメモ用紙と布包を取り出してカウンターに置く。布包の中身はいつも持ってきてくれる、ドワーフ村名物の食用土饅頭《まんじゅう》だ。日持ちがして美味《おい》しいためフィオナの大好物だが、ドッフェルとお喋《しゃべ》りをしながら摘《つ》まむからこそ、格別なのである。

でも、街の繁栄《はんえい》によってフィオナの店が忙しくなったのと同様に、ドワーフ村の各工房も繁盛《はんじょう》しているようだ。残念だが、引き止める訳にはいかない。

「……お仕事が落ち着いたら、いつでもきてね」

フィオナは微笑み、カウンターに置かれたメモに目を通す。

いつも通り、回復薬に魔力補充薬など、よく購入される魔法薬の類《たぐい》が一通り記されている。

「えーと、じゃあエルダー……」

せっかくだから、エルダーと一緒に品出しをして覚えてもらおうと振り向きかけたが、ドッフェルが「ああ、それから」と続けた。

「メモの分に追加して、目眩《めくら》ませ霧《きり》を十袋と、結界紙を二十枚、雷玉《らいぎょく》十個入りを七袋。それから耐火軟膏《なんこう》の大瓶を五つもらおう。どうやら今年は、火吹きトカゲが大量に巨大化しそうでな」

「火吹きトカゲが？」

ぎょっとして、フィオナは背筋を強張《こわば》らせた。

火吹きトカゲは、ここの十六階から下のいくつかの階層に生息する魔物だ。その名の通り、口から高温の猛火を吐き出し、トカゲに似た姿をしている。

赤いぬめぬめした鱗《うろこ》は硬くて魔法をも弾く。非常に獰猛《どうもう》で動くものを見ればすぐ炎を吐きかけるが、普通は子猫くらいの大きさなので炎の勢いも可愛いものだ。

しかし、まれに卵の段階から驚くほど巨大に成長するものもいて、そういった固体は吐き出す炎の勢いも凄《すさ》まじく、直撃を食らえば消し炭になるため要注意である。

冒険者ギルドの定めている魔物の危険度ランクでは、火吹きトカゲは最弱レベルであるが、巨大化したものに限り高レベルにされていた。

もっとも、火吹きトカゲは寿命が僅《わず》か一年程度と短く、しかも巨大化すると卵を産まなくなるので巨大火吹きトカゲ同士で繁殖《はんしょく》することはない。

そしてダンジョンの魔物はどんな種であれ、自力では生まれた階層以外に移動しない。

そのため、このダンジョンでは十六階以下に行かない限り、巨大火吹きトカゲと遭遇する危険はないのだ。

フィオナもこの階から下に足を踏み入れるのは、両親と一緒にドワーフ村を訪問する時くらいなので、まず安心である。

気をつけなければいけないのは、ドワーフ村の住人と、彼らの村へ行こうとする冒険者くらいだ。

「実は、行きの道中で巨大化した火吹きトカゲの卵の殻《から》が大量に転がっていた。しかも、火吹きトカゲの生息する階層全部でだ。あれほどの量は今まで見たことがない。念のため、ちと遠回りして安全な道を通ったから遭遇《そうぐう》しなくてすんだが、地下商店街にも連絡を入れてきた」

顎髭《あごひげ》を撫《な》でながら思案顔でドッフェルが言い、フィオナは顔を曇《くも》らせた。

「地下商店街に言えば、カザリスにもすぐ連絡が行くでしょうけど、どのみちドワーフ村との行き来はしばらく危険ね」

「ああ。あの分じゃ、村に滞在してる連中を地上に送り届けてやる必要がありそうだから、必要になりそうな魔法薬を追加注文したんだ。今滞在しているのは礼儀を弁《わきま》えて払いも良い、上客ばかりだからな。せっかく作った品物ごと帰り道で消し炭になられちゃ、こっちも気分が悪い」

片目を瞑《つむ》ったドッフェルに、フィオナは顔を綻《ほころ》ばせた。

ダンジョンの道は複雑で不思議だ。一見ただの壁に見える隠し通路や、不自然に広かったり、地下なのに空が見えたりする空間が存在し、急に遠く離れた場所に繋《つな》がることもある。

街では、行き来の多い地下商店街からドワーフ村までの地図も売り出されているが、隠し通路は記されていない。冒険者は、しょっちゅう出会う魔物と戦っては休息をとり、何日か野営してやっと村に辿《たど》り着くのだ。

でも、ドワーフならば魔物を上手く避《さ》けてさくさく進み、丸一日で地下商店街まで着く。

彼らは自分たちの村の付近は、徹底的に調べる性質だ。あまり知られていない隠し通路まで全て、ダンジョンの道を頭に入れている。

また、そこに住む魔物の習性も熟知し、勘も鋭《するど》い。

ドワーフが他種族を道案内するなど滅多にないが、そうしてもらえれば最高に頼もしい味方だ。

「だったら、追加の薬の分は半額にするわ。おじ様たちが紹介してくれるおかげで村から帰る途中に、私の店へ寄るお客さんもいるんだから、これくらいは協力させてね」

無料で提供すると言ったら、ドッフェルは絶対に受け取らないと知っている。

「ありがたい。銀鈴堂の店主からの厚意だと、しっかり伝えておくからな」

ドッフェルが嬉しそうに提案を受け入れてくれたので、フィオナは張り切って商品棚に振り向いた。

「じゃあ、さっそく品物を……」

言いかけてフィオナは目を丸くする。

既にエルダーがきびきびと動き、棚から品物を取り出しては、腕に提げた籠《かご》へ入れているのだ。

「エルダー？」

フィオナが声をかけると、彼はカウンターの上に魔法薬がぎっしりと入った籠《かご》を載せた。

「勝手にすまない。話が長くなりそうだったから、俺は注文品を用意した方が良いかと思った」

「あ、ありがとう」

エルダーが素早く、だが丁寧な手つきで籠《かご》から魔法薬を取り出してカウンターに並べていくのを見て、フィオナのみならずドッフェルも感嘆の息を漏《も》らした。

注文品を記したメモは、フィオナの手元に置いたままだったのに、エルダーはチラリと見ただけで、後から口述された追加分も含めて的確に棚から取り出してきたのだ。

棚にはそれぞれ薬の札が貼ってあるけれど、何しろ種類が豊富で似た名前も多い。

最初は自分が品出しをしているのを見せて徐々に覚えてもらおうと考えていたのに、たいしたものだ。

しかし、感心してばかりもいられないと、フィオナは壁にかけた帳面を取り、注文を受けた商品名と個数を走り書きした。その隣に、それぞれの金額と、どれを割引するかも補足していく。

「えっと……おじ様、すぐに計算するから少し待ってね」

ペンを持った手で、フィオナは頭を掻《か》いた。

計算は困らない程度にできるが、あまり得意ではない。

少量の買い物なら客を待たせることもなく、暗算でさっとやりとりするけれど、流石《さすが》に品物の種類が多く、割引まで計算するとなればまごつく。

カリカリと足し算や割り算をいくつも書いていると、エルダーがひょいと隣から帳面を覗《のぞ》き込んだ。

「メモ用紙に書いてなかった品を五割引きにするなら、合計で七千百六十五リルだ」

「え？」

「ほら、後はこうすると簡単に出る」

フィオナの手からペンを取り、エルダーが端にサラサラと二つ三つの式を書き込んだ。

「わ、本当ね。おじ様、七千百六十五リルよ」

「流石《さすが》、リーザたちの紹介だけあって有能な手伝いだ」

ドッフェルは革袋から取り出した代金を手渡すと、感心しきりといった様子でエルダーを見た。

「ありがとうございます」

整った顔にニコリと愛想の良い笑みを浮かべ、丁重に答えたエルダーの接客は、まさに見事の一言に尽《つ》きる。フィオナまで後光が見えるような気がしてしまったほどだ。

すると、破顔《はがん》したドッフェルが彼の肩をバンバンと叩いた。

「だが、俺にはそう改まらなくて良いぞ。ここは柄の悪い連中も珍しくないが、フィオナを宜しくな」

快活に言われ、エルダーもそつがない表情から自然な笑みになる。

「ああ。命に代えてもフィオナは守ってみせる」

明るく宣言したエルダーの横で、フィオナは思わず赤面した。

「エルダー、それは少し大袈裟《おおげさ》なんじゃないかしら」

小声で抗議するものの、彼は全く悪びれない。

「そんなことはないぞ？　俺はそもそも、命を助けられた恩を返しにきたんだからな」

「でも、わざわざ人前で言う必要は……」

そんなやり取りをドッフェルはニヤニヤして横目で眺《なが》めつつ、購入品を荷袋に収めていく。そして荷袋を背負って片手をあげた。

「詳しい経緯を聞きたいところだが、また今度にするとしよう」

「ええ、待っているわ！」

フィオナも元気よく手を振ったが、ドッフェルの姿が見えなくなって手を下ろした瞬間、くらりと眩暈《めまい》がした。

「っ！」

カウンターに手をついて身体を支えると、エルダーが大慌てで顔を覗《のぞ》き込んでくる。

「どうしたんだ!?」

「少し、眩暈《めまい》が……大丈夫よ。最近、魔法薬作りで忙しかったから、魔力が不足気味なだけ」

魔力は体力同様に使えば消耗《しょうもう》し、休息すれば回復する。

世の中には魔力を全く持たない人もいるが、魔力を持って生まれると、常にある程度の魔力を身体に留めておく必要があった。

その量には個人差があるけれど、あまり少なくなると身体が勝手に体力を魔力に変換しようとして、酷い眩暈《めまい》や体調不良が起こる。

「そんなに体調が悪いのに大丈夫だなんて、何を言っているんだ。ここには魔力補充薬もあるのに、どうして飲まない？」

魔法薬の棚を手で示したエルダーに、フィオナは説明した。

「魔力補充薬は携帯できて緊急時には便利だけれど、作るのにはその数倍の魔力が必要なの。私が自分で作ったものを飲んでしまうと、また作るために魔力を余計に消費することになってしまうのよ」

「え、そうなのか」

「ええ。少ない魔力で作れる特別な魔力補充薬もあるけれど、あれは材料が滅多に手に入らなくて今は置いてないの」

それを聞くと、エルダーは納得したように頷《うなず》いた。

「だったら、俺が店番をしているから、フィオナは部屋に戻って眠ったほうがいい。眩暈《めまい》がするくらい魔力が足りないのでは、休まない限り魔法薬も作れないだろう？」

「それは、そうだけれど……」

フィオナは躊躇《ためら》い、視線を彷徨《さまよ》わせた。

午前中に頑張った甲斐《かい》あり、薬の在庫にはまだ余裕がある。

しかし、今の状態で横になったら、仮眠どころか客がベルを鳴らしても気づかないほど熟睡してしまいそうだ。

すんなり起きられる自信がないなら、閉店まで気を張り詰めて起きていた方がいい。

壁にかけた時計を見ると、まだ二時を少し過ぎたところだが、頑張ればなんとか閉店の六時まで起きていられるだろう。

「ここまで旅をしてきたエルダーだって、疲れているのは同じでしょう？　あなたこそしっかり休んで。私は店主として、営業時間内にきたお客さんに対応する責任があるわ」

自分の体調よりも彼の方が心配になり、フィオナはそう提案した。

大荷物を背負ってダンジョンを丸一昼夜も旅をしてきた上に、辿《たど》り着くなり店の結界に吹き飛ばされたのだ。

その後、事情を話しながら薬草茶を飲んで少し休憩したとはいえ、まだ疲労困憊《ひろうこんぱい》なはず。そんな彼に一人で店番を任せて休むのは気が引けた。

しかし、エルダーはきっぱりと首を横に振る。

「人狼の体力を見くびってもらっては困る。それに、店主としての自負と客を大事にしたい気持ちがあるなら尚更《なおさら》、休める時に休むべきだろう」

「え……」

「俺は店番はできるが、魔法薬は作れない。ここの客が必要とする品を作れるのはフィオナだけなのだから、滞《とどこお》りなく魔法薬を作れるようにするのが最優先じゃないか？」

返す言葉がなかった。

「エルダーの言うとおりね」

フィオナは溜息《ためいき》を吐き、ズキズキと痛む額《ひたい》を押さえる。寝不足と疲れで、本当に頭の働きが鈍っていたらしい。

「お言葉に甘えて、少しだけ仮眠をとらせてもらうわ。でも、何か困ることや魔法薬の扱いで解らないことがあったら、怒鳴っても揺さぶっても良いから起こしてね」

「解った。売り買いだけならともかく、魔法薬の中身に関して俺は全く素人《しろうと》だからな。下手な自己判断は決してしないから、安心してくれ」

柔《やわ》らかく目を細めて微笑んだエルダーは、とても頼もしく見えた。

今日会ったばかりの人に店を任せるというのに、不思議と不安はなく、フィオナの口元にも笑みが浮かぶ。

自室に入って扉を閉めると、フィオナはほっと息を吐いた。

気が緩《ゆる》んだ瞬間に蓄積《ちくせき》していた疲労《ひろう》がどっと押し寄せ、立っていられないほど眩暈《めまい》と頭痛が酷くなる。

やっとのことで靴を脱ぎ、寝台に倒れ込んだ。

「はぁ……おふとん、きもちいい……」

柔《やわ》らかな枕にボフンと頭を乗せた瞬間、余りの心地よさに自然と瞼《まぶた》が重くなる。

(灯り、消さなくちゃ……)

目を閉じたまま、寝台の脇にある照明用のレバーを手探りで下ろそうとしたが、持ち上げた手はポトンと敷布に落ちる。

たちまちのうちに、フィオナはすやすやと眠り込んでいた。


扉の向こうから料理をする音が微かに聞こえ、フィオナは薄く目を開けた。

まだ半覚醒《かくせい》の状態で、ぼんやりと視線を部屋に巡らせる。

(灯り、点けっぱなしで寝ちゃったんだ……お祖母《ばあ》ちゃんに怒られちゃうなぁ)

フィオナがある程度大きくなってから、食事作りは任せてもらっていたが、店休日の朝食は祖母が張り切って作ってくれる。

今日の朝食はなんだろうと想像しながら、フィオナは祖母が起こしにきてくれるのを寝台でゴロゴロしつつ待つという、怠惰《たいだ》な贅沢《ぜいたく》を楽しんでいた。

（あれ……待って、お祖母《ばあ》ちゃんはもういないじゃない。とすると、朝食を作ってくれているのは……）

寝ぼけていたフィオナは、今、家にいるのは祖母ではなく、唐突《とうとつ》に押しかけてきた人狼だと思い出して飛び起きた。

身を起こすと同時に、チェストの上に置いた時計が目に留まる。

両親の異国土産《みやげ》であるそれは、昼夜の分かりにくいダンジョン内でも便利なようにと、文字盤の絵が午前と午後で月か太陽に変わるものだ。

「もう午後七時⁉」

午後を示す三日月の絵になっている文字盤と針の位置を見て、フィオナは声をあげる。

一時間くらいで起きるつもりが、一瞬で五時間近く経っていた。

（あぁ、やっぱり寝過ごしちゃった）

とはいえ、ぐっすり眠ったためか驚くほど身体が軽い。身体の奥に魔力が十分蓄《たくわ》えられている時の、独特の感覚が戻ってきている。

（料理の音がするってことは、エルダーはもうお店を閉めてくれたのね）

彼には閉店時間も教えてあるし、もしお腹が空《す》いたら、台所も貯蔵庫の中身も好きに使うように言ってあった。

だが、エルダーのおかげでゆっくり休めたのだから、今度は彼にも休んで欲しい。彼が夕食を作り始めたところなら、すぐに起きて残りを作ってあげよう。

フィオナはグシャグシャになっていた前髪やスカートを手で撫《な》でつけ、そろそろと扉を開いた。

途端に、食欲を刺激する良い匂いがふわりと漂《ただよ》ってくる。

テーブルを見ると、すでに二人分の美味《おい》しそうな料理が並んでいた。

「おはよう。夕食ができたから、そろそろ起こそうかと思ってたんだが、体調はどうだ？」

ちょうど台所から出てきたエルダーを、フィオナはポカンと見つめる。

「ええ……おかげですっかり良くなったわ。これ、エルダーが一人で作ったの？」

他に作る人がいるはずもないのに、つい間の抜けた質問をしてしまった。

「簡単なものだけどな」

エルダーはそう謙遜《けんそん》したけれど、とんでもないと思う。

軽く炙《あぶ》ったパン、焼き立てのオムレツに、キノコと野菜のスープ、茹《ゆ》でた根菜のサラダ、鶏肉のトマト煮込み。どれも見目良く盛りつけられ、非常に美味《おい》しそうだ。ガラスの器には、飾《かざ》り切りにしたリンゴが盛られている。

くう……とフィオナのお腹が鳴り、赤面した。

「きょ、今日はお昼ご飯も食べそこねていたから……」

笑いをこらえているようなエルダーに言い訳をすると、彼が頷《うなず》く。

「元気になったなら、冷めないうちに早く食べようか？」

「ええ。頂くわ」

フィオナは急いで洗面所で顔を洗い、食卓についた。

感謝の祈りを捧《ささ》げ、まずスープを一口飲む。

上手にもどした乾燥キノコは、生で食べるより旨味が増していた。野菜の甘さと塩味がほどよく合わさった温かな液体が、喉《のど》を滑《すべ》り落ちていく。

「はぁ……美味《おい》しい……」

思わず溜息が零《こぼ》れた。

スープが胃に収まると、じわりと痺《しび》れるような温かさが広がっていく。

身体に沁《し》みる美味《おい》しさとは、こういうのを言うのだろう。スプーンを握《にぎ》り締め、フルフルと身体を震わせてしまう。

一人でする食事はどうも味気なく、忙しさや疲れを言い訳にして手軽にすませがちだった。特に先週くらいからは慌《あわ》ただしく、せいぜいパンとチーズにリンゴを適当に口にするなど、食生活が酷くなっていた。

(栄養も勿論《もちろん》大事だけど……美味《おい》しいものを食べられるって、純粋に嬉しいわよね)

無意識のうちに、食事は空腹をしのげれば良いと考えていた。しかし、エルダーの作ってくれた料理のおかげで、そんな基本的なことをしみじみと思い出す。

ゆっくり味わいたいのに手と口が止まらなくて、すぐにスープ皿は空《から》になった。

根菜サラダには美味《おい》しいドレッシングがかかっており、茹《ゆ》で加減もちょうど良い。

オムレツはふわふわで、瓶詰のトマトと香辛料で煮込んだ鶏肉は柔《やわ》らかく、どれを頬張っても口の中が新しい幸せでいっぱいになる。

最後に綺麗な飾《かざ》り切りにされたリンゴを眺《なが》め、フィオナは尋ねた。

「もしかして、エルダーは料理人を目指していたの？」

「そんなことはないが、長《おさ》の家は村の者へ料理をふるまう機会が多いからな。母上の異国料理も好評で、よく手伝いに駆り出された」

エルダーが首を横に振り、鳥の形に細工切りしたリンゴの薄い羽部分を摘《つ》まむ。

「そうだったの。でも、本当に美味《おい》しかったわ」

感心して言うと、途端にエルダーがニヤリと笑った。

「なかなか役に立つだろう。婿《むこ》にしたくなったか？」

「っ⁉　そっ、それはまた別の話よ」

お茶を噴《ふ》きそうになり、フィオナは慌《あわ》ててそっぽを向いた。

「なんだ、残念だ。その気になったら、いつでも言ってくれ」

苦笑して肩を竦《すく》めたエルダーを、フィオナはそっと横目で見た。

（エルダーって、謙虚《けんきょ》なのか自信家なのかよく解らないわ）

心の中でぼやき、フィオナもリンゴに手を伸ばす。

薄切りのリンゴを噛《か》むと、シャクリと心地いい音がして甘酸《ず》っぱい味が口の中に広がった。

（これも、すごく美味《おい》しい）

切り方が違うだけでいつもよりずっと美味《おい》しく感じる。

(……そうか。今日は一人じゃなくて、エルダーがいるからだわ)

不意に、フィオナは何とも言えぬ幸福感と満足感の理由に思い当たる。

(誰かと楽しく食べているから、どれもこんなに美味《おい》しいのね)

けれど、押しかけ婿《むこ》志望の人狼の前でそれを口にするのはちょっと危険な気がしたから、心に留めておいた。


夕食の後片づけくらいやると申し出たが、魔法薬の調合があるならそちらを優先すべきだとエルダーに促《うなが》されてしまった。

フィオナが爆睡している間に何組か客が来たそうで、在庫を見たところ回復薬を含む売れ筋の魔法薬をいくつかすぐに作っておく必要があったのだ。

ゆっくり休み美味《おい》しい夕食を食べたおかげで調合もはかどり、エルダーが夕食の後片づけをしてくれている間に、取り急ぎ必要と思われる分は作れた。

その後、湯浴みをすませる。次いで浴室に行ったエルダーが出てきた時には金色の狼姿になっていた。

「約束だから、好きなだけ触ればいい」

ひょいとソファーに飛び乗ったエルダーが、金色の体躯《たいく》を横たえる。

「じゃ、じゃあ、失礼してちょっとだけ……」

ゴクリと唾《つば》を呑み、フィオナはソファーの端っこに座った。

魔道具で乾かした金色の毛並みは、洗い立てのせいか、いっそう艶《つや》やかに見える。

フィオナは温かくて柔《やわ》らかな金色の毛に、そろそろと指先を沈ませた。

ふかっ。

(わぁっ、気持ちいい！)

ゾクゾクと鳥肌が立つくらい心地よくて、フィオナは陶然《とうぜん》とする。

いくら本人の許可があるとはいえ、相手は立派な人狼の青年だ。自重《じちょう》するつもりだったのに、気づけば背中や耳の付け根を、もふもふもふもふ夢中で撫《な》でまわしていた。

でも、エルダーも気持ち良さそうに目を閉じて尻尾をパタパタさせているから、嫌々我慢しているのではないようだ。

「人狼の冒険者もたまに見かけるけれど、金色の毛並みなんて初めて。ガルナ族は全員、エルダーみたいに綺麗な金色の人狼なの？」

首元の長い毛が密集した部分をうっとり撫《な》でながらフィオナが尋ねると、彼が目をパチリと開いた。

「いや。俺の住んでいた地方では、黒か灰色の毛並みが一般的だ。この辺りでは茶色の毛並みが一般的で、北方では銀色、南では赤毛ばかりだと聞く」

「へぇ、地方によって違うの」

「北と南の色は、話に聞いただけだがな。人狼も時には旅に出るが、俺の母上のように異なる毛色の地域にまで足を伸ばして移住する者は珍しいんだ」

「だから、私が見たことのある人狼は、茶色の毛並みの人ばかりだったのね」

フィオナは呟《つぶや》き、過去に見かけた人狼を思い出す。

言われてみれば確かに、焦げ茶から薄い栗色と様々だったけれど茶色系のみだ。

「それで、俺の毛色についての話だが……異なる色の毛並みをした人狼夫婦の子どもは、大抵父母のどちらかの色になるが、まれに金色の毛並みが生まれる。兄姉合わせて十人いる中で、俺以外は全員黒か茶色の毛並みだ」

エルダーが言いながら、自分の金色の前足を片方持ち上げじっと眺《なが》める。

「正直に言うと、俺は今まで自分の毛の色が好きになれなかった」

「こんなに綺麗なのに？」

「金色の人狼は高く売れるとかで、五歳の頃に街で誘拐《ゆうかい》されたことがある」

「誘拐《ゆうかい》!?」

街にもダンジョンと同様に物騒《ぶっそう》な輩《やから》はいると聞いていたが、思わず声をあげてしまった。

「人狼だって子どもなら、複数の大人の人間に敵《かな》わないからな。俺の毛並みは奴隷商に狙われやすいから気をつけるよう言われていたのに、初めて一人で使いを頼まれて舞い上がっていた。そのせいでゴロツキ連中に、帰り道で待ち伏せをされていたのに気づかなかったんだ。父上が助けてくれたから無事に戻れたが」

「良かった……」

知らずに詰めていた息を吐くと、エルダーはおかしそうに笑ったが、急に溜息《ためいき》を漏《も》らす。

「ただ、母上や兄姉は元から毛色の珍しい俺に過保護気味だったが、その件があってからますます心配症になった。家族の過保護ぶりに渋い顔をしていた父上さえ事件からすっかり意見を変えて、誰よりも俺を心配するようになってしまった」

彼は遠い目で呟《つぶや》き、天井を仰《あお》いだ。

「人狼の男は、六つになればもう大人に交じって魔物を狩りに出る。俺も誘拐《ゆうかい》事件さえ起きなければ翌週にはそうしていたはずだったが、狩りどころか成人までは村の外へ出るのも禁じられてしまった。例外は、村の女性たちが市場へ魔物の角や毛織物を売りに行くのを手伝う時だけだ」

「大変だったのね。ご家族の気持ちもわからなくはないけれど……」

複雑な思いで、フィオナは極上の手触りをもつ金色の毛並みを見つめる。

大陸の主だった国では奴隷売買を禁じて久しいが、女性や子どもを誘拐《ゆうかい》して密売する者は絶えないそうだ。

見目が良く希少価値の高い金色の人狼の子どもなど、そんな輩《やから》にすれば垂涎《すいぜん》の獲物に違いない。

「攫《さら》われた時は本当に酷い目にあったし、村の者や家族にも心配をかけた。大事に守られているのを感謝すべきだと、理屈では解っていたんだが……やはり、兄上や同じ年頃の友人が自由に外へ狩りに行くのを見ると、羨《うらや》ましくて悔しかった」

金色の前足に視線を落とし、ポツポツとエルダーが呟《つぶや》く。

「俺は、自分の家族を誇《ほこ》らしく思っている。父上は長《おさ》として立派に村をまとめ、母上も遠方からきた身ながら今では一族の女性に最も頼られる女頭《おんながしら》だ。一番年長のクガイ兄上は文武共に秀《ひい》でて次期長《おさ》として申し分なく、他の兄上や姉上もそれぞれ抜きんでた才覚を持ち、それを惜しみなく俺に教えてくれた」

「皆、エルダーのことが大好きで大切だったのね。家族仲が良いってすごく素敵だと思うわ」

フィオナが相槌《あいづち》を打つと、エルダーは微笑んだが、なぜか少し寂《さび》しそうに見えた。

「俺もそう思う。だからこそ大好きな父上と兄上たちについて、早く皆の役に立てるようになりたかった。けれど、無理にでも外に行きたいと言い、また何か起きて皆にいっそう心配をかけるのが怖くて黙っていた。その葛藤《かっとう》が常にあったから、余計に歯痒《はがゆ》く感じていたんだろうな」

「そう……」

大好きな家族についていきたいけれど、困らせたくはない。今語られた彼の気持ちは、驚くほど自分の抱いている感情に似ている。エルダーを黙って見つめると、不意に彼が顔を上げ、牙の目立つ口元でニヤリと笑った。

「もっとも、狩りに行かなかった代わりに、家事や市場での仕事は、母上や姉上たちに厳しく叩きこまれたからな。料理も得意になったし、店の仕事も慣れたものだろう？　何より、フィオナがこの毛並みを気に入ってくれたから、俺は金色に生まれて良かったと思える」

いきなり嬉しそうにそんなことを言うので、フィオナはなんだか気恥ずかしくなってしまい、手を離してそっぽを向く。

「だって、本当に綺麗な毛並みだもの。それに、初めて売り子をしたにしてはやけに手際が良いと思ったら、経験者だったのね」

納得して頷《うなず》くと、エルダーが苦笑した。

「がっかりさせるかもしれないが、俺は何でもできる天才じゃないからな。料理も接客も、最初はまるで自分に向いていないと思ったよ。なかなか楽しいなんて思えるようになったのは、どれも散々失敗を繰り返して、ようやくこなせるようになってからだ」

「え？　がっかりなんてしないわ」

驚き、フィオナはエルダーにずいと顔を寄せた。

「何でも初めから簡単にこなせる天才なんて、そうそういないわよ。私だって、まともに魔法薬を作れるようになるまで何年もかかったわ。材料を無駄にするだけだからやめたいって大泣きして、お祖母《ばあ》ちゃんを困らせたこともあるもの」

力説すると、エルダーが目を見開いて気まずそうに逸《そ》らした。

「意外だ。フィオナなら……いや、その……」

語尾を濁《にご》しても彼の言いたいことはよく解り、フィオナは肩を竦《すく》める。

「魔力量が多いと、扱おうとした時に一気に溢《あふ》れ出ちゃうから、使いこなすのがかえって大変なの。でも、青銀の魔女は努力も苦労も不要だと書いてある本もあるくらいだし、エルダーが誤解しても無理はないわ」

気楽な口調であっさり言えたのは、エルダーの様子からフィオナの言い分を信じてくれたのが、はっきり見てとれたからだ。それに彼は、フィオナが地上に店を移さないことに関しても、きちんと説明すれば理解してくれた。

残念ながら、フィオナの言うことに耳を傾《かたむ》けてくれない相手もいるため余計に嬉しい。

『――青銀の魔女様は、凡人に交じってお勉強なんてくだらないと思ったのね』

口元を歪《ゆが》めた黒髪の美少女の顔と声が一瞬脳裏に蘇《よみがえ》ったけれど、フィオナは軽く首を振ってそれを打ち消し、話を戻した。

「とにかく、失敗を嫌がって簡単に諦《あきら》めたら、今まで捨てた魔法薬の材料は本当に無駄になるけど、頑張って上手に作れるようになれば、それは成功するために必要だったことになると、お祖母《ばあ》ちゃんに言われたの」

「うん……そうだな」

「ええ。だからエルダーの小さい頃の失敗も、色んなことがこなせるようになるために必要なものだったのよ。初めから何でもこなせたら、それはそれで格好いいけれど、不向きかもしれないと思っても投げ出さないで上達したなんて尊敬するわ」

彼の真面目さや勤勉さに好感を抱きこそすれ、天才肌じゃなくてがっかりするなんて、あり得ない。

「ご家族もエルダーを大事にしていたでしょうけど、エルダーも本当に、家族思いの良い人ね」

心温まる話に感動してフィオナが目を潤《うる》ませると、なぜかエルダーはいきなり前足を揃《そろ》え、しっかりと顔を伏せてしまった。

「……家族も村の一族も、大切に思っているのは事実だ」

俯《うつむ》いたまま発せられた彼の声は、微かに震えていた。

何かを堪《こら》えているような姿に、フィオナはハッとする。

(どうしても婿《むこ》入りしなきゃなんて言っていたけれど、エルダーだって本当は帰りたいのに、我慢しているんじゃないかしら？)

考えてみれば、今回の件で一番振りまわされて気の毒なのはエルダーだ。

恩人との約束だからとはるばるこんなところまできたのに、誤解だったと無下《むげ》にされ、故郷の者たちに心労をかけまいと、フィオナに自分を雇うよう頼む羽目になったのだから。

しかも、毛並みモフモフ肉球プニプニ大サービスという、身体を張った条件までつけて。

そこまでしてエルダーが頑《かたく》なに婿《むこ》入りを申し出たのは、幼い頃に渇望した『皆の役に立ちたい』という思いが、あまりにも強いゆえかもしれないと感じた。

なにしろ、村を代表する恩返しの大役を家族から任されたのである。ここに着くなり勢いあまってフィオナに抱きついたところからも、相当の意気込みが見て取れた。

すぐさま家族のもとに帰りたい気持ちはあっても、せめて恩人の娘に対して恩義を果たさなくては、故郷の家族に顔向けできない……ようやく家族の役に立てる機会を中途半端に放棄はしないと、決意を固めたに違いない。

(エルダー……家族の期待に応えたいのね！)

思わず、フィオナは両手を広げてエルダーを抱き締めていた。

人狼の男性だと理解しているが、狼姿だから不思議と抵抗がない。

するとエルダーはいっそう顔を隠しプルプル震え出した。

（そうよね。故郷の話をしたら、余計に寂《さび》しくなっちゃったわよね……）

不憫《ふびん》な彼の胸中を思い、フィオナの目にも薄く涙が滲《にじ》んだ。

彼の家族の代わりにはとてもなれないけれど、少しでも寂《さび》しさが和《やわ》らげばと、ふさふさした首筋に顔を埋め、もっと力を込めて抱き締める。

最低でも一年はここに勤《つと》めると宣言したからには、フィオナがどんなに帰郷を勧めてもエルダーは素直に頷《うなず》かないと思う。

でも、今日だけでフィオナは彼に随分《ずいぶん》と好感を持ったため、ぜひ幸せに暮らしてもらいたい。

（心配しないで。一年後にはちゃんと故郷に帰れるよう、引き止めたりしないからね）

フィオナは心なしかドクドクと脈打ち始めた温かな狼の身体を、ぎゅうぎゅうと抱き締め続けた。

＊＊＊

――一方。

エルダーはなるべくフィオナを見るまいと顔を伏せ、プルプルと身を震わせて、己《おのれ》の欲望と戦っていた。

髪を解《ほど》いて、踝丈《くるぶし》のネグリジェに薄いカーディガンを羽織《はお》ったフィオナの姿は、年頃の男の目には眼福……いや、目の毒だが、それが密着しているのだ。

石鹸《せっけん》の香りと共に彼女自身からとても良い香りがする上、細身ながら絶妙に心地よい柔《やわ》らかさ。

背中に当たっている二つの膨《ふく》らみがなにか、女性経験のないエルダーだって流石《さすが》に見当がつく。

（た、確かに触り放題と提案したのは俺だが、狼の姿になっていても、一応は健全な成人男性であってだな……す、すごく良い匂いが……）

自分で言い出したことながら、予想以上に苦悶《くもん》するはめになった。

毛並みを撫《な》でられた瞬間から、ゾクゾクするほど気持ち良くてたまらない。うっかり気を抜いたら、すぐさま彼女を押し倒してしまいそうだ。

（そんなことをしたらフィオナに死ぬほど嫌われるだろうが！　二度目の失態は許されないぞ！）

彼女に嫌われるのが嫌なら耐え抜けと、必死で自分に言い聞かせる。

フィオナが言った通り、エルダーは彼女……いや、青銀の魔女全員に対して失礼な思い違いをしていた。

彼女たちは、生まれつきの才覚だけで魔法を軽々使えるのだと、世間で聞いた噂《うわさ》を疑いもなく信じていたのだ。

けれど、フィオナはその間違いを指摘しつつも、憤《いきどお》らずにエルダーが失敗を重ねながら上達したことを褒《ほ》めてくれた。

目を潤《うる》ませて微笑むフィオナを、本当はもっと見ていたい。

でも、これ以上見ていたら、自分がここにきた本当の理由を告白し、今すぐフィオナに想いを打ち明けてしまうかもしれないので、顔を伏せるしかなかったのだ。

（最初から大失敗をした。まさか誤解だったなんて……父上も年寄り衆も、さてはまた早合点《はやがてん》したな）

アーガス夫妻と話をした父や村の老人たちは、いずれも狩りの腕前は文句なしに尊敬できる猛者《もさ》だ。ただ、いわゆる脳筋揃《ぞろ》いというか、たまにそそっかしいところがある。

おそらく夫妻の話をよく聞かないで、勝手に思い込んだに違いない。

エルダーは前足の間に顔を埋めたまま、一族の危機と自分が死にかけた時の出来事を心の中で振り返った。

——ゴブリンの襲撃を受けた際、エルダーは奴らが獲物として狙った小さな子どもたちを守り、集中攻撃された。

そしてとどめを刺される寸前、唐突《とうとつ》に現れた人間の男女がゴブリンを薙《な》ぎ払い、エルダーの口をこじ開けて回復薬を流し込んでくれたのだ。

しかし怪我は深く、急所の喉《のど》は特に酷くやられていたから、飲みこめた量はほんの僅《わず》かだった。

人狼は戦闘力が抜きんでていて、並々ならぬ生命力を持つ種族だけど、大怪我をすれば死ぬ。

そんな当たり前のことを、あの時に心の底から痛感した。

それからエルダーの意識は途切れ、気づいたらどこかに横たわっていた。

だが、自分がどういう状況にあるのか全く分からなかった。ただ全身が耐えがたく痛み、指一本動かせず、瞼《まぶた》を開けることもできない。耳と鼻もやられたのか、音も匂いもなにもしない。肉まで食いちぎられ深く傷ついた喉《のど》は、細い呼吸をするだけで激痛が走る。

痛みで思考は鈍っていたが、少し気を抜いて息をするのを諦《あきら》めたら、そのまま死ぬことはなんとなく解った。

それでこの苦痛が終わるのなら……と、呼吸を止めかけた時だ。

——お願い、死なないで。

さっきまでなにも聞こえなくなっていたエルダーの耳に、突然女性の声が届いた。

聞き覚えのない声だったが、その声音からは切実な思いがありありと伝わってくる。

目を開けることは相変わらずできなかったが、『彼女』は傍《そば》にいるのだろうと思った。声と共に、淡い陽炎《かげろう》みたいな気配と、何種類もの薬草が交じったような微かな良い香りがしてきたから。

——君は、誰だ？　すまないが、もう俺は駄目みたいだ……痛くて、苦しい……

声が出せないまま、心の中で弱音を呟《つぶや》くと、また『彼女』の声が聞こえた。

——お願い、死なないで。無事に私のところへ帰ってきて。

それからもエルダーが諦《あきら》めかけるたびに『彼女』の声は聞こえ続けた。

ずっと彼の傍《そば》に寄り添い続け、自分の名も、他のことも何も語らず、死なないで無事に戻ってくれと必死に懇願《こんがん》する。それだけだ。

しかし、エルダーは誰かが傍《そば》にいて励ましてくれるのは、こんなに心強いものかと思った。

幼い頃に誘拐《ゆうかい》された時は、必ず家族が助けにきてくれると信じていたから、絶望せずにすんだ。

でも、今は怪我で死にかけている自分を誰も助けることはできないと、どこかで理解していた。

一人でひたすら苦痛に耐え、身体が回復するまで死なないように堪《こら》えるしかない。

それはとてつもない苦痛をともない、恐ろしく忍耐が必要だったが、『彼女』が傍《そば》で励ましてくれたから……こんなにも必死に無事を願ってくれる声を無視できるものかと耐えられた。

死の誘惑を振り切って、どれだけ時間が経っただろうか。

徐々に傷が塞《ふさ》がり始め、ゆっくりと、だが確実に痛みが薄れていく。

呼吸が段々と楽になり、エルダーはやっとの思いで瞼《まぶた》をこじ開けた。

一刻も早く『彼女』を見たい。命の恩人だと礼を言い、どうかずっと俺の傍《そば》にいてくれと請《こ》いたい。姿も見ていないけれど、彼女の優しさにエルダーはすっかり心を奪われていた。

ところが目を開けた途端、さっきまで確かに感じていた『彼女』の気配は掻《か》き消えた。

（ここは……屋敷の、客間か？）

エルダーは瞬《まばた》きをして辺りを見回し、自分がいつのまにか屋敷の客間に寝かされていたのだと気づく。

天井や壁にはそこかしこに焼け焦《こ》げた穴があり、父の自慢だった蓮《はす》と竹を彫った見事な欄間《らんま》も壊れていたが、屋敷は完全に焼け落ちずにすんだらしい。

寝台の傍《かたわ》らでは村の老医師が椅子に腰かけ、疲れた顔で居眠りをしていたが、視線だけ動かして辺りをよく見ても、見知らぬ女性どころか他には誰もいない。

もっとよく見ようと上体を起こそうとした瞬間、鋭《するど》い痛みが走り、悲鳴もあげられず激しく咽《むせ》こんだ。

『エルダー坊ちゃん！　気づきましたか！』

すると老医師が弾かれたように目を開け、大急ぎでエルダーの背をさする。

エルダーの呼吸が幾分か落ち着くと、薬を煎《せん》じながら状況を話してくれた。

偶然通りすがったアーガスという夫婦が、ゴブリンに壊滅されかけていた村を救ったこと、エルダーは食い殺される寸前でその夫妻に救われたが、五日間も昏睡《こんすい》状態だったこと。

どうやら、自分は生死の境をさまよっていたらしい。

アーガス夫妻はゴブリンを追い払った後、狼熱《おおかみねつ》と怪我に苦しむ人狼たちの治療や看病、建物の修繕にまで手を貸してくれたようだ。おかげで人狼たちは次々と回復し、死者も出ていないという。

そしてアーガス夫妻はもう手助け不要と見て、旅を続けるべく昨日の朝に村を発《た》ったそうだ。

エルダーは苦い薬湯を苦労して飲み干すと、声が出るようになったので、真っ先に尋ねた。

『さっき……まで、傍《そば》……に、いた……女性、は……誰だ？』

『女性？　エルダー坊ちゃんが意識不明だったこの五日間、交代で看病に当たったのは儂《わし》と助手の小僧だけですぞ』

首を傾《かし》げた老医師に、エルダーは休み休み、気配だけ感じていた女性のことを話す。

とても心安らぐ良い香りのする『彼女』がずっと寄り添っているのを感じ、その存在に励まされたからこそ自分は助かったのだと。

『なるほど。坊ちゃんは意識のない間、その女性の声や気配を感じていた訳ですか』

興味深そうな顔になった老医師が、小さなガラス瓶を取り出してエルダーに見せる。

『これは件《くだん》のご夫妻が、坊ちゃんに飲ませた回復薬の瓶です。ひょっとすると坊ちゃんの言う女性は、この薬を作った夫妻の娘さんかもしれませんな』

『その娘も、ここにきていたのか？』

エルダーの質問に、老医師は首を横に振った。

『娘さんは遠方のダンジョンで魔法薬店を営《いとな》んでいるそうで、同行なさっていませんでした。ですが、その女性は「無事に私のところに帰ってきてくれ」と言っていたのでしょう？』

『ああ。そう言っていた……考えると、会ったこともないのに「帰ってきてくれ」とは妙だな』

それを聞くと、老医師の白くなった狼耳がピクピク動いた。

『魔法薬には作り手の魂が宿ると言われております。単なる迷信だとも聞きますが、その薬は本来、娘さんが旅に出るご両親に持たせたもの。無事に自分のもとへ帰って欲しいと、強い願いを込めて作ったのではないでしょうか』

『じゃあ、俺は彼女の魂の声を聴いて、ご両親の代わりに助けられたということか』

信じられない気持ちで、エルダーは空《から》っぽのガラス瓶を受け取ってまじまじと眺《なが》めた。

『はは、本当のところは解りませんが、その魔法薬が相当に良い品で、坊ちゃんを救ったのは間違いありません。瓶の底に残っていた匂いから、大した逸品だと感心しました。非常に強い魔力と丁寧な調合で作られていて、これだけの品はここ数十年見たことがありませんな』

快活に笑った老医師だったが、急に真剣……というよりも、心なしか必死な顔で身を乗り出した。

『ところで坊ちゃん、その女性は可愛らしいお声をしていたと仰《おっしゃ》いましたな』

『は？　ああ、そうだ』

『でも、姿は輪郭《りんかく》すら見えなかったんですね？』

『見えなかったが、それがどうかしたのか？』

エルダーが面食らいながらも答えると、老医師は溜息《ためいき》を吐いて頭を振った。

『その娘さんについて少々……ともあれ坊ちゃんが目を覚まされたと、長《おさ》に報告して参ります』

老医師は語尾を濁《にご》して、そそくさと退室したが、数分と経たず駆けこんできた父によって疑問は解けた。

『――そういう事情で、一族から誰か、アーガス夫妻のご息女に婿《むこ》として出すことになった』

寝台脇の椅子に腰を下ろした父は、厳《いか》めしい顔立ちの眉間にしわを寄せた。

エルダーは唖然《あぜん》として、今しがた聞かされた父の話を反芻《はんすう》する。

一族の恩人に礼を申し出た父に、アーガス夫妻は報酬目当てで手を貸した訳ではなく、甚大《じんだい》な被害を受けた村から謝礼をもらっては後味が悪いと断ろうとした。

だが、村の年寄り衆がどうしても何か礼をさせてくれと食い下がり、アーガス夫妻はそれなら恩返しは自分たちの娘のために使いたいと言った。

十八歳になる夫妻の一人娘が、遠い西にあるダンジョンの地下深くで魔法薬店を営《いとな》んでいるそうだ。

その娘と店を守って欲しいという夫妻の願いを、父たちは必ず守ると約束した。

そしてアーガス夫妻が旅立つと、父はただちに村の若い独身青年を集めて事情を話し、恩人夫妻の娘に婿《むこ》入りする者を募《つの》ったのだが……

『まったく、うっかりしていた。アーガス夫妻からは、ご息女の年齢と、優しい自慢の娘だというのは聞いたが、細かな性格や容姿はいっさい聞いていなかったのだ』

父が面目なさそうに肩を落とし、エルダーは胸中で頷《うなず》いた。

(なるほど。それで医師爺《じい》は俺に、娘の姿を見たかと聞いたのか)

人狼は、人間と子を生《な》すことも可能だ。昨今では異種族間の交流も盛んで、月夜だけ変身できる人狼ハーフもそう珍しくはない。

とはいえ、異種族であろうとなかろうと、婿《むこ》入りに名乗りをあげるなら相手のことをできるだけ詳しく知りたいのは当然である。

『しかし、俺も昔は旅に出て色々な人間や亜人種を見たが、アーガス夫妻には驚いた。てっきり、伝説の鬼《オーガ》と竜人でもきたのかと思ったほどだ』

『俺も、自分の目が信じられなかった』

感嘆の声をあげた父に、エルダーも同意した。

意識を失う間際に見たのは、どうやら幻《まぼろし》ではなかったらしい。

ゴブリンの放った火で村のあちこちが燃えている中、突然現れたのは二人の人間だと思われた。

思われた、とはっきりしないのは、人狼の嗅覚《きゅうかく》で人間の匂いを感知したが、あまりにも二人が人間離れした戦いぶりだったからだ。

一人は、身の丈二メートルをゆうに超えようかという、鬼《オーガ》と見紛《みまが》うばかりの筋骨隆々《きんこつりゅうりゅう》の中年男性で、その巨体に相応《ふさわ》しい大きさの戦斧《せんぷ》を軽々と振りまわし、ゴブリンを羽虫同然に弾き飛ばす。

もう一人はオレンジ色の髪をした妙齢の美女で、こちらはさらに凄《すさ》まじかった。

一見平均的な身体つきの人間だが、長剣で縦横無尽《じゅうおうむじん》にゴブリンを薙《な》ぎ払う身のこなしは常人離れしており、人狼とてあんな動きは真似できない。

返り血を浴びてニタリと笑うその様《さま》は、まさしく人の形をした竜の化身。

それが、アーガス夫妻だったのだ。

強烈な夫婦を思い出しているエルダーの傍《かたわ》らで、父がゴホンと咳払《せきばら》いをした。

『ダンジョンの深部に一人暮らしなど、並みの娘にできることではない。詳しい話は聞きそびれたとはいえ、アーガス夫妻のご息女はどんな場所でも生き抜ける逞《たくま》しさと見事な肉体美を持った、素晴らしい女性のはずだ！』

拳《こぶし》を握《にぎ》って父は力説したものの、白いものが交じり始めた黒毛の狼耳は力なく垂《た》れ、振り上げた拳《こぶし》を下ろすやいなや、弱々しい溜息《ためいき》を吐いた。

『……と、婿《むこ》入りの志願者を募《つの》ったんだが、誰も頷《うなず》かなかった。全員口を揃《そろ》えて、村を離れたくないから志願はできないと言うのだ』

『ふぅん、村を離れたくない？』

エルダーが胡散臭《うさんくさ》そうに呟《つぶや》くと、父は呻《うめ》いて天井を仰《あお》いだ。

『言うな。最近の若い者が退屈して村の外へ出たがっているのも、辞退の理由は言い訳に過ぎんのも解っている。皆、アーガス夫妻の戦いぶりが目に焼きついているから、感謝しつつもご息女の婿《むこ》になることには尻込みしているのだ』

その時、複数の足音と若い男たちの話し声が近づいてきた。

今、屋敷では家が焼けて住めない者を受け入れて、仮の共同生活場にしているそうだ。

『――見ず知らずの相手といきなり結婚なんて、長《おさ》や爺様たちも無茶を仰《おっしゃ》るなぁ』

『十八歳の乙女とか言われても……若い女なら誰でも良い訳じゃないっつーの。顔とか性格とか、重要なとこ全部聞いてないし』

『娘について、あえて夫妻も言わなかったんじゃないか？　あの常識離れした夫妻の娘だぞ。ダンジョンの魔物も片手で一ひねりの、ゴリラみたいな厳《いか》つい凶暴娘だと思うね』

声は潜《ひそ》められていたが、エルダーも父も一族の中で特に耳が良い。

今は壁のあちこちに穴が開いていることもあり、若者たちの会話はしっかり聞こえた。

しぃっと、父が指を口元に当て、エルダーも無言で頷《うなず》く。

自分たちの会話が聞かれているのを、彼らは気づいてないようだったが、一人が困惑気味に窘《たしな》めた。

『お前ら、命の恩人とその娘さんに対して失礼だぞ。確かにあの二人の強さは尋常じゃなかったけど、旦那さんは博識な良い人で、奥さんも普通にしてれば気風《きっぷ》の良い美人だったじゃないか』

『じゃあ、お前が志願しろよ。婚約者も恋人もいないんだからさ』

『いっ、いや、俺は一人息子だし、残念だが両親を置いて遠くに行く訳には……』

『いい子ぶるなよ。本当は、どうせおっかないゴリラ女だと思うから断りたいくせに』

『そうそう。外見は父親似のムキムキで、怒らせると母親並みの強さで暴れるとかな。そういう娘だから、アーガス夫妻だって自分たちにすれば可愛い愛娘《まなむすめ》でも、まともな縁談は望めないと考えて、誰でも良いから婿《むこ》に行ってくれなんて長《おさ》に言ったんだろ』

『あの夫妻には感謝してるけど、これは流石《さすが》に無理だよな。それに、普通ならこういう時は、長《おさ》の家から代表で婿《むこ》を出すんだろうけど、あそこでまだ独身なのはエルダーさんだけだし……』

『あの人は村中の子を庇《かば》って大怪我して昏睡《こんすい》状態だぞ。俺の姪《めい》も、お前らの妹や弟も、エルダーさんのおかげで食われずにすんだじゃないか。こんな貧乏くじまで押しつけられないよ』

そのまま彼らの声と足音は去っていき、エルダーと父は詰めていた息を吐いて顔を見合わせる。

『……皆の本音は、聞いての通りだ』

父が、気まずそうに肩を竦《すく》めた。

『恩人夫妻の娘に対して無礼も甚《はなは》だしいが、皆が怯《おび》えるのも無理はない。アーガス夫妻は懐《ふところ》の深い素晴らしい人間だが、どうもご息女の夫になるのは一苦労と思われる』

(確かに、すごい感じの娘に思えるな)

エルダーの脳裏にも、父親似のムキムキな巨体娘が、母親並みの壮絶な強さでもって魔物を雑巾《ぞうきん》のごとく絞《しぼ》りあげ、魔法薬の材料にしているシルエットがポンと浮かんだ。

『……』

黙りこくって思案し始めたエルダーの頭を、父が柔《やわ》らかく撫《な》でて苦笑した。

『お前も独身で年頃の男なので、一応は皆と平等に事情を話しただけだ。聞いたとおり、幼子らを守って重傷を負ったお前に、遠方への婿《むこ》入りを押しつけようという者は村におらん。他の者にも無理強《むりじ》いはできぬが根気よく説得するから、お前は養生に専念しろ』

『いや。父上の気遣いはありがたいが、他の者へ説得などしないで欲しい。アーガス夫妻の娘のもとへは、絶対に俺を行かせてくれ』

微笑んでエルダーが告げると、父は顎《あご》が外れるのではないかと思うほど口を開けて呆《ほう》けた。

『ま、待て、まだ頭がはっきりしとらんようだな。今すぐ医師爺《じい》を……』

『大丈夫だ。意識はしっかりしている。だからこそ、俺に行かせて欲しいと頼むんだ』

あたふたと立ち上がりかけた父の袖《そで》を握《にぎ》り、引き止める。

『お、お、おおおお落ち着けぇぇ！　あのような遠い場所、そうそう帰ってこられないのだぞ⁉　お前は行く必要はないと言ったのに……そうかっ！　皆に気を遣っているんだな⁉　ええいっ、やはり話すべきではなかった！』

動揺しまくった父の声は、完全に裏返っている。

両肩を掴《つか》んでグラグラと揺さぶられ、全身に激痛が走りエルダーは悲鳴をあげた。

『痛い痛い痛い！　父上こそ、落ち着いてくれ！』

必死に叫ぶと、ようやく父は動きを止めた。エルダーは肩で息を整えてから、きっぱりと告げる。

『父上、俺はもう簡単に攫《さら》われる小さな子どもではないし、自己犠牲《ぎせい》のつもりもない。一人前の男として、好きになった女性と添い遂げたいだけだ』

『好きになった？　し、しかし、お前はその娘に会ったこともないだろうが』

『姿は見ていない。だが、俺は彼女に命を救われて、すっかり心を奪われたから、容姿など関係ないんだ』

父にも、死にかけていた間に寄り添い励ましてくれた、不思議な『彼女』のことを話す。

憶測にすぎないとは百も承知だが、自分を救ってくれたのは、そのアーガス夫妻の娘フィオナだとなぜか確信があった。

（たとえゴリラのようなムキムキでも、少々豪快すぎてもかまうものか！）

フィオナはあくまでも両親のために回復薬を作ったはずで、あの薬に宿った彼女の思いは、本来はエルダーに向けられたものではない。

それを解っていても、エルダーが彼女に救われた事実は変わらず、彼女に会いたい気持ちは揺らがなかった。それに、彼女の声はとても寂《さび》しそうだったから、もし彼女が傍《そば》にいる人を必要としているのなら、今度は自分が寄り添って力づけたいと思うのだ。

『な、何事ですか！　坊ちゃんはまだ絶対安静ですぞ！』

今の騒ぎが聞こえたらしく、バタバタと足音を立てて老医師が飛び込んできた。その後ろで、先ほど声が聞こえた若い青年たちも、心配そうな顔で客間を覗《のぞ》き込んでいる。

これ幸いと、エルダーは先手を打つことにした。

『良いところにきたな、皆。アーガス夫妻の娘へ婿《むこ》入りするのは、俺に決まった！』

大声で宣言すると、その場にいた全員から驚愕《きょうがく》の声があがった。

『エルダーっ!?　なっ、何を勝手に……』

顔面蒼白《そうはく》になってわなわなと震える父に、エルダーは素早く頭を下げる。父親に対してではなく、一族の長《おさ》に対する改まった口調で告げた。

『大変失礼いたしました。この件の志願者は私一人と聞きましたので、もはや決定も同然と受け取ってしまった次第です』

顔を上げ、唖然《あぜん》としている青年たちに、満面の笑みで向き直った。

『とんだ失態を演じてしまった。一族を代表する大役なのだから、長《おさ》には公平な決定を下して頂かねばならないな。俺の他に志願する者がいるか、ただちに村中をまわって尋ねてきてくれ』

すなわち、エルダーが婿入《むこい》りに志願した事実を、一族全員に言いふらしてこいという意味だ。

『で、でも、エルダーさん……』

困惑しきった青年の一人がおろおろと口を開くのを、エルダーはギロリと睨《にら》む。

『長《おさ》を待たせる気か？　今すぐに行け！』

『は、はいっ！』

有無を言わさぬ叱咤《しった》に、青年たちは飛び上がり、別々の方向へ駆け出す。

それを恨《うら》めしそうに見送った父は、エルダーを振り向いて肩を落とした。

『後悔はせんのだな？』

『ガルナ族の名に懸《か》けて。一族を救った夫妻への恩返しを必ず成し遂げると誓います。また、俺の勝手な行動で村を出ることをお許しください、父上』

恭《うやうや》しく頭《こうべ》を垂れて言うと、大きな手がポンと叩く。

『そうだな。お前はもう非力な子どもではない。俺がその年齢だった頃よりも逞《たくま》しいくらいだ。頭では解っていたんだが……』

妻にベタ惚れで頭が上がらない父だが、エルダーが幼い頃、珍しい毛色だからと妻が末息子に対し過保護なことに悩み、家族の反対を押し切って一人で使いに行かせた。

その結果、一人でいる金色の人狼の子どもにゴロツキたちが目をつけ、あの誘拐《ゆうかい》事件が起こってしまった。数日監禁されて船で異国へ売り飛ばされる寸前、ようやく父がエルダーの匂いを嗅《か》ぎつけて助けられたものの、父は自分のせいだと酷く落ち込んでいた。

それ以来、父は誰よりもエルダーに対して過保護になってしまったのだ。

『では、恩返しの婿《むこ》入りはエルダーに託す。達者でな』

重々しく言うと父は素早く踵《きびす》を返し、老医師とエルダーを残して部屋を出ていったが、閉めた戸の向こうから、盛大に鼻をすってしゃくりあげるのが聞こえた。

母も兄姉も、エルダーが立候補したと聞いて驚いたが、不思議な体験をした中で、好きになった女性のもとへ望んでいきたいのだと話すと、納得してくれた。

そして半月ほどして、傷の完治と共にエルダーは旅立ち、不慣れな異国に戸惑いつつも、ついに目的の店に辿《たど》り着いたが……

フィオナがどんな容姿の女性でも驚くまいと心に決めていたのに、店の奥から現れた青銀の魔女を前に、エルダーは目を奪われ声も出なかった。

暗いダンジョン内で光を発しているような美しい青銀の髪は、噂《うわさ》を聞いたことはあるが実際に見たのは初めてだった。

しかも、魔物を鷲掴《わしづか》みにして一ひねりのゴリラ娘どころか、細い手首は少し力を入れれば簡単に折れてしまいそうなほど華奢《きゃしゃ》で、顔立ちは惹《ひ》きこまれてしまうほど愛くるしい。

今まで特定の女性に見惚《みと》れたことはなかったけれど、自分の好みはこういう容姿だったのかと思い知った。

目の前の美少女からは、エルダーが意識を失っている間に寄り添ってくれた『彼女』と同じ心安らぐ良い匂いがしたが、フィオナがこんなに可愛らしかったなんて、余りにも都合が良すぎる。これなら結婚相手など簡単に見つかるだろうと疑いながらも本人だと確かめたところで、理性に限界がきた。

あまりにも嬉しくて、我を忘れ思わず抱き締めてしまった結果、弾き飛ばされたのだ。

(――あれは、致命的な失態だった)

毛並みに惹《ひ》かれて無防備に抱きつくフィオナの体温を感じつつ、エルダーは密《ひそ》かに嘆息する。

エルダーがしでかした後、彼女から向けられる視線は完全に不審者を見るものになった。

当然の結果だが、弾き飛ばされた痛みより何倍も応《こた》え、己《おのれ》の軽率さを猛烈に後悔した。

あげくに、婿《むこ》入り話が誤解だと判明した時は、彼女との関係が途切れてしまうと思い、目の前が真っ暗になったものだ。

だがフィオナは、完全にこちらの失態だったというのに、遠方からきて疲れただろうと労《いたわ》り、エルダーが好きな相手と心置きなく結ばれるようにと気遣ってくれた。その優しさに感激し、彼女を改めて好きになった。

気づいたら自分でも驚くほど必死に、なんとしても帰るまいと画策していた。拒否されたら困るなんて嘘を言った末に、せめて一年雇って欲しいと厚かましく申し出たのだ。

我ながら最低だとは思うけれど、フィオナの魂に救われて好きになったと正直に言ってしまえば、彼女の警戒心をいっそう煽《あお》りかねない。

そのため、罪悪感を抱えつつも義務だと言い張ったが、どうやらその判断は正しかったようだ。

そして、フィオナの目がずっと狼耳や尻尾へチラチラ向いていたことから、もしやと一縷《いちる》の望みに賭けたのだが、当たった。

やはり彼女は毛並みを撫《な》でるのが相当好きらしい。

ただ、住み込みを了承したのも、今彼女の方から抱きついてくれるのも、エルダーが恩返ししたい一心で婿《むこ》入りを希望しているという説明を信じているからこそだ。

店の中でこそ彼女は無敵だが、恐らく一歩外に出れば結界は効かない。護衛を必要としているのが、その証拠である。

彼女に好意を抱いていると知られたら、それこそ店の外で襲《おそ》われかねないと疑われ、即座に結界でエルダーを弾き飛ばして故郷に帰れと言うに違いない。

その様子がありありと想像できて、思わず身震いすると、フィオナが顔を上げた。

「エルダー、寒いの？」

「いや……そろそろ、眠くなってきただけだ」

誤魔化すと、フィオナが慌《あわ》てた様子で身を離して立ち上がる。

「そうよね。私は夕方に休んだけれど、エルダーは働き通しだったんだもの。気がつかなくて、ごめんなさい」

「気にしないでくれ。それじゃあ、おやすみ」

そう言って、エルダーは狼姿のままそそくさと自室に駆け込む。

扉は、回して開けるノブではなく、軽く押し下げて開くものなので、狼姿でも軽々と開閉ができる。

ダンジョン内の家屋など、さぞ湿《しめ》っぽく不便だろうと覚悟していたが、それも勝手な誤解だった。この家はどこも清涼な空気が流れていて、温度も故郷の秋くらいで心地よく、魔道具も完備され驚くほど住みやすい。

提供されたこの部屋も、品の良い家具が置かれ、落ち着いた色合いのカーペットもエルダー好みだ。

エルダーは広くて寝心地の良い寝台に飛び乗って金色の体躯《たいく》を丸めると、小さく息を吐いた。

(流石《さすが》に疲れてきたのも本当だけど、危なかった)

しょんぼりと眉を下げて謝るフィオナはいじらしく可愛くて、危うくそのまま押し倒しそうになったのだ。

ヒクリと鼻を動かすと、光苔《ひかりごけ》や石材の匂いがする。陽の当たることなどない、地下ダンジョンの空気は緑の濃い故郷のものとまるで違う。

フィオナに話した通り、家族のことは勿論《もちろん》大切に思っている。その家族がいる故郷だって大事で、広々した野山を駆けるのも大好きだ。

（だが、絶対に帰るものか！　フィオナの婿《むこ》に、俺はなる！）

もはや自分は、運命の女性を見つけてしまったのだ。

＊　＊　＊

翌朝。

フィオナが目を覚ますと、エルダーは早々と起きて朝食を作っていた。

やはり、彼は物凄く料理が上手だ。フィオナはジャガイモのポタージュスープに頬を緩《ゆる》め、ふわふわなパンケーキに舌鼓《したつづみ》を打つ。

でも、満足すると同時に申し訳ない気持ちにもなった。

食べ終えて一緒に皿を片づけながら、傍《かたわ》らのエルダーに申し出る。

「すごく美味《おい》しかったわ、ありがとう。でも、これから食事は私がちゃんと作るわ。昨日みたいに疲れている時は手伝ってくれると嬉しいけど、食事作りまで負担させるなんて悪いもの」

彼に渡した雇用書の仕事内容に、食事作りなんて勿論《もちろん》書いてないが、一緒に暮らすということで気を遣ったのかもしれない。

だが、エルダーは笑って首を横に振った。

「負担とは思っていない。本職は目指していなかったけど、料理を作るのは好きだから勝手にやっただけだ。フィオナが構わなければ、食事作りも任せて欲しい」

「構わないどころか、凄くありがたいけれど……良いの？」

「ああ。フィオナはとても美味《おい》しそうに食べてくれるからな。あんな可愛い顔を見られるのなら、いくらだって作りたくなる」

キラキラした満面の笑みで言われ、フィオナは若干頬を引きつらせた。

「あ、アハハ……ありがとう。そう言ってくれるなら、お願いするわ」

本気で好きな訳でもないのに、こんな甘い台詞《せりふ》をさらっと言えるなんて、流石《さすが》、接客を叩きこまれたと言うだけあって口が上手い。

（義務を果たすためにきたと聞いてなければ、勘違いしちゃったかもしれないわ）

こっそり苦笑して布巾《ふきん》を元の場所に置き、フィオナは自室に戻る。そしてクローゼットから外出用のローブを出して羽織《はお》り、籠《かご》やバケツを持って支度を整えた。

銀鈴堂の店休日は水曜と日曜だが、水曜は店は開けない代わりに別の仕事をする。この階層から繋《つな》がる自然洞窟《どうくつ》へ材料を集めに行き、その後は特に時間のかかる魔法薬の仕込みや、一週間のうちに溜《た》まった細かな雑務を片づけるのだ。今日は、その水曜日である。

勿論《もちろん》、エルダーに渡した雇用条件の紙にもそれは記している。

フィオナが部屋を出ると、彼も出かけるために身支度を整えていた。とはいえ、人狼の彼は特に武器も持たず、身軽そのものだ。

「エルダー、防御魔法をかけるからじっとしていてね」

玄関口で、フィオナはエルダーに両手を向けて防御魔法を唱《とな》えた。精神を揺さぶるような魔法には効かないが、物理攻撃や急な温度の変化などに優れた防御効果を発揮する、魔法の鎧《よろい》だ。

詠唱《えいしょう》を終えると、水色の光が薄い膜のように彼の全身を覆《おお》い、すぐに消えた。

「防御魔法は初めてだ。何か張りついている感じはするが、全く動きの邪魔にならないな」

エルダーは光が消えるまでじっと眺《なが》めてから、手足を軽く振り、感心したように言った。

人から狼へと自在に身体を変化させられる人狼だが、変身以外の魔法は使えないそうだ。

よって、エルダーは魔法薬を使うことはあっても、魔法の知識は殆《ほとん》ど持っていないという。

「防御効果は四時間くらい続くわ。ただ、何か防ぐたび、その強さに応じて効果が切れるのが早まるから注意してね。目に見えないし、効果が切れたのに気づかないこともたまにあるの」

注意点を話し、フィオナは自身の胸元へ手をかざして同じ呪文を唱《とな》えた。

けれど……今日も駄目だった。光は出ても膜になって身体に張りつかず、飛び散ってしまう。

「はぁ……やっぱり、自分にかけるのは上手くできないわ」

「自分に防御魔法をかけるのは難しいのか？」

エルダーに尋ねられ、フィオナは気まずさたっぷりに肩を竦《すく》めた。

「魔法は人それぞれ、苦手分野も得意分野も違うのよ。私は回復魔法と氷系統の攻撃魔法が得意で、一番苦手なのが防御魔法なの。練習しなくてはと思いながら、防御魔法が得意だったお祖母《ばあ》ちゃんに甘えていたせいで未だに自分には全くかけられないのだから、自業自得ね」

するとエルダーが、フィオナの手から籠《かご》とバケツをとり、微笑んだ。

「だがフィオナは、魔法薬作りも失敗を積み重ねて習得したんだろう？　俺が防御魔法をかけてやるのは無理でも、いつもフィオナの傍《そば》にいて守ることはできる。焦らずに、これから練習すればいい」

優しく微笑む彼に、フィオナは思わずドキリとしたが、我に返って頷《うなず》いた。

「そ、そうね……ありがとう。もう一度初心に戻って頑張るわ」

とにかく、彼を一年は雇うと決めたのだ。その間に護衛をしてもらいつつ、余裕のある時に防御魔法の練習ができれば、とても効率的ではないか。

そして、フィオナの防御魔法に関する心配がなくなって一人でも安全に過ごせるようになれば、それで恩返しを果たしたと、エルダーも心置きなく故郷に帰れる。素晴らしい計画だ。

ぜひ練習に励もうと、フィオナは決心した。

「じゃあ、そろそろ行きましょうか」

『店休日』の札を鎧戸《よろいど》にかけて、二人は光苔《ひかりごけ》が覆《おお》う石造りの通路を歩き出す。

光苔《ひかりごけ》は、ひっきりなしに踏まれる床以外の通路の端から壁、天井とびっしり生《お》い茂《しげ》っている。この階層には魔物がいないので、他の階層よりも格段に繁殖《はんしょく》しやすいのだ。

淡い金緑の光を帯《お》びた通路を歩く間、フィオナの靴底がコツコツと音を立てるが、刺繍《ししゅう》入りの布靴を履《は》いたエルダーは人狼の習性なのか全く足音を立てない。

心地よい水音が響く水盤の前を通り、慣れた道を二十分ほど進むと、目当ての場所に着く。

「ここが、自然洞窟《どうくつ》と繋《つな》がっている穴よ。別名は、旧ドワーフ村」

石壁の一部を大きくくりぬき古い柱で補強したその穴を、フィオナは片手で示した。

ダンジョンを構築するのは、一見は何の変哲もない石材だが、これはまだ解析不能な魔法の素材らしい。

内部の石材の破損はいつの間にか修復され、こうした外部と繋《つな》がっている部分だけが、壊れても修復されないのだ。

「同じ階層なのに、ここは全然空気の匂いが違うな」

鼻をヒクヒクと動かし、エルダーが呟《つぶや》いた。それから物珍しそうに、暗い洞穴《どうけつ》へと続く入り口を覗《のぞ》き込む。

この穴は、遥《はる》か昔に巨大な自然洞窟《どうくつ》に住んでいたドワーフたちが開けたものだ。彼らはドッフェルたちとは違うドワーフの一族で、今はどこかに越してしまい、朽《く》ちた廃墟《はいきょ》のみが残っている。

エルダーに続いてフィオナも洞窟《どうくつ》を覗《のぞ》き込み、あまりにも静かすぎることに気づいた。

「今日は一組のパーティもいないみたいね。珍しいわ」

自然洞窟《どうくつ》には、雑魚《ざこ》魔物から価値が高く強力な魔物まで色々と生息するが、ダンジョンの魔物が他の階層へ決して移動しないように、洞窟《どうくつ》の魔物たちもこの穴を通り抜けてくることはない。

だから、もし手強い魔物に圧《お》されて形勢が不利になったら、魔物のいないダンジョンの十五階に通じる穴からこちらへ逃げ込めばいい。

そんな訳で、希少な魔物を狙ってこの穴の付近で何日も野営をして張り込む冒険者もいるため、いつもはこの付近で大抵一組はパーティを見かけるのだ。

「もしかしたら、昨日ドッフェルが言っていた魔物の巨大化の件が広まって、街では騒ぎになっているんじゃないか？」

エルダーが思案顔で言い、フィオナはハッとする。

ドッフェルは、巨大火吹きトカゲが大量発生しているようだと、地下商店街に連絡したと言っていた。ドワーフ村までの行き来が非常に困難となるのだから、カザリスの街にある冒険者ギルドにもすぐ話が伝わり、討伐隊の結成などで魔物狩りどころではないのかもしれない。

「そうかもしれないわね。とにかく、私たちは魔法薬の材料を集めましょう」

フィオナはそう言ってエルダーを促《うなが》し、洞窟《どうくつ》内へと足を踏み入れた。

フィオナはエルダーほど嗅覚が鋭《するど》くないが、ここの空気が、他と全然異なるのは解る。

ひんやりした冷気の中に、土の匂いと、光苔《ひかりごけ》の光量だけで育つ植物の匂いが濃く混じっているのだ。

その空気を深々と吸い込み、フィオナは傍《かたわ》らのエルダーを見上げた。

「ここの洞窟《どうくつ》の魔物が決してダンジョンへこないのは空気の違いによるものだと、父さんが以前論文を書いたの。憶測にすぎないって、相手にされなかったそうだけれどね」

「フィオナの父上が、論文を？」

「体格が良くて強面《こわもて》だからあまり信じてもらえないけれど、父さんは学者が本業よ。世界中のダンジョンをまわって研究をしていて、母さんもついて行っているの」

「そうだったのか。俺が目を覚ました時には、アーガス夫妻はもう村にいなかったから、彼らとゆっくり話はできなかった」

「ええ。エルダーが持ってきてくれた手紙には、しばらくこまめに移動すると書いてあったわ。落ち着いたら手紙をくれるそうだけど、それまでは連絡がつきそうにないわね」

昨夜、エルダーが部屋に入った後、フィオナは両親に通信魔法を送ってみたが届かなかった。

通信魔法を使うには、専用の魔道具が必要だ。固定の通信魔道具は場所をとるけれど比較的安価で、銀鈴堂にも備えてある。離れた地下商店街とやり取りをするのに必須のためだ。

ちなみに、通信用の魔道具は魔力がなくてはメッセージを送れないものの、届いた先では紙に印字されるので、受け取るだけなら誰でも可能だ。

両親はフィオナの通信魔法を受け取れるようにと、携帯できる高価な魔道具を奮発して買ったが、役に立っているとは言いがたい。なにしろ、携帯型の通信魔道具は魔法を届けられる距離が短く、両親は大抵遠くを旅しているからだ。

(父さんと母さん、今はどこを旅しているのかしら)

世界中のダンジョンを巡るのは、父の幼い頃からの夢だった。そのために勉強に励む傍《かたわ》ら、貧弱だった身体を必死で鍛《きた》え上げたそうだ。

そんな父を、フィオナは心から尊敬しているし、愛する夫の夢を叶える手伝いをしたいという母の想いも素敵だと思う。

(だから私にできる親孝行は、寂《さび》しいとか我《わ》が侭《まま》を言わず、二人に心配をかけないことだわ)

彼女は、しっかりと己《おのれ》に言い聞かせた。

両親にとても愛されて大切にされていると自覚しているし、自分たちにとって一番大事なのはフィオナだと、彼らは常々言ってくれる。

それにフィオナは、祖母から繰り返し聞かされた二代目店主ミモザの話をよく理解し、無暗に地上へ行こうとはしなかった。

『フィオナならきっと、銀鈴堂で自分の身体を大事にしながら暮らしていけるだろう。でも、離れて暮らすのが辛いのなら……』

幼かったフィオナに、その先の言葉を父と母ははっきり言わなかったが、何となく察せられた。

フィオナが、どうしても両親と一緒に暮らしたいと我《わ》が侭《まま》を言えば、二人は自分たちの夢を諦《あきら》めて、銀鈴堂で一緒に暮らしてくれるだろう。

(気持ちは嬉しいけど、私は父さんたちを縛りつけたくない……)

正直に言って、フィオナは、意思が弱く誘惑に負けがちな性格だ。

そうでなければ、防御魔法の練習を怠《おこた》ったりしなかっただろうし、エルダーの毛並みモフモフと肉球プニプニに目もくれないで、毅然《きぜん》とお帰り願えたはずだ。

両親も、フィオナのその欠点は承知していた。

実は、店を地上に移してはどうかという話が持ち上がったことがある。

フィオナは両親が止めたことは必ず守ったし、しっかり者の祖母と一緒なら、地上に店を移しても案外やっていけるのではと、期待したのだ。

祖母は、行動力がある反面、自制心が強く、陽に当たれない体質と実に上手くつきあっていた。青銀の魔女でも、雲が厚く空を覆《おお》う雨の日か夜ならば、外を歩けるのだ。実際彼女は雨の日にはカザリスへ出かけるなど、やりたいことは可能な限りやってのける人だった。

祖母ならば店を地上に移しても全く心配はなかっただろう。しかし、昔馴染《なじ》みの常連客を大事にしたいという理由と、いずれ血筋に現れる次代の青銀の魔女のために、そのままの場所で営業を続けたのだ。

そしてフィオナは、その祖母の配慮のおかげで助かった。祖母のように、上手く体質と向き合って外へ行くのに憧《あこが》れたが、行ったが最後、堤防が切れたみたいに感情を抑えられなくなるだろう。

（外に行って暮らすようになれば、私はきっとミモザと同じように、周りの人たちと一緒に晴れた空の下を歩けないのが辛いと嘆《なげ》くに違いない。そして、父さんと母さんの旅について行きたいと喚《わめ》いて、結局は二人の夢を壊す。大事な家族を困らせて、不幸にしてしまうわ）

二代目の店主ミモザが、何度止められても誘惑に負けて外へ出てしまったという気持ちが、フィオナには痛いほど解る。好きな人たちと一緒に歩けない、その胸の苦しさが。

大好きな家族が楽しそうに過ごしている場所へ、自分だけ行けないのは辛い。

誰も悪くないと解っていても、どうすることもできず、ただ、悲しくてやりきれない思いだけが募っていく。

その辛さからかつてミモザを救い、フィオナのことも守ってくれているのが銀鈴堂だ。

子孫が己《おのれ》と同じ過《あやま》ちを繰り返さぬようにとミモザが遺した日記には、銀鈴堂に移り住みリリーベルに教わって魔法薬を作れるようになったことで、どれほど自分が救われたか切々と書いてあった。

彼女は外に出られないと嘆《なげ》き、寝込んで家族を悲しませるだけの生活から、自分の作る魔法薬で商売ができ、客にも喜ばれ必要とされるようになれた。

『――素晴らしい誇《ほこ》りと充足感。何よりも、ダンジョンの中では皆と同じように過ごせるわ。自分の一番大切なものは何か、陽の中に飛び出す前によく考えて。どうか、散々家族を悲しませた私と同じ過《あやま》ちだけはおかさないで』

ミモザが子孫に遺したその言葉は、幼かったフィオナの心にも不思議な程すぅっと染みていた。

しかし、幼い頃出立する両親の背を見送っている時、フィオナは気が緩《ゆる》んで『事件』を起こしてしまったのだ。

(もう少しで取り返しのつかないことになるところだった……)

苦い思い出を決して忘れないよう、今もたびたびあえて思い出すのは、同じ過《あやま》ちを繰り返さないためだ。

やがて壁と屋根が朽《く》ちたドワーフの集会所跡地に辿《たど》り着き、フィオナはエルダーを促《うなが》して壊れた柵《さく》の中に入った。

洞窟《どうくつ》の岩肌と崩れた集会所の合間には湧き水が細く流れ、何種類もの薬草が生《お》い茂《しげ》っている。

「まずはこれを摘《つ》むから、待っていてね」

フィオナが屈みこんで、淡い紫色がかった羊歯《しだ》を摘《つ》み始めると、エルダーが意外そうに呟《つぶや》いた。

「この薬草なら、俺の故郷の湿地帯でもよく見る」

「これは安らぎの羊歯《しだ》と言って、回復系統の魔法薬には欠かせないの。おまけに生命力が強くてどこにでも自生するから、魔法薬を作る身にはありがたいわ」

「人狼は魔法薬を作れるほどの魔力を持たないからな。必要な魔法薬を近くの街で買ったりはするが、ここにくるまで材料に興味を持ったことはなかった。それに……よく見れば、故郷にあったのと同じ植物があちこちにあるな」

エルダーは籠《かご》の中の羊歯《しだ》を眺《なが》め、フィオナに視線を移した。

「フィオナ、少しずつでいいから、魔法薬の材料を教えてくれるか？」

「材料を？　それは構わないけれど……」

「材料を覚えていれば、フィオナが急に必要になった時、俺一人でも採りにこられるからな。給金分の働きをしていると誇《ほこ》りを持って言うためにも、できることは一つでも増やしたい」

雇用条件の書類を渡した時の自分の台詞《せりふ》を引用され、フィオナは目を瞬《しばた》かせた。

たしかに彼の故郷にもここと同じ魔法薬の材料が豊富にあるようだし、魔法薬を作れなくてもどれが材料になるかを知っていれば、集めて売ることもできる。

知識は置き場所や重さに困るものではないので、彼が故郷に戻る際に良い手土産《みやげ》となるだろう。

「そうしてもらえると、とっても助かるわ」

彼の真面目さに好感を持ったフィオナが満面の笑みで言うと、エルダーは張りきった様子で頷《うなず》いた。

「任せろ」

「じゃあ、さっそくだけど、このキノコは妖精の腰かけという名で、魔力補充薬に使うの」

フィオナは安らぎの羊歯《しだ》の根元にあるピンクのキノコを摘《つ》んで、エルダーに見せる。そして、廃《はい》墟《きょ》の庭に茂《しげ》る薬草を一つずつ説明した。

「この蘇生花《そせいばな》は、外傷だったら乾燥させた花を傷に張りつけて回復薬を飲めば、薬の効能が増すの。それでこっちの花は、凄く似ているけれど、死神の花飾りなんて言われているほどの猛毒で、触るのも危険よ。花びらの先端の形が、ほんの少し違うでしょう？」

「うん、形は似ているが匂いは全然違うな。覚えた」

エルダーは熱心にフィオナの説明を聞き、一つ一つじっくり匂いを嗅《か》いで頷《うなず》く。

彼は、自分を天才ではないと断言していたが、とても熱心で呑み込みもなかなか早い。

痺《しび》れ抜きの効果がある夜光蝶《やこうちょう》の鱗粉《りんぷん》の集め方や、火炎軟膏《なんこう》を作るのに必要な爆発豆を弾けさせずに採る方法なども、たちまち覚えた。

「一か所から全部採ると、そこは生えなくなってしまう可能性があるから、必要な量に足りなかったら他の場所を探すか、諦《あきら》めるようにしてね」

洞窟《どうくつ》の生態系を壊さぬよう、気をつけるべきことを伝えると、エルダーは微笑んだ。

「ああ。獲物を無暗に狩り尽《つ》くすのはいずれ自分を死に追いやる愚行《ぐこう》だと、人狼の子も一番先に教師から教わる」

「あっ……ごめんなさい。私が今さらこんなことを言うまでもなかったわよね」

狩猟《しゅりょう》を主な生業《なりわい》としている人狼が、そうした自然への配慮を持って生きているのは当然である。

意図せず偉そうな態度をとってしまったと赤面していると、エルダーが首を横に振った。

「正直に言えば、遠い地やダンジョンの暮らしに不安もあったが、フィオナが俺の一族と同じ考えで自然に接していて嬉しい。故郷もここも、同じ部分がいっぱいだな」

笑顔でそう言われた瞬間、フィオナの心臓がまたドキリと大きく跳《は》ねた。今まで感じたことのない、甘く疼《うず》くような、強い動悸《どうき》だ。

「ええと……気を悪くしなかったなら、良かったわ」

自身の妙な反応に狼狽《うろた》えて視線を彷徨《さまよ》わせた瞬間、虹色の光が目の前をよぎった。

「空飛び魚！」

希少な魔法薬の材料が現れたことで、動揺が吹き飛んでしまい、フィオナは叫ぶ。

銀色の鱗《うろこ》に強い虹色の輝きを帯《お》びた優雅《ゆうが》な細身の魚が、フィオナたちより少し上の空中を、数十匹の群れとなってふよふよと泳いでいる。

空を漂《ただよ》っているのだから、飛ぶというのが正しいのだろうが、魔物の一種であるこの魚は翼もなく、普通に水中を泳いでいるようにしか見えないのだ。

「ああ……父さんか母さんがいれば、一匹獲ってもらえたのに」

フィオナが嘆《なげ》くと、エルダーが興味深そうに空飛び魚の群れを見上げた。

「あの変わった魚も、魔法薬の材料なのか？」

「昨日話した、滅多に手に入らない魔力補充薬の材料よ。あれを使うと、少ない魔力で特別な魔力補充薬を作れるの。臆病《おくびょう》で殆《ほとん》ど巣穴から出ないのにくわえて、魔法が一切効かないから、見つけたらすぐに弓か短剣を投げて獲るしかないんだけど、私では絶対に捕まえられないのよ」

喉《のど》から手が出るくらい欲しい。

地団太《じだんだ》を踏みたい気分で答えると、不意にエルダーが籠《かご》とバケツを置いて身を低くした。

次の瞬間、地面を蹴って大きく跳躍《ちょうやく》した彼は、空中で瞬《また》く間に金狼の姿となる。

遥《はる》か頭上にいた空飛び魚たちはたちまち四散したが、逃げ遅れた最後の一匹を、金色の狼がガブリと咥《くわ》えた。

鮮《あざ》やかな動きにフィオナが見惚《みと》れていると、見事な着地を決めたエルダーが、痙攣《けいれん》している魚を空《から》っぽだったバケツの底にポトンと落とした。

彼はフィオナを見上げ、ニヤリと不敵に笑う。

「初めて獲った魔法薬の材料だ、受け取ってくれ」

「あっ！」

フィオナは我に返り、素早く氷の魔法をバケツにかけた。

空飛び魚は獲るのが難しいだけでなく、死ぬと常温では数分で傷《いた》んでしまうのだ。この魚自体には魔法が効かないが、入れ物を冷たくすればいい。

呪文の詠唱《えいしょう》とともに青白い冷気がバケツに張りつき、空飛び魚ごとたちまち凍った。とはいえ、持ち手の部分は木で覆《おお》われているので、そのまま持ち運びするのに支障はない。

「久しぶりに、特別魔力補充薬《エクストラ・マジック・ポーション》が作れるわ！」

特別魔力補充薬《エクストラ・マジック・ポーション》は、魔力を一気に全回復できる上に、飲んでから丸一日はいくら魔法を使ってもすぐに復活するという優れものだ。

しかも、空飛び魚に強い魔力が宿っているので、作る時に使用する魔力は、通常の魔力補充薬よりよほど少なくすむ。

バケツの内側に張りつく氷が、空飛び魚の鱗《うろこ》が放つ虹色の光を乱反射している。

その輝きをフィオナはうっとり眺《なが》めていたが、ハッと気づいて顔を上げた。

あまりに見事な人狼の狩りに見惚《みと》れ、貴重な材料に有頂天となってしまったけれど、流石《さすが》にこんな貴重なものを、当たり前みたいに受け取れない。

「エルダー、これは買い取るわ。お店では材料の買い取りもしていると、昨日話したでしょう？

空飛び魚は貴重だから一万リルの値をつけているの」

ところが、エルダーはそれを聞くと、狼の顔のまま器用に眉をひそめた。

「この魚を、アーガス夫妻に獲ってもらったことがあるようだが、その時も買い取るのか？」

「え？　いいえ。この魚だけじゃなく他の材料も、私への贈《おく》り物だと言って、代金は絶対に受け取らないわ」

「じゃあ、俺からの贈《おく》り物を受け取っても問題はない訳だ」

彼はあっという間に人間の姿に戻り、若干不機嫌そうな様子でバケツを示す。

「でも……」

フィオナは困惑した。

両親からは喜んで受け取れるけれど、それは家族という間柄だからだ。

悩んでいると、エルダーが気を取り直したように微笑む。

「フィオナに喜んで欲しくて獲ったのだから、素直に受け取ってくれるのが何よりの礼だ」

「……ありがとう」

頬が熱くなるのを感じながら、フィオナは小声で礼を言う。

(本当にエルダーってば、女の人を喜ばせる台詞《せりふ》が上手いというか……故郷の女の人たちに客商売を特訓されて、自然と身についたとかいうのなら納得だけれど)

別に特別な感情があって言っているのではないと解っているのに、つい顔を赤くしてしまった自分にちょっぴり呆れつつ、人間に戻ったエルダーを見てフィオナは首を傾《かし》げた。

昨日の昼にも彼が変身するところを目にしているが、前々から人狼に関して抱いていた疑問が、改めて湧き上がったのだ。

「ところで、変なことを聞くけれど、人狼の服は毛並みの一部だったりするの？」

「は？」

「狼の姿になると服は消えて、今の姿に戻ると普通に着ているから……」

キョトンとしたエルダーにそう話すと、彼が笑い転げた。

「それじゃ、フィオナは俺が裸で目の前に立っていると？　そうだったらどうする？」

「ど、どうもしないわよ。服を着ているように見えるのには変わらないのだし。笑われそうだと思ったから、変なことを聞くと最初に断ったのに……」

とはいえ、そう改めて口にされた途端に、やたら恥ずかしくなってエルダーを直視できなくなる。

フィオナが赤面してソッポを向くのを見て、エルダーが「ごめん、ごめん」と謝った。

「笑って悪かった。それに、仕掛けがあるだけで服は着ているから安心してくれ」

「仕掛け？」

フィオナがそろそろと視線をやると、彼は自分の衣服に入っている細かな模様の刺繍《ししゅう》を示した。

「この刺繍《ししゅう》には、狼になった時の俺の体毛を縫《ぬ》い込んであるんだ。人狼はこうして自分の毛をつけた衣服や靴なら、変身しても身につけていられる」

「ここに、魔法が宿っているのね」

布靴にまで全て施《ほどこ》されている美しい細やかな刺繍《ししゅう》を、フィオナはまじまじと見つめた。

「ガルナ族はこうして刺繍《ししゅう》にするが、母上の出身地では布に直接織《お》り込むなど部族によってやり方は違う。ただ、その体毛の持ち主が、自身の手で作らなくてはいけないのは共通しているようだ。それが作れるようになると、家の外で変身するのを許される。最初は縫《ぬ》い針で、散々指を刺したな」

エルダーが苦笑し、幾何学《きかがく》模様の刺繍《ししゅう》を指先で撫《な》でた。

「魔法の一種と言えるのかもしれないけれど、俺たちもどうして変身ができるのか、なぜこうした衣服なら身につけていられるのか解っていない。ただ昔から伝わっているものを習い、こうすると便利に暮らせるってことを、また下の世代に教えていくだけだ」

首を傾《かし》げて呟《つぶや》いた彼に、フィオナは微笑む。

「魔法はダンジョンと同じくらい、不明瞭な部分が多いんだもの。青銀の髪だって、どうしてこういう体質に生まれてくるのか解らない。だけど、そういうものだと受け入れて生きるのが一番だって、お祖母《ばあ》ちゃんに教わったわ」

「そうだな」

エルダーは目を細めて相槌《あいづち》を打ったが、不意に表情を険しくして身を捻《ひね》った。薬草でいっぱいのバスケットを足元に置き、すぐ傍《そば》にある大岩の曲がり角を睨《にら》む。

「誰かくる……」

彼は言うやいなや、フィオナを庇《かば》うように前へ立った。

ここでは他の冒険者と鉢《はち》合わせるのは当然とはいえ、中には盗賊まがいのことを平気でする柄の悪いパーティもいる。

フィオナも身を固くするが、数秒後に曲がり角から姿を現したのは、マギスとジルだった。そういえば、どこの宿も満杯で野営すると言っていたから、彼等はここで過ごしていたのだろう。

「あら、おはようございます！」

常連の魔法使いと狼を見たフィオナは、ホッとしてエルダーの後ろから伸び上がり手を振る。

「やぁ、おはよう」

マギスも手を振って挨拶《あいさつ》をし、歩み寄ってくる。

「知り合いか？」

振り返ったエルダーにフィオナは答えた。

「お店の常連さんよ。魔法使いのマギスさんと、狼のジル！」

大好きな馴染《なじ》みの狼の名を、声を弾ませて呼ぶ。

ところがジルはフィオナから少し離れたところで急に足を止め、身を低くして首筋の毛を逆立てると、低く唸《うな》り始めた。フィオナは驚いて目を瞠《みは》る。

「ジル、どうしたの？」

「すまない、フィオナちゃん。ジルは、そこの彼を警戒しているんだよ。狼はどうも、初対面の人狼を警戒するようでね」

困り顔でマギスが言う。

よく見ると、ジルの険しい視線はフィオナではなく、エルダーに向けられていた。彼の方も、やや表情を厳しくしてジルを睨《にら》んでいる。

「彼はエルダーといって、うちの両親の紹介で店に勤《つと》めてもらうことになったんです」

フィオナがエルダーを紹介すると、ジルの首筋をマギスがポンポンと叩いた。

「ジル、大丈夫だよ。唸《うな》るのをやめなさい」

だが、ジルは珍しくマギスが宥《なだ》めても唸《うな》り続ける。牙を剥《む》きだし威嚇《いかく》する狼を眺《なが》め、マギスが溜《ため》息《いき》を吐いた。手にした長い杖の先で、ジルのすぐ目の前の地面を強く突く。

「ジル。黙れ」

マギスの低く短い声は、静かなものだったのに、フィオナまで思わず身震いするような迫力があった。

ジルはビクリと震えて唸《うな》るのをやめ、チョコンと前足を揃《そろ》えて座って飼い主を見上げる。

「よし。良い子だ」

マギスが微笑んでジルを撫《な》でると、白い狼はもうエルダーに対して険しい様子は見せず、尻尾をパタパタし始めた。

あんなジルを見たのは初めてで驚いたが、今はお行儀を良くしていて、フィオナは頬を緩《ゆる》める。

「ね、お行儀良くって可愛い子でしょ？」

エルダーに同意を求めると、彼はジルから視線を外して頷《うなず》いた。

「ん、まぁ……そうだな」

最初に唸《うな》られたせいだろうか。エルダーの返事は少々渋い調子だったが、彼はすぐに姿勢を正してマギスに東方風の挨拶《あいさつ》をする。

「お騒がせして、失礼いたしました」

丁寧に詫《わ》びたエルダーに、マギスが苦笑して片手を差し出した。

「いや、こちらこそジルが失礼をしたね。前にも一度、人狼の冒険者を怒らせてしまったんだ」

「あまり知られていませんが、若い狼は人狼をライバル視して優位に立とうとしますからね」

エルダーも苦笑しながらマギスの手を握《にぎ》る。

「そうなのか。あの時は相手がすぐ行ってしまったから聞けなくてね。教えてくれてありがとう。ジルにはよく言い聞かせておくよ」

「お役に立てて光栄です」

二人の会話を、傍《そば》で聞いていたフィオナは目を丸くした。

（へぇ……狼と人狼ってなんとなく、仲が良いのだと思っていたわ）

心の中で驚きつつも、にこやかに握手《あくしゅ》を交わす二人と、もう吠えたりせずに大人しくじっと二人を眺《なが》めているジルの姿にホッと胸を撫《な》でおろす。

「それにしても、今日は誰もいませんね」

辺りを見まわしてフィオナが言うと、マギスが魔法の杖先でダンジョンの方角を示した。

「フィオナちゃんも聞いているんじゃないかな？　君と旧知のドッフェルさんが、火吹きトカゲの件で地下商店街に警告したそうで、皆は冒険者ギルドがどう対応するか見に行ったんだよ。討伐隊が組まれるようなら、支払われる報酬も莫大だからね」

「マギスさんは行かないんですか？　もし討伐隊ができれば、きっと頼りにされるでしょうに」

控《ひか》えめな性格のマギスだが、魔物狩りの経験と実力は確かだと、カザリスの冒険者ギルドではそれなりに名が知られているらしい。大がかりな魔物の討伐隊なら、そうした経験豊富な冒険者が求められる。パーティを組むのとは違い、一時的に協力するだけだし、マギスにとっても悪い話ではないように思える。

「うん……実は二十年ほど昔に巨大火吹きトカゲが大量発生した時、討伐隊に加わったことがあってね。当時の僕と仲間は駆け出しの若造で、報酬に目が眩《くら》んで身の程知らずな挑戦をしてしまったと、今でも後悔しているよ。運よく僕は生き残れたが、どれだけ腕を磨こうと、二度とあの魔物に正面から立ち向かう勇気はなくなった」

深く息を吐いたマギスは、元から青白い顔だが、さらに血の気が引いて見える。

「すみません、余計なことを……」

フィオナが消え入りそうな声で詫《わ》びると、マギスは苦笑して手を振った。

「いや。昔の話だし、買いかぶりなくらい評価してくれたのは嬉しいよ」

彼が言うと、その足元で調子を合わせるようにジルが元気よく鳴く。いつも通りにチョコンと両足を揃《そろ》えたジルは、フィオナを見上げて可愛らしく小首を傾《かし》げ、尻尾をパタパタ振る。

「ジルを触っても良いですか？」

撫《な》でて、と全身で訴えてくる愛くるしい姿を見て抗《あらが》うことなどできず、フィオナはマギスに尋ねる。

「勿論《もちろん》だとも。ジル、可愛がってもらいなさい」

マギスがにこやかに頷《うなず》くと、主人を見上げていたジルがグルリと首をまわし、エルダーに「わふん」と嬉しそうに鳴いた。

（あら？）

一瞬、ジルは警戒を解いてエルダーに興味を示したのかと思ったが、すぐにふいっと顔を逸《そ》らし、いつになく激しい勢いでフィオナに突進してくる。

「きゃっ、ジルってば」

危うくバランスを崩しそうになったフィオナは、魔法で凍りつかせたバケツを傍《かたわ》らに置き、笑いながら両手で白い狼を受け止める。

その拍子に、揺れた底の深いバケツから虹色の光が零《こぼ》れ、マギスが驚きの声をあげた。

「これは凄い、空飛び魚じゃないか」

「はい、エルダーが獲ってくれたんです」

ジルの太い首に抱きついてモフモフを堪能《たんのう》していたフィオナは、毛並みから顔を上げて答えた。

「たいしたものだ。頼もしい助っ人がきてくれたね」

空飛び魚の捕獲がどれほど難しいか知っているマギスは、感心しきりといった様子でバケツとエルダーを互いに見る。それからフィオナに満面の笑みを向けた。

「特別魔力補充薬《エクストラ・マジック・ポーション》を一瓶予約したいが、良いかな?」

「はい、ありがとうございます。確かに予約を承《うけたまわ》りました」

ジルの毛並みをモフモフする手をちょっとだけ止め、フィオナはポケットからメモ帳を取り出してマギスの予約を書き込むと、頭の中で魔法薬作りにかかる時間をざっと見積もる。

「三日後にはできますから、それ以降でご都合の良い時にきて頂けますか?」

「ありがとう。昨日から良い獲物が見つからなくてジルとしょげていたんだが、銀鈴堂の幻の品を一番に予約できるなんて、運がまわってきたようだ」

マギスの嬉しそうな表情に、フィオナもつられて笑みを浮かべる。

一匹の空飛び魚から作れる特別魔力補充薬《エクストラ・マジック・ポーション》は、魚の大きさにもよるがせいぜい二十瓶前後だ。買い占めを防ぐためにお一人様一瓶までと限定し、値段も手間と材料費から一本三千リルという最高額商品だが、店頭に出せばたちまち噂《うわさ》が広まって客が押し寄せ、即日完売する。

「ジル、そろそろ行こうか。僕らも頑張らなくてはね」

マギスが声をかけ、フィオナに撫《な》でられていたジルが気持ち良さそうに細めていた目をパチリと開けた。

「またね、ジル」

名残惜《なごりお》しく、白い狼をもう一度ぎゅっと抱き締めてから離すと、ジルは元気よく飼い主のもとへ駆け戻る。やっぱりエルダーが気になるのか、駆けながらチラリと彼を見て一声吠えた。

フィオナはふさふさの白い尾を揺らして歩く可愛い後ろ姿を、曲がり角の向こうに消えるまでずっと見送る。

（ジルは今日も本当に可愛かったわ）

希少な材料が手に入った上に、ジルにも会えるなんて朝から最高についている。堪《こら》えようにも顔が思い切り緩《ゆる》んでしまう。

「籠《かご》もいっぱいだし、そろそろ帰りましょうか。エルダー……」

緩《ゆる》んだ頬を押さえて振り返ったフィオナは、視界に飛び込んだエルダーの姿に目を瞬《しばたた》かせた。

エルダーはなぜか、また金色の狼の姿となり、前足をチョコンと揃《そろ》えて座っているのだ。

物凄く恨《うら》みがましいジト目をしていて、無言のままでも、責められている気配をひしひしと感じる。

「あの……どうかしたの？」

恐る恐る尋ねると、エルダーが拗《す》ねたように鼻を鳴らした。

「フィオナはこういうあざといポーズが好みなのだろう？　俺なら毛並みも肉球も触り放題なのだ

から、好きなだけモフモフプニプニしてくれ」

ジルとそっくりのお座りポーズのまま、サッと片方の前足を差し出すので、フィオナは唖然《あぜん》とする。

何を張り合っているのだろうか、この人狼は。

なんだか、ジルを可愛がったのを嫉妬《しっと》しているようだが、相手はただの狼ではないか。

(でも、本気で腹を立てて張り合っているみたいだし……)

困惑するフィオナに、さぁさぁと、エルダーは金色の前足を突き出してくる。

「あ、あの……私がジルを撫《な》でるのは、嫌だったの？」

「……別に。ジルの毛並みが一番だと言うのなら、それはフィオナの自由だ」

顔をしかめてプイと横を向いたエルダーの様子に、フィオナは冷や汗をかく。

(わあぁ……完全に拗《す》ねちゃっているわよね、これ)

まだ会って間もないが、エルダーは気難しそうには見えなかったし、こんな風に子どもっぽく拗《す》ねるなんて想像もしなかった。

だが、ドワーフが他種族と親しくしても一緒に暮らすのは絶対受け入れないように、毛並みの優劣は、人狼にとって譲《ゆず》れない部分なのかもしれない。

「私の行動が気に障《さわ》ったなら謝るわ！　ただ、ジルのことは悪く言わないであげて」

気を悪くさせるつもりはなかったのだと、フィオナは跪《ひざまず》いてエルダーの前足を握《にぎ》り締めた。

「それに、エルダーの毛並みも魅力的よ！　人狼の毛並みを触らせてもらったのはエルダーが初めてだけど、普通の狼とは手触りも艶《つや》もまったく違って……」

ジルもエルダーも、どちらの毛並みにもそれぞれ良い部分がある。優劣などつけられないのだと、両方の素晴らしさを思い出しながらつい熱弁してしまう。

勢いのあまり、狼になった彼の鼻の形やすんなりした足もベタ褒《ぼ》めしていた。

「――とにかく、狼になったエルダーは本当に素敵でカッコイイと思うわ！」

力いっぱい断言してそう締めくくった途端、エルダーの姿が人に戻る。

「フィオナがそう言ってくれるなら結構だ。みっともない姿を見せて悪かった」

ソッポを向いて気まずそうに言い、彼は素早くバスケットとバケツを掴《つか》み上げると、こちらを見もせずに歩き出す。

でも、フィオナに背を向けているので、尻尾がブンブン揺れているのが丸見えだ。

(か、可愛い！)

噴《ふ》き出しそうになるのを懸命に堪《こら》え、彼の隣に追いつく。

頭一つ背の高い彼の表情をそっと横目で盗み見ると、思い切り顔をしかめつつも頬が微かに赤い。

金色の耳も嬉しそうにピクピクしている。

(びっくりしたけど、機嫌を直してくれたみたいで良かった。それに昨日、毛並みをいっぱい触っても問題なかったのね)

フィオナはこっそり胸を撫《な》でおろす。

実のところ、彼から言い出したこととはいえ、あんなにモフモフしてしまったのは流石《さすが》に不躾《ぶしつけ》だったかと反省していたのだ。

でも、どうやらエルダーの毛並みを思うまま撫《な》でて賞賛すれば、彼の自尊心は満たされるらしい。

(これからも、遠慮なくモフモフさせてもらいましょう)

素晴らしい手触りを思い出すだけで、顔がニヤけそうになる。

ただ、一つだけ気がかりなことがあり、フィオナはエルダーの上着の裾《すそ》を摘《つ》まんでツンツンと引っ張った。

「どうした?」

振り向いたエルダーに、思い切って尋ねた。

「狼は人狼をライバル視すると言っていたけれど、エルダーも狼が嫌い? ジルと仲良くするのは、どうしても難しいかしら?」

「え……」

彼は顔を強張《こわば》らせたが、すぐに苦笑した。

「相手によってはあまり仲良くなれないが、フィオナはジルが好きなんだろう?」

「ええ、マギスさんが拾った時から知っている子だもの。とってもお行儀が良いから、これからはもうやたらに唸《うな》ったりしないと思うわ」

熱心に言うと、エルダーは軽く息を吐いて洞窟《どうくつ》の高い天井を仰《あお》ぎ、頷《うなず》いた。

「フィオナがそう言うのなら、俺も仲良くする。狼が躾《しつけ》のみでライバル視をやめるのは難しいだろうが、ジルがマギスさんの言うことを聞いて、今後は俺に悪さをしなければ、嫌う理由はないからな」

「良かった。マギスさんが止めたら、ジルはすぐ唸《うな》るのをやめたでしょう？　マギスさんは良い人だし、ジルも忠実で利口だと、地下商店街でも人気の狼なの」

「ああ。うん…………確かに仕草は可愛くて、賢《かしこ》そうだな」

そう言ってくれたエルダーに、フィオナは感激のあまり思わず抱きついていた。

「エルダーって、本当に良い人ね！」

だが、すぐに気づいて身体を離す。

「ごめんなさい！　今のエルダーは狼姿じゃないし、私は昨日、同じことをされて吹き飛ばしたのに……」

湯気《ゆげ》が出るんじゃないかと思う程顔を真っ赤にして頭を下げると、驚いた顔をしていたエルダーが声を出して笑う。

「フィオナに抱きつかれるなら、いつでも大歓迎だ。なんだったら、今すぐもう一度抱きついてくれて構わない」

「もっ、もう、しないわ……くっつくのは、狼の時だけ……モフモフさせてもらう約束だもの」

フィオナは狼狽《うろた》えてしどろもどろに答え、今度はエルダーより先に立って足早に歩き出す。

しかし、嬉しくて足取りは自然と弾んだものになっていた。

エルダーも最初、敵意を剥《む》き出しにしたジルが気に食わなかったようだし、狼とは相手によってはあまり仲良くできないとも言っていた。

でも、第一印象が悪くても、相手が態度を改めるなら和解しようと考えてくれるのは素晴らしい。簡単なことのようだけれど、それができない人も意外といる。

フィオナの脳裏に、魔法学院のローブを着た黒髪の美少女がよぎり、チクリと胸が痛んだ。

(大丈夫……ジルが悪さをしないなら嫌わないと、エルダーは言ってくれたもの。あの子とは違うわ)

ジルがもう失礼な態度を取らないのなら仲良くすると約束し、可愛くてマギスの言うことをよく聞くという美点も認めたエルダーは、とても心が広いと思う。

フィオナの中で彼への好感度が、また一つ上がったのだった。

三　地下商店街と黒髪の魔女

エルダーを雇ってから、半月が経った。

彼が故郷に帰らず、一年は留まりたいと申し出てくれたのは、フィオナにとって幸運だったと今や認めざるを得ない。

エルダーはマギスを始めとした常連客ともすぐに仲良くなったので、安心して店番を任せられる。そのおかげで、フィオナは魔法薬作りに集中できて、一時期みたいに徹夜をすることもなくなった。

防御魔法の練習もできたため、自分にはまだかけられないが、他人にかけた時の効力は格段に強くなった。

それに、魔法薬作りが一段落してフィオナが店番をする時は、エルダーは自然洞窟《どうくつ》やダンジョンの他の階層に出かけ、薬草だけでなく魔物も狩ってきてくれるのだ。

空飛び魚のようにこちらを攻撃しない魔物もいるが、凶暴で危険な魔物には魔法薬の材料となるものが多い。

けれど魔法の効かぬ魔物もいるので、青銀の魔女でも己《おのれ》の力を過信してはならないと、祖母に厳しく教えられた。両親にも、自分だけで魔物を狩りに行かないと約束している。

冒険者ギルドを通さず、ギルド登録者に何か依頼するのは規定違反なので、これまで魔物の材料は地下商店街までわざわざ行って発注していた。それか、買い取りリストを見た人が売りにくるのを待つしかなかったから、すごく助かる。

ただ、エルダーは本来なら高価買取り品の魔物も『贈《おく》り物だ』と言い張って絶対に代金を受け取らないため、少々気が引けた。

そして寝る前には、最大のお楽しみ——金色の極上毛並みを思い切りモフモフし、黒いふっくらした可愛い肉球をプニプニするという至福の一時で、調合の疲れもすっかり癒《いや》される。

——私、こんなに快適で楽しい暮らしに浸《ひた》らせてもらって、良いのかしら？

たまにそんなことを思って怖くなるくらい、彼のおかげで幸せな生活を送っているのだ。

せめて、お礼に何か自分にできることはないかと聞いたら、休日に地下商店街を案内して欲しいという答えが返ってきた。

そして二人は店休日の今日、少し早起きをして地下商店街にやってきたのだった。

カザリスのダンジョンの地下十階は、大きな円柱形をした転移魔法陣の建物を中心に、煉瓦《れんが》造りの建物が広がっている。

地下十階は、他の階層より三倍ほど天井が高く、珍しいことに上下階へと続く階段は、フロアの端に各一つきり。壁も殆《ほとん》どなくて所々に柱があるだけの、大広間のような造りだ。

そして魔物が生息しないので、建造物を造るならうってつけという訳だった。

家屋は二階建てまでと規定されているが、転移魔法陣の建物はその倍ほど背が高い。白い壁には、カザリスの神殿で祭られている女神が大きく描かれ、ここの名物になっていた。

石造りの通路には光苔《ひかりごけ》が繁殖《はんしょく》していない代わりに、魔道具の街灯が等間隔に配置され、昼も夜も関係ない世界を煌々《こうこう》と照らすのだ。

食堂や宿、日用雑貨や食料品、仕立屋まであらゆる店が揃《そろ》う商店街は、今日も多くの冒険者で活気づいていた。人々の立てる声や音が反響し、他の階層とは別世界のような華やかさだ。

「ダンジョンの中にこんな賑《にぎ》やかな街があるなんて驚きだな。行きは殆《ほとん》ど素通りしたけれど、落ち着いたらゆっくり見物したいと思っていた」

フィオナの隣を歩くエルダーが、物珍しそうに辺りを眺《なが》める。

「私は外の世界を知らないけれど、ダンジョンの地下にこれだけの設備や店が揃《そろ》っているのは珍しいみたいね」

馴染《なじ》み深い商店街の景色に、フィオナは目を細めた。

同じダンジョンでも、他の階層とここは明らかに違う。

道の端で時おり、建物の隙間に隠れるようにグニグニ蠢《うごめ》いている半透明の生き物は、クリーナー・スライムという弱い魔物だ。

大抵の階層にいて、他の魔物の残飯や排泄《はいせつ》物を食べてくれるおかげで、ダンジョンはある程度清潔に保たれる。もっとも、時に光苔《ひかりごけ》まで食べてしまうのが難点だが、この商店街では土埃《つちぼこり》やゴミ屑《くず》を処理する、熱心な道のお掃除《そうじ》屋さんだ。

彼らは他の階層から持ち込まれたのだが、ここで増えた分のスライムは、元の階層へ返される。

そして特に汚染の酷いところを綺麗にするよう、魔物飼育の専門家が定期的に手を入れていた。

こうしてダンジョンという不思議な場所の中で、魔物とも上手く共存して暮らしている人々の姿が、フィオナは好きだ。

「フィオナ、まずは休憩しようか？」

元気いっぱいな様子のエルダーに尋ねられ、ハンカチで汗を拭《ぬぐ》っていたフィオナは、少々情けない気分で頷《うなず》いた。

「そうしてもいいかしら？」

何しろ、店からここまで三時間も歩き詰めである。

途中で出くわした何匹かの魔物は、エルダーが狼となって威嚇《いかく》しただけで逃げてくれたとはいえ、フィオナにはかなりくたびれる距離だ。

階下から上《のぼ》ってきたばかりの二人は、転移魔法陣の建物を目指して歩く。

あの建物周辺はちょっとした広場になっていて、屋台で美味《おい》しい食べ物も売っているし、全ての通りに繋《つな》がる道が集結しているのだ。

広場に近づくにつれ、肉や魚を焼く香ばしい煙《けむり》が漂《ただよ》い、鼻孔《びこう》をくすぐる。

「匂いだけで腹が空《す》いてきた」

エルダーが弾んだ声で言い、フィオナも空腹を刺激された。

(案内をするにしても、どうしたら楽しんでもらえるか悩んだけど、そうね……やっぱりまずは転移魔法陣の建物を眺《なが》めながら、近くの屋台で軽く摘《つ》まめるものを買って、ベンチで食べるのがいいわ)

そして足を少し休めてから、雑貨屋さんや寸劇の舞台などを覗《のぞ》き、馴染《なじ》みの食堂できちんとお昼をとって……と、フィオナは何通りも考えていた、今日の楽しい計画の内一つを頭の中で選び取る。

二人が広場に着くと同時に、巨大な建物から転移魔法陣の到着を知らせる音色が聞こえた。

転移魔法陣は毎日、早朝の四時から夜の九時まで、カザリスとここを往復する便が一時間ごとに運行している。

建物の高い位置についている大時計は、蛍光塗料が塗られていてどこからでも見えるので、ここでは時刻を知るのに不便はない。

大時計の文字盤は午前十一時を指している。転移魔法陣の建物の扉が開くと、武装した冒険者や荷車を引いた商人がぞろぞろと出てきて目の前の道を塞《ふさ》いだので、二人は歩みを止めた。

冒険者には、慣れた調子でさっさと通りを歩き出すパーティもいれば、初めてここにきたらしく、辺りを興味津々《きょうみしんしん》で見回しているパーティもいる。

広い外からやってきた者には、この商店街はけっこう珍しく映るようだ。彼らとは異なり、フィオナは広い世界を全然知らないけれど、話に聞くだけで満足している。

自分にとっては、この地下商店街が世界の終着点だ。それでいい。

少々しんみりした思いを胸に、生き生きと出てくる人々を眺《なが》めていたが、不意に人波の中に見知った黒髪の少女を見つけて、一気に顔が強張《こわば》る。

(ロクサーヌ！)

フィオナと同じ年の彼女は、波打つ黒い髪に緑色の瞳の、華やかな顔立ちをした美少女だ。その美貌を十分引き立てるエレガントなワンピースに、鴉《からす》の紋章が入った豪華な深緑のローブを羽織《はお》っている。

幸い、彼女は他所《よそ》を向いていてこちらに気づいていなかったから、フィオナはとっさにエルダーの腕を掴《つか》み、素早く引っ張った。

ロクサーヌには嫌われているので、顔を合わせるとロクなことにならない。こんな素敵なお出かけの日にうっかり彼女と鉢《はち》合わせし、嫌な気分にさせられるなんて絶対に御免だ。

「フィオナ？」

「あのっ、良い食堂があるの！　お腹が空《す》いてきたなら、早いけれどそこで食べましょう」

エルダーは少々驚いたようだったが、問答無用で歩きだしたフィオナにそのままついてきてくれる。

転移魔法陣から少し離れた、目立たない小さな食堂の前にきたところで、フィオナはエルダーの腕を握《にぎ》りっぱなしだったことにようやく気づいた。

「ご、ごめんなさい。ここよ」

赤面して急いで手を離し、食堂の古びた戸を押し開けた。

十人ちょっとの客が入れる小さな古い食堂だが、祖母の代から馴染《なじ》みの安くて美味《おい》しい店で、老店主にもぜひエルダーを紹介したかったのだ。

綺麗に掃除《そうじ》された店内にまだ他の客はおらず、ベルの音を聞いた厨房《ちゅうぼう》服を着た老店主が、奥から顔を覗《のぞ》かせた。

「いらっしゃい……おお、フィオナ！」

フィオナを見ると老店主は破顔《はがん》し、フライ返しを持ったまま駆け寄ってくる。

「久しぶりだなぁ。元気そうで何よりだ」

「お久しぶり！　おじいさんも変わらないわね」

フィオナと握手《あくしゅ》を交わすと、老店主が興味深そうな顔で隣のエルダーを見た。

「こちらの兄さんが、銀鈴堂で最近働いているっていう人狼かい？」

どうやら銀鈴堂にエルダーが勤《つと》め始めたことは、店のお客さんから聞いたらしい。

「ええ。店を手伝ってもらっている、エルダーよ」

フィオナが答えると、エルダーがいつものように東方風の挨拶《あいさつ》と、自己紹介をした。

フィオナの両親の紹介で勤《つと》めているというのも忘れずつけ加えてくれる。

「そうかそうか。下手に求人を出すより、あの二人の紹介なら安心だな」

老店主は、フィオナが過去に求人票を出した際の悲惨な結果を知っている。それに他の人と同じく、フィオナの両親が見込んで寄越した人物なら信頼できると言ってくれた。

仮にも年頃の男女が一つ屋根の下で暮らしているのを、変に勘ぐられないのがありがたかった。

「今日の定食はチキンソテーだ。二人ともゆっくりしていってくれ」

眺《なが》めの良い窓際の席を勧められる。二人が座るやいなや、次々とお客さんがやってきた。

どうやら今日はいつにも増して客が多いようで、早めにきてよかったと、フィオナは内心で頷《うなず》く。

予想は当たり、たちまち店内は冒険者の客でいっぱいになってしまった。


「――俺まで、すっかりご馳走になってしまったな」

美味《おい》しい昼食をお腹いっぱい食べて、フィオナとエルダーは食堂を出た。

食堂にきた冒険者パーティの中に偶然、先日ドワーフ村から帰還したばかりの一行がいたのだ。

ドッフェルだけなら、巨大火吹きトカゲを避《さ》けて地下商店街に行くのはそう苦でもないが、大荷物を抱えた冒険者パーティを護衛していくなら時間もかかり、魔法薬の助けが必要である。

彼らは勿論《もちろん》、その際に使用した魔法薬の代金を支払った。その時、格安なのは銀鈴堂を営《いとな》む青銀の魔女の厚意だと聞いたのだとか。そして食堂でフィオナの髪を見て、すぐに銀鈴堂店主だと解ったようだ。

彼らに礼を言われ、話を聞いた食堂中の冒険者たちも『銀鈴堂に乾杯！』と、やたら盛り上がってしまった。

しかし、老店主は騒ぎを迷惑がるどころか、無事の帰還祝いだと、全員に一杯ずつ飲み物を振る舞った上、フィオナたちの代金は受け取らなかった。

「そうね。驚いたけれど、素直に喜んでおきましょう。いずれまた魔法薬で何か皆のお役に立つことができるかもしれないし、ドワーフ村の人たちも元気だと聞けて本当に良かったわ」

フィオナは笑顔で相槌《あいづち》を打ち、両脇に立ち並ぶ店の飾《かざ》り窓へ目を向ける。

干し肉や乾パン、ドライフルーツといったダンジョンの中で手軽に食べられる携帯食以外にも、吊るされたベーコンやソーセージ、綺麗に積み上げられた菓子の箱、新鮮な野菜や果物、衣類に石鹸《せっけん》に食器……必要なものはなんだって揃《そろ》っている。

普段の静かな生活と大違いの、賑《にぎ》やかで活気溢れる通りは楽しく、可愛い小物や素敵な洋服を眺《なが》めて歩くのはいつだって心が弾んだ。

しかし、今日は飾《かざ》り窓の列を横目で眺《なが》めつつも、フィオナの頭の中は別のことで占められていた。

それは、食堂で話されていた、巨大火吹きトカゲの大繁殖《はんしょく》のことだ。

マギスが言っていたように、ドッフェルから報告を受けたカザリスの冒険者ギルドでは緊急警報を発令し、出資を募《つの》って討伐隊を出す話も出たらしい。

だが、大量の巨大火吹きトカゲの討伐隊を結成するならば、手練《てだ》れの冒険者を相当数、高額の報酬を約束して集めなくてはならない。

ダンジョンの魔物は自《みずか》ら外に出てくることはないし、一年くらいで寿命が尽《つ》きる。だから、莫大な経費をかけて討伐隊を作る意味はないのではないかという意見が次第に増えていき、出資を募《つの》ってもまるで集まらず、討伐隊の話は立ち消えになりそうだという。

『街の景気が良くなっているのに、しばらくドワーフ村との通行が困難になるのは手痛いが、たった一年の辛抱だから、仕方ないさ』

『新街道を使うようになった輸送隊の護衛とか、仕事は他にも増えたし、地下十六階まで行かなくても、そこより上の階層や自然洞窟《どうくつ》で魔物は豊富に狩れるからなぁ』

『ドワーフたちも、巨大火吹きトカゲが繁殖《はんしょく》したところで、自分の村にいれば安全だ』

食堂の冒険者たちも、莫大な報酬の討伐隊が結成されるならば参戦したいとは言いつつ、結局はそんな調子だった。地上に生きる人々にとって、地下の奥深くのことなど切実な問題ではないのだ。

（でも、ドッフェルおじ様たちは、火吹きトカゲのせいで一年も地上との通行が不便になったら、どうするのかしら）

賑《にぎ》やかな雑踏もまるで目に入らず、フィオナは無意識に唇を噛《か》み締めていた。

カザリスの街の人が言う通り、ドワーフたちは基本的に自分の掘った坑道内で自給自足をしているのだし、ダンジョンで生まれた火吹きトカゲが彼らの村まで出ることは決してない。

巨大火吹きトカゲがうろついていようと、ドワーフは一年ぐらい自分たちの村に籠《こ》もっても問題なく暮らせる。それでも住みにくくなったと思うのなら、彼ら流の手段をとる。

旧ドワーフ村の住人がそうしたように、新たな地を求めて村ごと移動するのだ。

その地が住みにくくなったら、どれだけ愛着のあった建物も、その地でできた他種族との交流も、全部あっさり置いて去るのがドワーフ流だ。彼らが連れて行くのは、自分の一族と仕事道具のみ。

「フィオナ」

急に声をかけられ、フィオナは我に返った。

とっさに顔を上げて足を止めると、エルダーが心配そうに覗《のぞ》き込んでくる。

「どんどん難しい顔になっていくけれど、何かあったのか？」

「ごめんなさい。さっきの食堂の話を聞いて、火吹きトカゲに効く魔法薬の調合ができないかと、どうしても気になって……」

フィオナは気まずい思いで謝った。今日は日頃の御礼としてエルダーに街を案内する約束なのに、上の空なんて申し訳ない。

エルダーが首を傾《かし》げ、ちょうど傍《そば》にある魔道書を取り扱う書店にチラリと目を向けた。

「でもあの魔物は、魔法や魔法薬が一切効かないんだろう？」

「そうだけれど、お祖母《ばあ》ちゃんは何十年も火吹きトカゲの研究をしていたの。おじいちゃんが亡くなったのは、巨大化した火吹きトカゲが原因だったそうだから……」

祖母はよく小さな火吹きトカゲを捕まえてきては、その生態をつぶさに観察して、何とかこの生き物が巨大化した時に対抗できる魔法薬を作れないかと、懸命に分析を続けていた。

残念ながら、祖母は満足いく薬を完成させる前に寿命を迎えてしまい、フィオナも急に一人で店を任されることになった忙しさから、いつしかその魔法薬の存在を忘れていたのだ。

「帰ったら、火吹きトカゲについて書いてある研究ノートを読んでみようと思うの。私がすぐに完成させるのは無理かもしれないけれど……」

しかし、勢い込んだフィオナの言葉を、突然響いた甲高い声がかき消す。

「きゃあ！　金の人狼さんじゃない！」

背後から駆け寄ってきた少女が、フィオナを強引に押しのけてエルダーとの間に身をねじ込ませる。

「わっ、ロクサーヌ！」

驚きの声をあげると、クルリと彼女――ロクサーヌが振り返った。

「あら、フィオナ。お久しぶりね、会えて嬉しいわ」

ロクサーヌの笑顔と愛想の良い声に、フィオナは自分の目と耳を疑う。

「え？　ええ……お久しぶり……」

フィオナは予想外の反応に面食らいつつ、若干戸惑った微笑みで答えたけれど、既にロクサーヌはエルダーの方を向いていた。

両手を胸元で組み可愛らしく小首を傾《かし》げてエルダーを見上げるロクサーヌの姿に、なるほどこちらが目当てかと、フィオナは納得する。彼女は好意を持った相手の前では、凄く良い子なのだ。

てっきり見目の良いエルダーに一目惚れして声をかけたと思いきや、ロクサーヌは意外なことを言いだした。

「転移魔法陣から降りた時にあなたが見えたような気がして、一生懸命探したんです。先日は危な

いところを助けてもらったのに、お名前も聞く暇がなかったから……まさかここでもう一度会えるなんて、夢みたい！」

感激いっぱいといった様子の彼女を、エルダーは一瞬キョトンとした顔で眺《なが》めたが、すぐに思い出したようで笑いながら軽く手を振る。

「ああ、あの時の。大したことをした訳じゃないから気にしなくてよかったのに」

「エルダー、ロクサーヌと知り合いだったの？」

まさか二人が顔見知りとは思わなかった。

フィオナがつい口を挟むと、エルダーは頷《うなず》き、ロクサーヌの持つ魔法使いの杖に目をやった。ユニコーンの角が素材と思われる、肘から指先くらいまでの長さの、細く美しい乳白色《にゅうはくしょく》の杖だ。

「ここのダンジョンにくる前に、カザリスで会ったんだ。ゴロツキに絡まれて困っていたようだから少し手を貸したんだが……あの時は杖もローブも持っていなかったし、魔法使いだとは知らなかったたな」

「そんなことがあったのね」

いっそう意外な気分でフィオナは目を瞬《しばたた》かせた。

ロクサーヌの着ている鴉《からす》の紋章が入った深緑のローブは、王都にある国内唯一の魔法学校の卒業生に贈《おく》られるものだ。

彼女は青銀の魔女ではないが、普通の人間にしてはまれに見る高い魔力を持ち、更には各種の魔法を使いこなす才能にも恵まれた。ローブの胸元に輝く太陽を模したブローチは、その年の卒業生の中で最も優秀な者に与えられる、栄誉ある品だと聞く。

魔法学校の生徒は卒業後、冒険者ギルドに登録して数年の実績を積み、達成した仕事の難易度や狩って持ち込んだ魔物の詳細を記した紹介状を得て、良い就職先へ自分を売り込むそうだ。

実戦経験を積んだ者は、どこでも重宝される。

本来は貴族しか入れぬ王宮の宮廷魔術師団さえ、魔法学校を優秀な成績で卒業し、優れた実績と品位を身につけていれば、特別に雇われた。

魔法学院の首席卒業という経歴を持ち、見目もよく才覚もあるロクサーヌなら、宮廷魔術師団に入るのも夢ではないと囁《ささや》かれている。

さりげなく横目で辺りを見ると、少し離れた食料品店の店先に彼女の仲間がいた。

ロクサーヌと同じ魔法学校の卒業生ローブを着た、少し年上らしき眼鏡をかけた青年と、二十代前半くらいの逞《たくま》しい戦士の男、罠解除などを担《にな》う鍵師の若い女性。ロクサーヌは、彼らと四人のパーティを組んでいる。

三人は店先で佇《たたず》んでいるものの、買い物ではなく、ただロクサーヌの用事が終わるのを大人しく待っているといった雰囲気だ。

ロクサーヌは魔法使いの杖と小さなポシェットのみの身軽な姿で、彼らが彼女の分まで荷を持っているのは一目瞭然《いちもくりょうぜん》である。

（あの人たち、相変わらずロクサーヌにベッタリで、お嬢様扱いって感じなのね……）

ロクサーヌがフィオナを嫌っているから、彼らにも避《さ》けられていて、口をきいたことはない。

それでも、三人が仲間というよりも家来みたいにロクサーヌにかしずいて、彼女の機嫌を取っていることは有名だし、はた目にも明らかだ。

ロクサーヌが宮廷魔術師団に入れば、王宮や貴族関係のコネを知り合いに紹介することもできる。それを目当てに三人は彼女に媚《こ》びているのだろうと、もっぱらの噂《うわさ》だ。

そんな常に仲間を従えているロクサーヌが一人で絡まれていたなんて意外だったし、優秀な魔法使いの彼女ならば、たとえそうした事態になっても自力で撃退できそうだと思う。

実際、以前に彼女のパーティが性質《たち》の悪いパーティと諍《いさか》いになった時、ロクサーヌが強力な電撃魔法で大柄な男たちを即座に動けなくしたのを、フィオナは目にしている。

しかし、ツヤツヤに磨《みが》いた美しい杖を撫《な》でながら、ロクサーヌが甘ったるい声でエルダーに言った台詞《せりふ》で疑問は晴れた。

「エルダーさんと仰《おっしゃ》るんですね？　あの時は、仲間がうっかり私の杖を折っちゃって。ローブも洗濯中だったたし、皆が修理屋に行っている間に一人で買い物をしていたら、変な男に絡まれちゃったんです」

フィオナも祖母も、手をかざして呪文を唱《とな》えれば魔法を発動させられるけれど、それができるのは青銀の魔女だけらしい。

普通の魔法使いなら、杖がなければ魔法は使えないので、魔力の宿る木や魔物の角など様々な素材で専用の杖を作る。

だから、杖がない状態では、ロクサーヌとてただの気の強い女の子だ。

魔法使いの命とも言える杖を折るなんて酷い失態だけれど、誰にでも過《あやま》ちはあるのだし、仲間の私物を何かの拍子に壊してしまうことだってあるだろう。

「そっか、大変だったな」

微苦笑したエルダーに、ロクサーヌがとびきりの笑みを向けた。

「エルダーさんにぜひお礼をしたいんです。お茶でもご馳走させてください」

(ええーっ!?)

危うく、驚愕《きょうがく》と非難の入り混じる声をあげてしまう寸前で、フィオナは自分の口を押さえた。

一体、私は何の権利があってそんなことをするつもりだったのかと、己《おのれ》を戒《いまし》める。

今日はこうして一緒に出かけているけれど、フィオナはエルダーに日頃のお礼として商店街の案内を頼まれただけだ。

(危ないところを助けられたのなら、ロクサーヌがぜひお礼をしたいというのも解るし……)

殆《ほとん》どの男性は、ロクサーヌがニッコリ笑いかければ鼻の下を伸ばす。エルダーだって、こんな美少女に誘われれば、悪い気はしないんじゃないだろうか。

「いや、連れもいることだし、気持ちだけありがたく頂く」

「え……」

だが、エルダーにあっさりと断られ、ロクサーヌがポカンと口を開けて立ち尽《つ》くす。まさか自分が断られるとは思わなかったに違いない。

「フィオナ、行こうか」

にこやかに言う彼に、フィオナも驚いたが、ふと思いついて囁《ささや》いた。

「エルダー……彼女が、助けてくれた相手にお礼をしたいと言うのは当然だから、もし付き合いたければ少し別行動しても平気よ。お休みの日くらい、誰と過ごしたってエルダーの自由だわ」

今日はフィオナに案内を頼んでいるからと、彼が遠慮してロクサーヌの誘いを断ったのなら気の毒だ。

楽しく過ごす二人を想像すると、急に胸がチクチク痛んだけれど、きっとそれは単なる我《わ》が侭《まま》だ。

エルダーと地下商店街に遊びに出かけるのを凄く楽しみにしていたから、ロクサーヌに水を差されるようで面白くないが、彼にはせっかくの休日を満喫して欲しい。

「そうよ。フィオナはここに知り合いがいっぱいいるから、楽しく別行動できるわよね？」

声を潜《ひそ》めたつもりだったが、耳ざとく聞いていたロクサーヌが口を挟んだ。

「うん。だから、遠慮しないで」

フィオナは微笑んで頷《うなず》いたが、エルダーはなぜか苦虫を噛《か》み潰《つぶ》したみたいな顔になった。

「悪いが、フィオナに遠慮などしていない。休日にどう過ごすかは俺の自由で、自分の好きなように充実させたいと思っている」

「エルダー……？」

今度は、フィオナがポカンと口を開けてしまった。

「フィオナと出かけるのを、俺はとても楽しみにしていた。何より、フィオナも楽しみだと言ってくれていたのが嬉しかったんだが、それこそ俺に遠慮して嘘を言っていたのか？」

「そっ、そんな！　絶対に嘘じゃないわ！　私だって、昨日はあんまり楽しみで、なかなか寝つけなかったくらいなんだから！」

エルダーに拗《す》ねた声で問われ、咄嗟《とっさ》に大声で叫んでしまうと、周囲を通りかかる人たちから視線が集中する。「痴話喧嘩《ちわげんか》か？」なんて言葉まで飛んできて、フィオナは真っ赤になった頬を両手で押さえた。

エルダーも微かに顔を赤くしていたけれど、さっきまでの渋面から打って変わってすごく嬉しそうにニヤニヤしている。

「そういう訳で、悪いけど今日は他のどんな予定も入れられない」

エルダーが改めてロクサーヌに断りを告げると、彼女はそれ以上食い下がることはせず、微笑んだ。微かに眉を下げ、健気《けなげ》に悲しみを堪《こら》えているような、絶妙な表情だ。

「いいえ、フィオナが先約だったのに、急に無理を言った私が悪いんです。エルダーさんは誠実で素敵な人ですね。また今度ぜひ、お礼をさせてください」

ペコリとお辞儀をした彼女だが、そのまま立ち去らず今度はフィオナの手を取った。

「フィオナ。とっても大事なお話があるの。お願いだから数分だけ、聞いてくれないかしら？」

ロクサーヌは真剣な表情で言うなり、フィオナの返事も聞かずに腕をぐいぐいと引っ張る。

「え？　あ、あの……エルダー、ちょっとだけ待っていて！」

腕を引かれながら、フィオナはエルダーに向けて叫ぶ。ロクサーヌのことだから、どうせまた嫌味でも言うのだろうと思ってしまう反面、これまでの態度を改めてくれるかもと微かに期待したのだ。

しかし予想通り、エルダーのいるところから少し離れた、人目につきにくい建物の隙間に入るなり、ロクサーヌは顔をしかめてフィオナの腕をパッと放した。

「相変わらず嫌な女ね。人がお礼をしたいと誘っているんだから、ああいう時はエルダーさんに私の誘いを受けるように、もっと勧めるのが常識でしょ」

眉を吊り上げた顔つきも、痛烈な嫌味を吐く声色も不快感に満ちていて、エルダーに見せていた殊勝《しゅしょう》で可愛らしい様子とはまるで別人だ。

フィオナは呆れ気分で溜息を吐いた。微かな期待はやっぱり消えた。

(あぁ……大事な話なんて言うから、やっと変な誤解をやめて、少しくらい仲良くしてくれる気になったかと期待したんだけど)

——ロクサーヌと初めて会ったのは、二年ほど前。

この地下商店街で老舗《しにせ》の宿を営《いとな》む女将《おかみ》さんから、彼女を紹介されたのだ。

冒険者の割合は男性が圧倒的に多く、フィオナが同じ年頃の少女と会う機会はあまりない。

親切な女将《おかみ》さんは、ロクサーヌがフィオナと同年の優秀な魔女ということで、きっと仲良くなれるだろうと、わざわざ宿の食堂に呼んでお茶を御馳走し、引き合わせてくれた。

でも、ロクサーヌは女将《おかみ》さんと祖母の前でこそ愛想が良かったけれど、フィオナと二人きりになった途端に態度を急変させた。

苛立《いらだ》ったように舌打ちをし、フィオナを睨《にら》みつけて突き飛ばしてきたのだ。

『女将《おかみ》さんは、あんたが私と同じ優秀な魔女だなんて褒《ほ》めていたけれど、これだから素人は困るのよ。私が魔法学院で首席を守るのに、どれほど苦労したかも知らないで。学校にも行かず、生まれ持った力に甘えて引き籠《こ》もっている子なんかと一緒にされるのは心外だわ』

さっきまで感じ良く笑っていたロクサーヌが突然自分を罵《ののし》り始め、フィオナは凍りついた。

『そんな……わ、私だって……魔法学院に行きたかったけど……』

王都の魔法学院は、魔法使いを目指す者にとって憧《あこが》れの場所だ。

全寮制で、十歳から成人の十五歳までを魔法の勉強にあけくれて過ごす。

入学資格は一定以上の魔力を持ち、十歳になる歳の春に試験に合格することだが、魔力がずば抜けて高ければ特例で中途入学も認められ、学費や生活費一切免除の特待生にもなれる。

しかし、魔法学院に入らなければ、優秀な魔法使いになれぬ訳ではない。

身近な例でいえば、マギスだ。彼は家庭の事情で学院には入らず、知人に魔法を習って旅暮らしをしつつ覚えたそうだが、青銀の魔女であるフィオナや祖母から見ても十分に優れた魔法使いだ。

勿論《もちろん》、銀鈴堂の歴代店主も全員が魔法学院には行かず、それぞれ店を手伝ったりしながら魔法を習ってきた。

祖母は教師としては厳しくも優秀で、魔法を学ぶだけならばわざわざ学院に行く必要はなかった。

けれど、フィオナは他の魔法使いとの交流など、学院でなければ得られないものに憧《あこが》れたのだ。

フィオナが口籠《くちご》もっていると、薄笑いを浮かべたロクサーヌが青銀の髪を指さす。

『だったら、どうして行かなかったの？　陽の光が身体に悪くても、工夫すれば学院に行く方法はいくらでもあるわよね？　日よけを被るとか、屋外での授業を免除してもらうとか』

『そ、それは……』

『私なら、本気で望むことはどんな障害があろうと叶えてみせるわ。もし保護者に反対されても、青銀の魔女が入学を希望すれば、先生方が断るはずはなかったと思うけれど。学費も不要で、全面的に協力してもらえたはずよ。でも、あんたは何もしなかった。する気もなかったのよね』

一方的にまくしたてられ、フィオナはカタカタと小刻みに震えた。

ロクサーヌが言ったように、学院に相談すれば体質を考慮してもらえたかもしれない。祖母や両親も、学院に行きたいと真剣に訴えれば協力してくれたと思う。

『色々と、考えてはみたの……でも、でも………』

魔法学院にとても憧《あこが》れていたせいか、入学して友達と楽しく学び遊ぶ夢を何度も見た。けれど、その楽しい夢はいつも悲しみに終わる。白い光の中を歩んでいく皆の背を、自分だけ建物の中に取り残されて見送るのだ。

その辛さがどれ程のものか、自由に外を歩ける彼女に分かるまい。

自分の思いをロクサーヌにぶちまけ、そっちこそ何も知らないくせにと怒鳴ってやりたい衝動に駆られた。なのに、舌が痺《しび》れたようにもつれて上手く言葉が紡《つむ》げない。

青褪《あおざ》めて唇を引き結んでいると、ロクサーヌがわざとらしい溜息を吐《つ》いた。

『そっかー、色々と考えたけれど、努力なんか不要な青銀の魔女様は、凡人に交じってお勉強なんてくだらないと思ったのね。良いわねぇ、その余裕が羨《うらや》ましいわぁ～』

『っ⁉　違うわ‼』

とんでもない決めつけに、フィオナは思わず大声を出す。

隣室にいた女将《おかみ》さんと祖母が驚いて様子を見にくると、ロクサーヌは瞬時に両手で顔を覆《おお》ってすすり泣き始めた。

『ごめんなさい。楽しくお話ししていたのに、どうして彼女が怒ったのか解らないけれど、きっと私が何か気を悪くさせることを言ってしまったんです』

女将《おかみ》さんに喧嘩《けんか》の理由を聞かれたが、見事に嘘泣きをするロクサーヌを前に、動揺しきったフィオナはろくに話せないまま、騒ぎを詫《わ》びるのがやっとだった。

帰宅して温かいお茶を飲んでから、ようやく祖母に一連の出来事を説明する。

『女将《おかみ》さんが引き合わせてくれたからって、あんたと二人きりにするべきじゃなかった。祖母《ばあ》ちゃんが守ってあげれば良かったのに、すまなかったね』

悲しそうに言った祖母は、残念ながらロクサーヌのような考えの人は多いのだと教えてくれた。

魔法学院の授業で使われている本に、青銀の魔女は生まれながらに強力な魔法を自在に使いこなすので、他の魔法使いを見下しがちだと、偏見に満ちた記述があるらしい。

衝撃だったけれど、同時に先ほどのロクサーヌの態度にも合点《がてん》がいった。

きっと、彼女は魔法学院で努力を重ね続けたからこそそれを鵜《う》呑《の》みにして、フィオナに内心で見下されていると思い込み、敵意を剥《む》き出しにしたのではなかろうか？

学院にこなかった理由を問いただされた時に、フィオナがうじうじと口籠《くちご》もったのは確かだ。それでロクサーヌにいっそう見下していると誤解を与えたのならこちらにも非はある。

しかし、その後ロクサーヌに会うたびになんとかして誤解を解こうと話しかけてみたけれど、どうしても彼女は考え方を変えてくれない。

フィオナは生まれ持った魔力で簡単に魔法薬が作れるので、地下商店街の人たちや冒険者にもてはやされていい気になっていると罵《ののし》るばかりだ。

次第にフィオナもげんなりして、今やロクサーヌがすっかり苦手になった。

「――エルダーにはあなたの誘いを受けるよう一応勧めたのだから、最低限の礼儀は果たしたわ。話とは、その文句を言いたかったの？」

苦い回想を打ち切って尋ねると、途端にロクサーヌの目尻がいっそう吊り上がった。

「違うわ。エルダーさんと、どういう関係なのか答えなさいよ」

彼女は噛《か》みつかんばかりの勢いでフィオナに詰め寄る。

「えっと、エルダーは私の両親が旅先で知り合った人で、諸事情からしばらく店番と護衛をしてもらうことになったのよ」

「はぁっ!?」

ロクサーヌが目を剥《む》いて怒声をあげかけたが、物陰とはいえ、大声をだせばすぐ周囲の人に聞こえると気づいたようだ。彼女は怒りをあらわにフィオナを睨《にら》みつつ、声を抑えて詰問《きつもん》する。

「まさか、一緒に住んでいるんじゃないでしょうね？」

押し殺した低い声は、彼女と出会ったばかりのフィオナなら気圧《けお》されたかもしれないけれど、今では慣れっこだ。

「住み込んでもらっているわよ。私の両親の頼みで勤《つと》めてくれる人に、ここから通わせたり店の近くで野営させたりする訳にはいかないでしょう？　エルダーは真面目で信用の置ける人だからこそ、両親は紹介してくれたのだし、部屋も別だから問題ないわ」

そこまで一気に言うと、ロクサーヌもそれ以上は文句がつけられなかったようだ。

「アーガス夫妻の……ふん、だったら仕方ないわね。我慢してあげる」

ロクサーヌは偉そうに頷《うなず》いてから、また口を開く。

「じゃあ、エルダーさんはあんたの親に頼まれたから、仕方なく働いているだけなのね？」

「そんなところよ。うちの常連さんなら、もう殆《ほとん》どの人が彼のことを知っているわ」

明らかにエルダーに気があるらしいロクサーヌに、婿《むこ》の話を知られたら間違いなく厄介《やっかい》なことになる。

他の人にだって妙な誤解をされたくはないけれど、彼女がちゃんと納得してくれたなら良かったと、フィオナは内心で冷や汗を拭《ぬぐ》う。

「用がそれだけなら、戻るわね」

そそくさと踵《きびす》を返そうとすると、ロクサーヌがフンと小馬鹿にした調子で鼻を鳴らした。

「それにしても、相変わらず田舎《いなか》臭い恰好ね。恋人じゃないにしても、あんたと一緒に歩くエルダーさんが気の毒だわ。次に私が誘う時は、絶対に邪魔しないでよ」

「……」

ロクサーヌの言葉に、フィオナは思わず足を止め、唇を噛《か》んだ。

そもそも、ダンジョン内で機能性よりお洒落《しゃれ》をとったら命にかかわるのだが、フィオナだって年頃の娘だ。お洒落《しゃれ》に興味もあり、できる範囲で身綺麗にしたいと思っている。

特に今日は、エルダーと休日を楽しむのだからと、一番お気に入りのローブと、それに合うスカートとブラウスを選び、襟元には小さなブローチもつけて密《ひそ》かにお洒落《しゃれ》をしていた。

ダンジョン暮らしのフィオナは手持ちの服も乏《とぼ》しく、流行だってあまり知らない。

でも、エルダーは今朝、いつもと違う恰好をしているのに気づいて、すごく似合っていると褒《ほ》めてくれた。

彼は常日頃からフィオナに口説き文句みたいなことを平気で言うし、女性を褒《ほ》めるのは慣れっこだろうけど嬉しかった。その思いにまで傷をつけられた気分だ。

(魔法使いとして私を気に食わないにしても、服装は関係ないんじゃない?)

ロクサーヌの暴言には慣れているとはいえ、流石《さすが》に腹が立った。

「あのね……」

顔をしかめてロクサーヌを振り向いたが、改めて彼女を見ると声が詰まってしまう。

彼女の着ている深緑色の魔法学院の卒業生用ローブは、重厚ながら洗練されたデザインで、それに憧《あこが》れて魔法学院を目指す者もいると聞く。

それに、フリルをあしらったワンピースや長靴下、丈の長い編み上げブーツなど、学院時代に都で暮らしていただけあって、ロクサーヌの着ているものはいつも都会的だ。

彼女は戦闘では遠距離から攻撃魔法を使って、仲間にはお姫様みたいに守られているから、実用性より見た目重視の服装でも問題ないのだと思われる。

緩《ゆる》やかに波打つ黒髪にも華やかな飾《かざ》りをつけ、丁寧な化粧が可愛い顔をさらに魅力的に見せている。

先ほども物怖《ものお》じせずエルダーをどんどん誘ったように、自信に満ちた彼女の姿は、自分よりずっと輝いて見えた。

ロクサーヌは己《おのれ》の望みを叶える努力を惜しまず、どんな手段を使っても欲しい評価や待遇を掴《つか》み取る。

それにひきかえ自分は、思い切り我を通す覚悟もなく、かといって潔《いさぎよ》く全てを割り切る良い子にもなれない。心の中で、いつも渦《うず》巻く不満と欲求を必死に抑えているだけ。

さっきだって、ロクサーヌが何と言おうと、今日エルダーと過ごすのは自分が先約だとはっきり言っていれば、彼に不快な思いをさせずにすんだかもしれない……

一方でロクサーヌは、先約があると知ってもはっきりと意思表示をし、結局は断られたとしても、また今度誘うとめげずに告げていた。

「何よ？　言っておくけれど、エルダーさんに私の悪口を吹き込んでも無駄よ。アンタは青銀の魔女でも友達一人作れない寂《さび》しい子で、魔法学校首席で友達がたくさんいる私を目の敵《かたき》にしてるって、泣きついてやる」

勝ち誇《ほこ》った顔でせせら笑う彼女に、フィオナは静かに頭を振った。

「私は何も言わないわ。今日は都合が悪かったけど、エルダーがあなたを気に入れば、今度は誘いを受けるのではないかしら？　それを決めるのは彼で、私は関係ないもの」

声が震えそうになるのを堪《こら》えそう言うと、フィオナはエルダーのところに駆け戻った。

「フィオナ……さっきは本当にすまなかった」

エルダーのもとに着くなり彼が決まり悪そうな様子で謝るので、フィオナはポカンとして彼を見上げた。

「どうしてエルダーが謝るの？」

「あの子の誘いを受けるよう勧めた時、遠慮して嘘を言っていたのかなんて酷いことを言ってしまっただろう？　フィオナは強いから、自分より俺を優先してくれたのに、俺は自分のことばかり考えていて……」

「私が強い？　で、でも、私が強かったら、自分の楽しみを譲《ゆず》るなんてしないいんじゃない？」

面食らって尋ねると、エルダーが微笑んだ。

「自分の意思をはっきり言うのは大切だけど、時には他人を慮《おもんぱか》って自分を抑えられるのが強さだと思う。何でもかんでも自分を優先して我を通すのは、ただの我《わ》が侭《まま》だ」

「我《わ》が侭《まま》……？」

「それこそ自分勝手なことを言うけれど、フィオナが俺との外出を楽しみにしていたと聞いて、最高に感激した。ありがとう」

「……エルダーがそう言ってくれるなら……良かったわ」

じわりと、目の奥が熱くなる。フィオナは涙が滲《にじ》みそうになるのを懸命に堪《こら》えて微笑んだ。

氷の棘《とげ》のように胸を冷たく刺していた劣等感が、エルダーの温かい言葉で溶けていく。

エルダーも笑みを深めたが、不意に真剣な顔になった。

「ところで、フィオナが言いかけていた火吹きトカゲの魔法薬の話だけど、俺にも手伝えることがあれば何でも言ってくれ。あの魔物の寿命が一年でも、種が絶滅する訳じゃないんだ。この先も、巨大化したものが大量発生することがあるかもしれない。できる限り対策を立てておくべきだと思う」

熱心な口調で言われ、フィオナは目を瞬《しばた》かせた。

カザリスの街の人々の対応からしても解るように、地上に住む大抵の人にとってダンジョンの異変は『一年で治まるなら、その間は寄りつかなければいい』程度のことだ。

それなのにエルダーが、フィオナと同じように『この先も何回だってあるかもしれないから、不測の事態に備えるべき』と、考えてくれたのが意外で、その気持ちが胸に染みた。

「ありがとう……凄く嬉しい」

フィオナは消え入りそうな声で呟《つぶや》く。

「当然だろ。俺はフィオナのためにきたんだから」

優しく目を細めて言われ、フィオナは思わず赤面した。

相変わらず、エルダーはフィオナに婿《むこ》入りするのが自分の義務だと思っているらしく、こんな風に口説き文句まがいの台詞《せりふ》を平気で言うのだ。

「と、とにかく今日は、ここの観光を満喫しましょう！　面白い寸劇の屋台とか、色々と見所を考えてきたんだから」

フィオナは慌《あわ》てて赤くなった顔を逸《そ》らし、早足で歩き出した。

チラリと横目でロクサーヌを見ると、彼女も自分の仲間のところへ戻っている。

「それにしても……ジルに雰囲気が似ているな」

すぐに隣に追いついてきたエルダーが、やはりロクサーヌの方を見て、独り言のように呟《つぶや》いた。

「え？」

彼女がジルに似ているとは、どういうことなのか。驚きの声をあげるフィオナに、エルダーがしまったと言わんばかりの顔になった。

「い、いや。何でもない」

慌《あわ》てた様子だったので、フィオナもそれ以上は追及するのをやめた。

けれど、頭の隅《すみ》でチラッと考えてしまう。

(ふぅん……エルダーはロクサーヌが、ジルみたいに可愛いと思ったのね)

フィオナとしては可愛くてお行儀の良いジルと、ロクサーヌが似ているなんて全然思わないけれど、彼女の可愛い面だけを見たエルダーはそう思っても無理はないだろう。

あれから何度か、ジルはマギスに連れられて銀鈴堂を訪れたが、初日以来、一度も唸《うな》ったりしない。だからエルダーも『悪さをしなければ嫌う理由もない』と言った通り、ジルと仲良くなってくれた。

フィオナがジルを撫《な》でても、彼はもう拗《す》ねたりしないし、自分もカウンターの外へ出てくる。するとジルもさっとエルダーのところへ行き、上機嫌な様子でくんくんと顔を擦《こす》りつけるのだ。

実際、ロクサーヌの猫かぶりは見事なものだし、エルダーから見れば人懐こくて可愛い子……つまり、ジルに似ていると思ったのかもしれない。

それに彼は先ほど『自分の意思をはっきり言うのは大切だけど、時には他人を慮《おもんぱか》って自分を抑えられるのが強さだと思う』と、フィオナを褒《ほ》めてくれたが……

エルダーをお茶に誘いたいと、はっきり自分の意思を示し、その上で断られたら殊勝《しゅしょう》な態度で引き下がったロクサーヌとて、見事に該当するのではなかろうか。

今日はフィオナと約束していたから断ったけど、ロクサーヌにも好感を抱き、誘われたこと自体はまんざらでもなかったのだろう。

石畳《いしだたみ》の足元に視線を落としたフィオナは、モヤモヤしたものが胸中に湧くのを感じた。

「あ、あのね、エルダー。実は……」

「ん？」

「ううん。やっぱり、何でもないわ」

フィオナは首を横に振る。

（ロクサーヌはさっき私と親しいような振りをしたけれど、本当は友人じゃなくていつも嫌なことを言ってくるし、エルダーの前では良い顔をしていただけ……なんて、そんな風に言いつけるのは

良くないわよね)

フィオナはそう考え直し、モヤモヤした気分にまかせて吐きだしそうになった言葉を呑み込む。

彼女と初めて会って暴言を吐かれた時には、怒りのまま祖母に全部言いつけたけれど、それは家族に自分の悲しみを解って欲しかったからだ。

エルダーは家族ではないのだし、気に入っている相手になら、ロクサーヌはとびきり良い子に振る舞う。エルダーに嫌なことを言ったりしないはずだ。

必要もないのに、わざわざ彼女についてあれこれ言うのは、ただの悪口みたいで気が引けた。

(もう、さっきのことは気にしないようにするのが一番よ)

フィオナは気持ちを切り替えようと顔を上げた。隣を歩くエルダーを見ると、彼の狼耳が嬉しそうにピクピク動いているのが目に留まる。

今日のお出かけを凄く楽しみにしていたのだという、エルダーの声が蘇《よみがえ》った。

エルダーがロクサーヌを気に入ったにしろ、今日は先約だからという理由だけでなく、自分も楽しみにしていたということで、フィオナと行動する方を選んでくれたのだ。

モヤモヤした嫌な気分がたちまち消えていく。代わりに嬉しさがこみ上げ、自然と口元が緩《ゆる》んで笑顔になった。

「俺の顔に、何かついてるか?」

急にニヤけだしたフィオナを見て、エルダーが首を傾《かし》げて自分の頬や額《ひたい》に触れた。

「ごめんなさい、そうじゃないのよ。ただ……」

困りながら、勝手に緩《ゆる》む頬を両手で押さえる。

「普通に歩いているだけなのに、なんだか幸せで、勝手に笑っちゃうの」

正直に言ったものの、急に恥ずかしくなってくる。

エルダーは恋人でもないのに、まるで初めてのデートに浮かれてはしゃぎまくっているみたいじゃないか。

そう思ってフィオナは顔を背けてしまったから、エルダーが顔を真っ赤にして、尻尾をブンブン振っているのに気がつかなかった。

四　百花祭典《ひゃっかさいてん》

——地下商店街を楽しんだ日から、二か月が経った。地上では、そろそろ初夏を迎える。

この時期、カザリスの街近辺では晴天が続き、薄着の人々が青空の下に出された食堂のテーブルで、冷たい飲み物を楽しんでいるらしい。

近くの山から雪解け水が流れるので、雨がなくても水不足にはならない。色鮮《いろあざ》やかな花が太陽の光を受けて咲き誇《ほこ》る、一年で最も街が美しい時期だという。

だが、フィオナには関係のない話だ。

ダンジョンの地下十五階は、今日も変わらず光苔《ひかりごけ》が覆《おお》い、一年を通してひんやりと涼しい。

「静かだな」

店のカウンター内から静まり返った通路を眺《なが》め、エルダーが呟《つぶや》いた。

彼の背後にある陳列棚には魔法薬が芸術的な美しさで並べられ、古びて傷《いた》みが目立っていた商品札や品書は、全て新しく作り直された。灯りの役割をする魔道具のガラス球はピカピカに磨《みが》かれ、小さな店の中は、床から天井までどこもかしこも清潔になっている。

昨日から一人も客がこなくて暇だと、エルダーがひたすら大掃除《そうじ》と改装に熱を入れた成果だ。

「百花祭典が終わるまで、毎年こんな感じよ。冒険者は街周辺の魔物狩りや、街の警備隊の手伝いに雇われて、ダンジョンにくる人は極端に少なくなるから」

見事なまでに綺麗になった店内に感心しつつ、フィオナは苦笑する。

カザリスでは数日後に、百花祭典という大きな祭りが開かれる。神殿が主催する花と愛の女神を称《たた》える祭りだ。

神殿では恋の願いが叶うといわれる特製の花冠が売られ、祭りの目玉となるパレードでは、華やかな山車《だし》の後について未婚の男女が手を繋《つな》いで歩くそうで、恋人たちの祭りとも言われる。

「いつもなら、この時期はドッフェルおじ様や、ドワーフ村の何人かが子どもを連れて遊びにくるのだけれど……今年は、無理そうね」

巨大火吹きトカゲ討伐隊の話は、やはり立ち消えになったとマギスに聞いた。

どれだけ危険な状況下であろうと、国が禁止令を出さぬ限りダンジョンの探索は自由だ。とはいえ、カザリスの冒険者ギルドが特別警戒を出した途端、地下十六階以下に向かおうとする冒険者はぱったりいなくなった。

また、ドワーフ村の住人がこちらに上がってくることもなくなった。事実、エルダーがここにきた日を最後に、ドッフェルもここを訪れていない。

地下商店街で会った、ドッフェルに護衛されて帰還した冒険者パーティが、ドワーフたちはしばらく坑道に籠《こ》もる準備をしていたと言っていたから、当面は会えないだろう。

ひっそりと溜息《ためいき》を呑み込んだ時、賑《にぎ》やかな金属音と重たげな足音が、フィオナの耳に飛び込んだ。見る見るうちに自分の頬が緩《ゆる》むのが解る。

「ドッフェルおじ様！」

通路の先から、ずんぐりした体躯《たいく》に見事な赤銅色《しゃくどういろ》の鎧《よろい》をつけたドワーフが姿を現した途端、もういてもたってもいられなくなった。

フィオナは叫んで店から飛び出し、戸口を開け放したままドッフェルに駆け寄った。

久しぶりの再会を喜び合ってから、フィオナはエルダーと共にドッフェルを居間に迎えてお茶にすることにした。テーブルにはお土産《みやげ》の食用土饅頭《まんじゅう》と、エルダー手製のクッキーが並ぶ。

ドッフェルが以前にも置いて行った土饅頭《まんじゅう》を、エルダーは最初ただの泥の塊《かたまり》にしか見えないと言って食べるのを渋っていたが、思い切って口にしたらすっかり気に入ったそうだ。

今日も、この饅頭《まんじゅう》に合うお茶を淹《い》れると張り切って茶葉を合わせ、皆でテーブルに着くと、さっそく狼耳をピクピクと歓喜に震わせて手に取った。

「おじ様なら無事だと思っていたけれど、こうして会えてホッとしたわ」

温かな茶を啜《すす》り、フィオナは安堵《あんど》の息を吐く。

「なぁに、巨大化した火吹きトカゲは動作がのろいし、あの図体じゃ通れる道も限定されるから、炎にさえ気をつければ……うむ、こりゃ美味《うま》いな」

ドッフェルはクッキーをいたく気に入ったようで、熱心に頬張りながら、前回フィオナの店に寄った後のことを話してくれた。

村に帰ったドッフェルは、注文品を受け取ったパーティから順に、何度かに分けて安全な階層まで送り届けた。

危ない時には魔法薬の助けも借り、ドワーフ村に滞在していた冒険者は一人も巨大火吹きトカゲに焼かれることなく帰還できたが、問題はその後だ。

数匹の巨大火吹きトカゲが、人の出入りの多さに目をつけたらしく、ドワーフ村とダンジョンを繋《つな》ぐ出入り口付近に集まってきてしまったという。おかげでドワーフたちは村に二か月近く閉じ込められていた。

そうはいっても、彼らは悲惨な境遇に陥《おちい》った訳ではない。

カザリスの好景気が始まってから、大勢の冒険者がドワーフ村を訪れては武器や工芸品の注文をしていたので、村には代金として受け取った物資が大量にあった。

ドワーフたちは代金を貨幣《かへい》で支払われるより、地上の物資でもらうのを喜ぶ。だから、冒険者たちは食料品から医薬品まで、あらゆる品をせっせと運んでいたのだ。

それにより、元々自給自足をしているドワーフたちは村に閉じ込められようと全く困らなかった。むしろ、物資はたっぷりあるし近頃忙しかったからと、のんびり骨休めをしたくらいだという。

そうやってしばし休息を取った後、冒険者たちから聞いた遠い地の変わった武器の話などに創作意欲を刺激されたドワーフたちは思い思いの武器を作り上げた。

そして、出入り口を塞《ふさ》いでいた巨大火吹きトカゲ数匹を、見事倒すのに成功したそうだ。

だが、流石《さすが》に手ごわい魔物を数匹も同時に相手取るのは苦戦を強《し》いられ、重傷者こそ出なかったが、作った武器は殆《ほとん》どが酷使しすぎて壊れてしまったらしい。

同じ武器をもう一度作るにはまた時間がかかるし、作ったとしてもダンジョンに今いる全ての巨大火吹きトカゲを倒すのは到底無理だ。

だが、それなら正面から戦わなければ良いだけの話で、通路を知り尽《つ》くしたドッフェルは、無事に銀鈴堂まで辿《たど》り着いた訳である。

「おじ様は、流石《さすが》ね」

フィオナは笑顔で賞賛しながら、目尻に薄く滲《にじ》んでいた涙を素早く指で拭《ぬぐ》った。

「良かったな」

微笑んだエルダーが、そっと囁《ささや》く。

ドッフェルが、二か月以上もこの店に顔を見せないなんて、今まで一度もなかったことだ。

道を知り尽《つ》くしている彼が、巨大火吹きトカゲにむざむざやられるなど考えられないし、ドワーフ村の住人は、ここの地下の居心地が悪くなれば坑道を掘って他所《よそ》に移れる。

なのできっと大丈夫だと、平然とした風を装《よそお》ってエルダーに語りながらも、顔を見るまでずっと心配でたまらなかった。

ドッフェルもフィオナがそう案じていると思ったからこそ、わざわざ近況と安否を知らせにきてくれたのだろう。

「俺はこのダンジョンを歩くのは好きだからな。あんなトカゲのせいで、いつまでも籠《こ》もっていられんよ」

豪快に笑ったドッフェルに、フィオナもつられて笑う。

晴れ晴れとした気分で、自分も祖母の残した研究ノートから、良い魔法薬が作れるかもしれないと話した。

「おお！　オレリアの研究が実を結んだか。あいつもさぞ喜ぶだろう」

ドッフェルが膝《ひざ》を打ち、感慨深げに顎鬚《あごひげ》を撫《な》でる。

ちなみに、オレリアとはフィオナの祖母だ。

「おじ様、気が早いわ。エルダーのおかげで何とか良さそうなのができたけれど、まだ確実ではないし、問題もあるの」

祖母の研究ノートから作った魔法薬は、眠りの魔法が籠《こ》もった水薬を遠距離から投げつけて、巨大火吹きトカゲを眠らせるものだ。

数十メートル四方にわたって薬が広がるので、正確に当てなくても良い。しかも火吹きトカゲ以外の生き物には一切影響しないので、自分や仲間まで眠ってしまう心配もなかった。

エルダーが地下十六階で素早くサンプル用の小さな火吹きトカゲを数匹捕まえてくれたおかげで、フィオナは祖母の研究ノートにあった複雑な調合の候補を、全て試すことができた。

この二か月というもの、空《あ》き時間はほぼそれに費《つい》やして大変ではあったが、所詮、数十年という月日をかけた祖母の研究を実践してみたに過ぎない。

エルダーが店番や家事全般をこなしつつ、手強い魔物や危険な場所に育つ植物など入手し辛い材料も全て集めてくれたからこそ、祖母が材料不足でできなかった調合も試せた。

普通の火吹きトカゲを眠らせた薬に、薬液の量はそのままで籠《こ》める魔力の量を増やせば、理論上は巨大火吹きトカゲにも効くはずだ。

しかしそれには大量の魔力が必要になるため、青銀の魔女でも一度に作るのは無理で、店の魔法薬を作りながら少しずつ気長に魔力を籠《こ》めている。

王都の魔法使いギルドには、新しい魔法薬を試す実験設備が整っているそうなので、魔法薬が完成したらそこに送って効果を試してもらうつもりだ。

審査に数か月か、悪くすれば数年かかるけれど、危険を侵して実戦で使うより安全である。

「――そんなに待つことはないさ。せっかく巨大火吹きトカゲがすぐ傍《そば》にいるんだから、試薬品ができたら、俺が試そうじゃないか。一人じゃちとキツイが、仲間を何人か募《つの》ればいけるだろう」

話を聞き終えたドッフェルがあっさり言い、フィオナは目を丸くした。

「でも、確実に効くか解らないのよ。実戦でいきなり使って、失敗したらただではすまないわ」

フィオナは椅子から腰を浮かせ、気楽に言うドワーフを押し留めようとしたが、ドッフェルは二カリと笑って返した。

「おいおい、俺が火吹きトカゲなんぞ軽くあしらってここまできたのを、もう忘れちまったのか？　薬を試す時はよく場所を選んで、効かなきゃすぐに逃げれば良い」

「おじ様……」

中腰のままフィオナが呆然としていると、エルダーが小さく咳払《せきばら》いをした。

「任せるのが一番だと思う。フィオナは魔法、人狼は狩りと、それぞれ得意分野があるだろう？」

「そうそう。それで、ここのダンジョンの三十一階層までを最も知り尽《つ》くし自在に動けるのは、俺たちドワーフのルブ族って訳だ」

味方を手に入れたドッフェルが、片眼を瞑《つむ》ってエルダーを肘で小突きニヤリと笑う。

二対一でフィオナの負けだ。

「そうね……おじ様たちにお願いするのが一番だわ。新しい眠りの魔法薬は、遅くても一週間後には完成するから、そちらの準備が整ったら店にきてもらえるかしら。ただ、実際に効くか試す時には、私が防御魔法をかけるのは勿論《もちろん》、店の品で十分な装備を整えた上で、危険と見たらいつでも中止すると約束して」

家族同然のドワーフに、無茶な魔法薬の実験で怪我をさせたくない。

「大地の精霊の名にかけて、誓おう」

ドッフェルが頼もしげに胸を叩き、フィオナは安堵《あんど》した。

「さて、薬ができた頃にまたくるとして、今日はそろそろお暇《いとま》するとしよう」

ドッフェルが斧《おの》や兜《かぶと》を身につけ始め、フィオナとエルダーも彼を見送るべく立ち上がった時、店の呼び鈴が鳴った。今日はもう誰もこないと思っていたが、魔物狩りに熱心な冒険者はまだいたようだ。

エルダーが応対に出ていくと、扉が閉まるなりドッフェルが振り向いた。

「フィオナ、エルダーと結婚せんのか？　あんないい男を、むざむざ一年で帰すこともなかろう」

「おじ様!?」

唐突《とうとつ》なドッフェルの発言に、フィオナは慌《あわ》てふためく。

「ど、どうしてまた、急にそんな……さっきも話したでしょう？　エルダーは村を救った父さんと母さんへの恩返しに、私の護衛と店の手伝いを一年引き受けてくれただけなのよ」

お茶の準備をする間に、エルダーがフィオナの両親と出会った経緯をドッフェルにもかいつまんで話したのだ。勿論《もちろん》、誤解があったことはちゃんと伏せたのに……

しかし、ドッフェルは見事な髭《ひげ》を撫《な》でながら、どうも納得がいかないといった表情だ。

「ふむ。確かにそう言っておったが、エルダーはどう見てもフィオナに惚れていて、お前さんもまんざらじゃなさそうだったからなぁ。それともアイツは、故郷に嫁か婚約者でもいるのか？」

そんなことを言われ、フィオナは盛大に狼狽《うろた》える。

「い、いないようだけれど……エルダーは誰にでも愛想よくて優しいだけよ。うちのお客さんともすぐ仲良くなっちゃったんだから」

フィオナはそう言いつつ、ツキンと胸が痛むのを感じた。

彼の帰郷を考えると胸が痛くなり始めたのは、二か月前に地下商店街へ行ってからだ。

あれから忙しく過ごしてはいても、夜には店を閉めて一息つき、狼姿でくつろぐエルダーの毛並みを相変わらずモフモフさせてもらい、至福の時を過ごしていた。

エルダーはいつも顔を伏せてしまうが、気持ち良くてうたた寝してしまうのだと言われ、いっそう嬉しくなる。

それでも、人間姿の彼と接する時はまた別だ。急に顔の距離が近くなったり、手が触れたりすると、妙にドキドキしてしまう。

そのドキドキは、初対面で抱きつかれた時の、緊迫した恐怖から生じたものとは全然違うものだ。

照れくさくて恥ずかしいから、何気なさを装《よそお》ってすぐに離れては、いつも自分の行動を後悔する。

心臓が甘く疼《うず》いてたまらない反面、もう少し彼と触れ合って、あのドキドキを味わっていたいと思ってしまうのだ。

きっと、祖母が亡くなった後の一人暮らしは、なんだかんだ強がっていても寂《さび》しかったから、優しくて頼りになるエルダーに甘えて、縋《すが》りつきたくなっているのだろう。

エルダーにしたって、今でもたびたび『婿《むこ》にしたくなったか？』とか、口説き文句みたいなことはよく口にするが、それだけだ。

『ここにきたのは恩を返すためだけれど、フィオナと暮らすうちに好きになった』なんて言わない。

あくまでも、彼にとってフィオナは『大事な恩人の娘』なのだ。

そんな状況で求婚を受けたりしては、彼のためにもフィオナのためにもならない。

だが、彼との生活があまりにも楽しいから、別れを考えるのが段々と辛く、泣きそうなくらい寂《さび》しくなってきていた。

「とにかく、エルダーがここにいるのは一年だけって、最初からの約束なの」

そう言いきった時、ちょうどエルダーが戻ってきた。ビクッと、思わずフィオナの肩が跳《は》ねる。

エルダーとはごく普通に接しているつもりだったが、彼に好かれてまんざらでもなさそうに見えたなんて。急に恥ずかしくなって、まともにエルダーの顔を見られない。

「どうかしたのか？」

そわそわと視線を彷徨《さまよ》わせるフィオナに、エルダーが訝《いぶか》し気に尋ねた。

「何でもないわ。エルダーがきてくれて助かっていると、おじ様に話していたの」

咄嗟《とっさ》に誤魔化したが、ドッフェルの言葉に動揺したフィオナの心臓は、壊れそうなくらいバクバクと脈打っている。

ドッフェルを店の前で見送り、エルダーと茶器を洗う間も、フィオナはギクシャクしたままだった。

そのせいか、エルダーも妙に無口で、二人して黙々と皿を片づける。

最後のカップを拭《ふ》いて戸棚にしまった時、ついにフィオナは沈黙に耐えられなくなった。

「ええと……私は調合室に行くわ。眠り薬に次の魔力を注ぐまでまだ時間があるから、それまで棚の整理をしようと思って」

作り笑いを張りつけて、エルダーの顔をできるだけ見ないようにしながら調合室に逃げ込んだ。

（こういう時は掃除《そうじ》でもして、気を落ち着かせようっと）

割れやすい瓶などがある場所の掃除《そうじ》に集中すれば、余計なことを考えずにすむ。

フィオナは雑巾《ぞうきん》を絞《しぼ》り、ギシギシと軋《きし》む年季の入った梯子《はしご》に足をかけた。

天井の高い調合室の、円形の壁をグルリと覆《おお》う棚は十分な収納力だ。

梯子《はしご》で昇り降りしなければ届かない高い棚には、滅多に使わない魔道書や機材を収めているけれど、放っておけば埃《ほこり》が溜《た》まって落ちてくるため、たまに掃除《そうじ》は必要だ。

フィオナが張り切って梯子《はしご》の上の段に足をかけた瞬間、バキリと嫌な音がした。

劣化していた踏み板が真ん中からポッキリ割れ、滑《すべ》り落ちた足の衝撃に耐えきれず、次の段も砕けた。


「きゃあああ！」

喉《のど》から悲鳴がほとばしる。

咄嗟《とっさ》に近くの棚板を掴《つか》めたのは、運動神経のかなり鈍いフィオナにしては上出来と言える。けれど指先を引っかけてプルプルしているだけで、今にも落ちそうだ。

「フィオナ!?」

彼女の悲鳴を聞いてエルダーが飛び込んできたと同時に、ズルリと棚を掴《つか》む指が滑《すべ》った。今度は悲鳴すらあげられないまま、フィオナは落下の浮遊感に包まれる。

ゾワッとうなじの毛が逆立ち反射的に目を瞑《つむ》ると、身体がなにかにぶつかった。

でも、思っていたほど痛くない。やけに温かいものに身体を受け止められ、唇に柔《やわ》らかい感触が触れる。

（……え？）

恐る恐る目を開けて、フィオナは驚愕《きょうがく》した。

フィオナはエルダーに抱き止められていた。しかも、信じられないほど間近に彼の顔があり、混乱する頭の中で自分の唇に触れているものがなにか理解する。

本当に、なんて偶然の悪戯《いたずら》だ。落ちて抱き止められただけなのに、唇が触れ合ってしまうなんて。

「――っ‼」

顔を真っ赤にして、フィオナがのけ反ると、エルダーがさっと降ろしてくれる。

それから数秒間、互いに何も言わず、もの凄く気まずい沈黙が流れた。

最初にそれを破ったのはエルダーだった。

「怪我は？」

「な、ないわ。ありがとう」

ドギマギしながらフィオナは答え、チラリと横目でエルダーの様子をうかがう。

すると彼は深く息を吐き、微笑んで額《ひたい》の汗を拭《ぬぐ》った。

「梯子《はしご》が壊れたのか。確か、物入れに大工道具もあったな。良ければ修理するが」

「あ……お願いできるかしら？」

何事もなかったようなエルダーに拍子抜けして、ついフィオナも普通に答えてしまう。

「じゃあ、道具を持ってくる」

しかし、エルダーがそう言ってパタンと扉を閉めて出て行った瞬間、フィオナは足腰から力が抜けてペタンとその場に座り込んだ。頬が火照《ほて》っている。きっと真っ赤になっているに違いない。

（事故！　今のは、ただの事故だから……っ！　偶然……キ、キスしちゃったとか……今のは数には入らない！）

フィオナは胸の中で自分に言い聞かせ、無理やり納得する。

それにしてもエルダーと暮らすうちに信頼感が芽生《めば》えたためか、あんなことがあったのに、初日のように彼を吹き飛したりしなくて良かった。

ちなみにエルダーには、カウンターに触れていなくても店主が危機感を抱いたら外へ弾かれると、結界の仕組みを話してある。

（うん……私の方もただの事故だと受け止めたのを、エルダーも承知してくれているはず！　だから全然気にしないで、何もなかったことにしてくれたのよ）

けれど、気まずくならなくて良かったと思うのに、あっさり微笑んだエルダーを思い出すと、少し寂《さび》しい気もする。

じんじんするくらい火照《ほて》った頬を両手で押さえ、おかしな自分の心境に、フィオナは座り込んだまま狼狽《うろた》える。

そんな調子の彼女は、調合室を出たエルダーが、自分と同じくらい顔を真っ赤にしながら、扉に背をつけてズルズルと座り込んでいたのを知らなかった。

＊　＊　＊

三日後。

フィオナが調合室で棚の整理をしていると、呼び鈴の音が聞こえた。続けて、エルダーが店に出るため扉の向こうを通り過ぎる足音を聞き、フィオナは無意識に詰めていた息を吐いた。

先日の『事故』を、やっぱりエルダーは大して気にしなかったようで、あれからも彼の態度はいたって普通だ。

まるで何もなかったみたいな彼に合わせて、フィオナも表向きはいつも通りに振る舞っているけれど、内心は落ち着かない。

ドッフェルに妙なことを言われた上、あの一件があったせいか、今まで通りに接しようと思っても、やけにエルダーを意識してしまうのだ。

彼が夜にうっとりするほど綺麗な狼の姿となっても、モフモフに夢中になるどころか、顔が真っ赤になりそうで近寄れない。

調合室の整理をしたところ、読みたい魔道書が見つかったから……と言い訳をして、夜は早々に自分の部屋に閉じ籠《こ》もるようになった。

（……それにしてもお客さんがくるなんて意外だわ。明日は百花祭典なのに）

フィオナは無理やり、思考を切り替えた。

明日は、カザリスの街全体が百花祭典で賑《にぎ》わうだろう。

二日前、神殿では巫女《みこ》が当日の天気を占う儀式が行われたそうだ。

昨日、食料の配達にきてくれた地下商店街の人から、今年も祭りの当日は雲一つない晴天になるという占い結果が出たと聞いた。

それで人々は、気持ち良い晴れた空の下で祭りを楽しめると、パレードの準備などで大はしゃぎだという。

店休日ではないから一応開けているけれど、昨日も一昨日《おととい》もお客さんは一人もこなかった。

「……とっても楽しいお祭りなんですよ！」

すると突然、扉越しに甲高い声が微かに聞こえ、フィオナは首を傾《かし》げる。

（ロクサーヌ……？）

店先から聞こえてくる声はロクサーヌによく似ているが、彼女は銀鈴堂に寄りつきもしない。きちんと代金を支払い、他のお客さんに迷惑をかけないならば、誰がこようと拒否する気はないが、不思議には思う。

静かに調合室を出て、そろそろと暖簾《のれん》の隙間から店の様子をうかがうと、カウンター越しにエルダーに親しそうに話しかけているのは、やはりロクサーヌだった。

「百花祭典は初めてでしょう？　私が案内しますよ。それに、男女一組で参加するパレードがあるんですけど、私は組む人が見つからなくて……エルダーさん、ご一緒してくれませんか？」

上目づかいで言う彼女に、フィオナは顎《あご》が外れそうになった。

評判の美少女であるロクサーヌが、お祭りで組む男性の一人も見つからないなんて、あるはずないだろう。

「悪いけれど、明日は店休日じゃないんだ。他の人をあたってくれるかな」

エルダーは苦笑してやんわりと断っていたが、急に後ろを振り向いた。

暖簾《のれん》の隙間からそっと覗《のぞ》いていたフィオナは、彼と目が合ってしまいビクンと跳《は》ね上がる。

(ああっ！　エルダーは人狼だから……っ！)

こっそり近づいても、嗅覚でばれるのは当然だ。

「フィオナ、そんなところでどうかしたのか？」

不思議そうに尋ねられ、フィオナはしぶしぶ暖簾《のれん》をかき分けて二人の前に出る。

「ロクサーヌの声がしたから、何があったのかと……」

「店のことじゃない。明日の百花祭典に誘われて、断ったところだ」

エルダーはあっさりと言ったが、本日のロクサーヌは引き下がらなかった。

「もーっ、お祭りの日にまで仕事だなんて、エルダーさんってば真面目すぎません？　そういうところも素敵ですけど、たまには息抜きも必要ですよ。だいたい、お客さんなんてどこにもいないじゃないですか」

可愛らしく頬を膨らませたロクサーヌは大袈裟《おおげさ》な身振りで手を振ると、今日も女王様に付き従うように数歩後ろに控えていたパーティの仲間三人に声をかける。

「皆、百花祭典に行っちゃうから、明日はダンジョンで店を開いていたって意味がないのよね？」

ロクサーヌに同意を促《うなが》され、眼鏡をかけた魔法使いの青年が、フィオナを見て口を開いた。

「地下商店街の店も全て、明日は臨時休業にして従業員を百花祭典に送り出す。フィオナさんも人を雇うのなら、無意味にこき使わず、少しは気遣うべきじゃないか？」

ロクサーヌと揃《そろ》いのローブを着た彼の胸元には、魔法学校の刻印が入ったブローチが光っている。ロクサーヌは首席卒業の証《あかし》である太陽のブローチをつけているが、彼は銀の三日月で、これは次席以下の優秀な卒業生に贈《おく》られるものだ。

ともあれ、淡々とした素っ気ない声で非難され、フィオナは困惑した。

実のところ、もうとっくの昔にエルダーには地下商店街の店が軒並《のきな》み臨時休業となることを伝え、百花祭典へ行くのを勧めたのだが、彼は断っているのだ。

「いや、フィオナはちゃんと……」

エルダーが慌てて庇《かば》おうとしてくれたが、ロクサーヌの声がそれを遮《さえぎ》る。

「デニスってば、フィオナは悪気があった訳じゃなくて、少し気がまわらなかっただけでしょうから、責めちゃ可哀想よ。エルダーさんが百花祭典に行きたいと言えば、フィオナは邪魔なんてしないはずだわ」

そしてロクサーヌが両手を打ち合わせ、はしゃいだ声をあげた。

「そうだ！　フィオナも一緒に行きましょうよ！」

「え!?」

「日光に当たると具合が悪くなると言ったって、屋内から見物するくらいなら良いじゃない。私たちがカザリスで滞在している宿なら、あっちの転移魔法陣の近くだし、日よけマントを被れば数分もかからないわ」

ニコニコと、満面の笑みを浮かべてロクサーヌは続ける。

「借りているのは二階部屋で、大通りの眺《なが》めも抜群よ。デニスたちに飲み物なんかも届けさせるから、フィオナはそこで好きにくつろいでいて。私とエルダーさんがパレードに出たら、部屋の窓越しによく見えて楽しめるわよ！」

無邪気に言い放たれた言葉に、フィオナは目の前が真っ暗になった。

楽しそうに歩くエルダーとロクサーヌを、遠い窓から眺《なが》めて楽しむ？

一体、何をどう楽しめるというのだろうか。

「……わ、私は、やめておくわ」

掠《かす》れる声を絞《しぼ》り出すと、ロクサーヌが小首を傾《かし》げた。

「遠慮することないってば。知らない人ならともかく、フィオナなら部屋にあげるのは構わないわよ。だってフィオナは私の友人で、尊敬する青銀の魔女だもの」

仰天《ぎょうてん》するくらい白々しい台詞《せりふ》をにこやかに吐き、彼女はエルダーへ向き直る。

「ごめんなさい、最初からこうして誘うべきだったわ。フィオナが一人で店に残っていたら、エルダーさんだって自分だけは行き辛いですよね」

暗に、エルダーはお前に気を遣って誘いを断っているのだと言いながら、ロクサーヌがフィオナだけに見えるよう横目で睨《にら》んできた。

「いや、そんなことは……」

エルダーが困惑しきった表情で視線を彷徨《さまよ》わせるのを見て、フィオナの背筋がすっと寒くなる。

彼に、臨時の休みを出すから百花祭典を楽しんできたらと言った時、それなら日暮れからフィオナも一緒に行かないかと誘われた。

百花祭典のメインは昼間だけれど、夜だって屋台はまだ出ていて、お祭り気分は十分味わえるそうなのだ。

その時はまだキス事件が起きる前で、エルダーに対し内心ギクシャクもしてもおらず、一緒に休日を楽しみたいと言ってくれたのが純粋に嬉しかった。

エルダーと百花祭典に行けたらどんなに楽しいだろうと頷《うなず》きかけたが、これだから駄目なのだと、すんでのところで自分の欲求に歯止めをかけた。

少しだけ、これくらいなら、と言い訳をして自分を甘やかしたりしたら、いざという時、上手い具合に自《みずか》らの欲求にブレーキをかけられる自信がない。

なので、後ろめたい気分で『ごめんなさい。私は興味がないから』と嘘をついて断った。

せっかくのお祭りなのだから見物してくれればと勧めたけれど、彼は自分も気乗りしなくなったと言い、それで話はおしまいになった。

以前にロクサーヌの誘いを断った時、自分の好きにしているだけだと言っていたから、今回もそうだと思って安心していたのだ。

しかし、フィオナをチラチラと横目で眺《なが》め、困りきった様子を見せるエルダーの姿に、ロクサーヌに誘われたら、やはり気が変わったのではないかと疑念が湧き上がる。

(そういえばエルダーは、ロクサーヌをジルみたいだって……可愛いと思っている彼女に誘われれば、嬉しくて気が変わるのも当然だわ)

彼が誰と仲良くしようと自由なのに、心臓がドクドクして冷や汗が滲《にじ》む。

フィオナが顔を強張《こわば》らせていると、エルダーがこちらを見て微かに溜息《ためいき》を吐いた。注意しなければ、気づかなかったくらいの小ささだ。そして彼は、無表情でロクサーヌに向き直る。

「せっかくの提案だが、フィオナは気が進まないようだし、人の多い祭りで彼女と別行動というのは俺も遠慮したい。俺には、彼女を守る『義務』があるからな」

淡々と放たれた彼の言葉を傍《かたわ》らで聞き、フィオナは目を見開いた。

今、エルダーははっきり『義務』と口にした。

彼の一族を救った恩人の娘だから、一緒にいなくてはいけないと言ったのだ。

「そんな……ねぇ、フィオナはどうしても行きたくないの？　私はエルダーさんにもフィオナにも楽しんでほしくて一生懸命考えたのだけれど、何か気に障《さわ》ってしまったのかしら？」

ロクサーヌが両手を組み合わせ、悲哀たっぷりの表情で眉を下げた。

「いえ……あなたの気遣いはありがたいわ。ただ、申し訳ないけれど、興味がなくて……」

意地悪な彼女に、自分の惨《みじ》めな気持ちをさらけ出すのは耐えられない。フィオナが泣きたい気持ちを押し殺して、消え入りそうな声で答えると、ロクサーヌが頬に手を添えて盛大な溜息《ためいき》を吐いた。

「興味ないって……それだけ？　なんだか、いつもの優しいあなたらしくないわね。エルダーさんは一年で帰るんでしょう？　せっかく百花祭典に参加するチャンスなのに、あなたがここに残るから遠慮して行けないなんて、気の毒じゃない。少しだけでも付き合ってあげたら？」

いきなり水を向けられたエルダーが、ビクリと肩を震わせた。

「なっ、そういうつもりではなく……」

明らかに慌《あわ》てふためく彼に、フィオナの目の奥から熱いものが迫《せ》り上がってきた。

——限界だ。

「……エルダー。義務だなんて、私に遠慮して断る必要なんてないわ。だから先日、あなただけでも百花祭典に行けば良いと言ったのに」

「え、フィオナ!?　俺は別に……」

慌《あわ》てた様子のエルダーに、フィオナはありったけの理性で感情を抑えつけ、笑いかける。

「遠慮しないで、あなたの好きにして欲しいわ。店の中に居れば安全なのだし、私は本当にお祭りに興味がなくて断ったの。それより、巨大火吹きトカゲ用の眠り薬を作る方に集中したいから、明日は店も閉めて一人にしてもらった方がありがたいわ」

フィオナは一息に言うと踵《きびす》を返し、調合室に駆け込んだ。

「つく……」

扉を閉めた途端、嗚咽《おえつ》が込み上げて、フィオナは両手で口元を覆《おお》い堪《こら》えた。

ロクサーヌはとても美人で、エルダーだって精悍《せいかん》でかなり格好良い。

仲良く寄り添ってパレードに出たら、さぞ人目を引き、似合いの二人だと言われるだろう。百花祭典のパレードへ一緒に出るよう申し込み、それをきっかけに付き合うカップルは結構いるそうだ。

（エルダーは、義務でここにいるだけ。ロクサーヌと恋人になっても、私には関係ないわ）

扉に背をつけて床に座り込み、泣き声をたてないよう歯を食いしばって自分に言い聞かせるが、嫌な気持ちはちっとも晴れてくれない。

店先で、ロクサーヌはエルダーとさっそく明日の計画を話し合っていることだろう。

何も聞きたくなくて、フィオナは両手で耳を塞《ふさ》ぎうずくまる。

数分経った頃、背をつけていた扉を叩く音がし、フィオナは耳から手を離した。

「フィオナ。明日、俺は朝早く出かけようと思うのだが……」

扉越しに、エルダーの気まずそうな声が聞こえてきた。その瞬間、今度はなぜか酷く苛立《いらだ》つ。

（ロクサーヌと出かけるのに、わざわざ私に報告してくれなくたっていい！　何も聞きたくないし、知りたくもない！）

フィオナは怒鳴りたいのを必死に堪《こら》え、努めて冷静な声で扉越しに返事をする。

「ごめんなさい。今、手が離せないの。今日は魔法薬にかかりきりになるから、夕食も食べられそうにないわ。明日は何も気にしないで、思い切り楽しんできて」

素っ気なく言うと、数秒の沈黙の後でエルダーがポツリと答えた。

「わかった」

扉の向こうから離れていく足音を聞きながら、酷い自己嫌悪に襲《おそ》われる。

エルダーは、ロクサーヌがフィオナと仲良しだから、ああやって一見親切に見える提案をしてくれたと思っているのだろう。

もしかしたら明日の外出に備えて、ロクサーヌの好みなんかを尋ねたかったのかもしれない。

「……エルダー、ごめんなさい」

フィオナはそう呟《つぶや》くと、膝《ひざ》の間に顔を埋めた。

本当は今すぐ調合室から出て、さっきは少し素っ気なさすぎたようだと謝り、エルダーの話をきちんと聞いてあげた方が良いに決まっている。

だが、自分で行くように勧めたのに、今エルダーの顔を見たら、きっと引き止めてしまう。

ロクサーヌの悪口を喚《わめ》き、エルダーに彼女となんか出かけないでと縋《すが》り、酷く困らせ呆れさせるに違いない。

フィオナは流しの冷たい水でバシャバシャと顔を洗い、調合用の椅子に腰を下ろす。

今日はもう、エルダーが眠るまでここから出ないつもりだ。

五　二人だけのお祭り

「……ん」

小さく呻《うめ》いて目を開けたフィオナは、いつのまにか自分が調合室の机に突っ伏して寝ていたことに気づいた。

昨夜、エルダーが眠ったら部屋に戻ろうと思っているうちに、眠り込んだようだ。

（うわ……ここで居眠りしちゃうなんて、久しぶりだわ）

一人で多忙だった時期には、魔法薬を夜中まで作っているうちに寝てしまうこともあったが、エルダーがきてからはきちんとベッドで眠っていた。

無理な姿勢で固まった身体の痛みに顔をしかめ、フィオナは軽く伸びをして腕や肩をまわす。

凝《こ》った身体をほぐしながら、テーブルの上を見て呟《つぶや》いた。

「……これが早くできたから、良かったわ」

コルク栓《せん》をした、手の中に納まるくらいのガラス小瓶に、深紅《しんく》の魔法薬が入っている。

昨日ここに閉じ籠《こ》もってからずっと、巨大火吹きトカゲ用の眠り薬に魔力を注いでいたら、予想より早く完成した。

薬瓶を大事に引き出しへしまい、そろそろと廊下に出ると、家の中は人気《ひとけ》がなく静まり返っている。エルダーはすでに出かけたようだ。

ホッとして、フィオナは浴室に向かう。昨日は湯浴みもしていないので、身体がベタついて気持ち悪い。お気に入りの花の香りの石鹸《せっけん》を使って、熱い湯を浴びると少し気分がすっきりした。

でも、髪を乾かして着替え、店の鎧戸《よろいど》に『臨時休業』の札を張ったら、この後なにをしていいのかさっぱりわからなくなった。

（何か軽いものを摘《つ》まんで、本でも読もうかしら？　それとも、今日はもうひたすらゴロゴロと怠《たい》惰《だ》に過ごすとか……）

エルダーが楽しく過ごしているように、フィオナだって好きにして良いのだ。

せっかく魔法薬も完成したのだし、お店も休みで、今日は完全に一人きり。寂《さび》しい反面気楽なはずで、どんなにお行儀悪く、ものぐさに過ごしても構わないはず……

昨日の昼から何も食べていないのに、胃が重苦しくて食欲が全く湧かない。

結局フィオナは、食料棚をしばらく眺《なが》めた末に水だけ飲んだ。

自分の部屋でゴロンと寝台に寝転んでみたけれど、耳が痛くなるほどの静寂が気になり、すぐに起き上がる。

寝台に座り込んで枕を抱え、棚の置き時計ばかり気にしてしまう。太陽の絵柄になっている時計は、午前十一時を指していた。

(パレードはお昼近くからと聞いたけれど、そろそろかしら?)

お客さんから聞いた話では、神殿で売られる特製の花冠をつけて好きな男性とパレードに参加するのが、カザリスの若い女性に大人気らしい。

神殿には花冠目当てで長蛇の列ができるとのことだが、ロクサーヌならエルダーとのんびりお祭りを見てまわりつつ、花冠も仲間に買いに行かせて楽に手に入れそうだ。

今頃エルダーはロクサーヌとパレードに参加しているのだろうか。考えたって意味がないと解っていても、二人のことばかりが頭に浮かんでくる。

「うぅ……エルダーがお休みを誰とどう過ごそうと、私には関係ないの！」

フィオナは悶々《もんもん》とした気持ちに耐えかねて大きな独り言をあげ、ボスンと背中から寝台に転がる。

しかし次の瞬間、玄関扉の開く音がして、エルダーの大声が聞こえた。

「フィオナ、神殿の花冠を手に入れたぞ！」

「なっ⁉」

突然の出来事に驚いたフィオナは、バネ仕掛けの人形のように飛び起きた。

ロクサーヌと百花祭典を満喫しているはずのエルダーが、どうして祭りのメインともいえる花冠を持って、こんな時間に早々と帰ってきたのだろう？

信じられない気分でそろそろと扉を開けると、エルダーは居間のテーブルにあの大きな背負い鞄《かばん》を置き、中からいくつもの箱を取り出しているところだった。

「ただいま。なるべく早く戻るつもりで、朝一番の転移魔法陣でカザリスに行ったんだが、神殿は流石《さすが》に凄い行列だった」

明るく笑うエルダーに、戸惑いを隠せないままフィオナは尋ねる。

「お、お帰りなさい……でも、どうしてこんなに早く？　ロクサーヌと百花祭典のパレードに出るんじゃ……」

すると、彼は軽く顔をしかめて首を横に振った。

「ロクサーヌには昨日、二度と顔を見せないでくれと言って帰した」

思いがけないエルダーの発言に、フィオナが目を瞬《しばた》かせると、彼は深く息を吐く。

「昨日のフィオナの様子ではまともに話し合えそうになかったから、落ち着くまでそっとしておこうと思ったんだが、聞いてくれるか？」

「え、ええ……」

「以前にロクサーヌを助けたのは後悔していないが、彼女と親密になりたいと思ったことは一度もない。地下商店街で彼女に再会した時から、関わりたくないタイプだと敬遠していたけれど、昨日のはいくらなんでも限界だ」

思いがけない言葉に、フィオナは耳を疑った。

「エルダーは、ロクサーヌを気に入っているんだとばかり思っていたわ。地下商店街で会った後、ジルと同じ雰囲気だなんて言っていたから……」

そう言うと、彼が呻《うめ》いて顔をひきつらせた。

「……フィオナ。絶対に、怒らないと約束してくれるか？」

「急に、どうしたの？」

「いいから約束して欲しい。怒らないなら、その件について白状する」

頑《かたく》なに要求する彼に、フィオナは困惑しつつ頷《うなず》く。

「怒らないから、教えて」

するとエルダーは深く息を吸い、棚に飾《かざ》ってあるジルの足跡スタンプの額縁《がくぶち》をキッと睨《にら》んだ。

「フィオナとマギスさんを困らせたくないから我慢して黙っていたが、ジルは俺をライバル視することをやめていない。飼い主の言うことを聞く良い子の振りをして、隠れて俺に噛《か》みつく性悪狼だ！」

「えええっ⁉」

フィオナには、ジルはエルダーにも懐いており、いつも店を去る間際にスリスリしたりして、仲良しそのものに見える。

「ジルはフィオナに懐いているから、人狼の俺に、自分の方が可愛がられていると主張したくて仕方ないようだ。初めて会った時も、フィオナが撫《な》でさせてくれとマギスさんに許可をもらった時や、散々モフモフされた後の去り際に、すごく勝ち誇《ほこ》った顔で俺を見てきた」

「あ……」

数か月前の記憶を辿《たど》り、ジルが撫《な》でられる前後にエルダーへ嬉しそうに吠えていたのを思い出す。

「今も奴がくると、フィオナは店の外に出て撫《な》でるだろう？　その後で俺に懐くように見せかけてこっそり噛《か》みついてくる。人狼ならすぐに治るが、気分は良くないな」

痛そうに片手を振る仕草をされ、フィオナは狼狽《うろた》える。

「そ、そんなっ!?　ジルは、甘噛《が》みくらいはするけれど……」

「ほら。フィオナはジルを庇《かば》うと思ったから、黙っていた。それに、ジルが賢《かしこ》くてマギスさんを大好きなのは確かだ。だから彼に叱《しか》られた後は、俺に表立っては唸《うな》らなくなったけれど、これは本能みたいなものでそう簡単に抑えられるものじゃない」

エルダーが拗《す》ねた顔で肩を竦《すく》めた。

「フィオナもマギスさんもジルを可愛がっているし、何とか穏便《おんびん》にすませたいと思っていたんだが、未だに上手くかない。アイツが挑発していると解っていても、フィオナにベタベタいやらしく触るから、つい反応してしまって……やめさせるどころかますます、ジルを調子に乗らせてしまっているようだ」

「いやらしいって、ジルはじゃれているだけよ」

口を尖《とが》らせて抗議したものの、思い返すと確かに、エルダーがきてからジルのじゃれつきが激しくなった気がする。

最近のジルは、フィオナを押し倒す勢いで飛びつくようになり、スカートに頭を突っ込もうとしてマギスが慌てて止めてくれたこともある。そしてエルダーがカウンターから出てくると、さっとそちらに行くのだ。

元気が有り余っているだけかと思い、気にしてなかったが……言われてみれば確かに、待ち構えていたような勢いだった。

「とにかく、ジルに似た雰囲気っていうのは、あざとくていい子ぶるのが凄く上手そうだという意味だ。心あたりがないなら、無理に信じてくれなくても良い」

エルダーが諦《あきら》めたように苦笑し、フィオナはズキリと胸が痛んだ。

ロクサーヌと初めて会った時、彼女の外面の良さに宿の女将《おかみ》さんがすっかり騙《だま》されて、フィオナの方が感じの悪い態度を取った形になってしまい、自分だって傷ついたはずなのに。

可愛いジルが陰で悪さをしていたなんて、やっぱり信じたくない気持ちはあるけれど、最近のジルの行動を考えると思いあたる節がある。

とはいえ、マギスにそれを言うのは、現場を押さえてからの方が良い。

「今度、ジルがきたらよく気をつけて見ているわ。こっそり噛《か》みついたりしているのなら、マギスさんに叱《しか》ってもらわなきゃいけないもの。マギスさんはジルが本当に大事だからこそ、他の冒険者に失礼をして危険な目に遭わないように、悪さをしたらきちんと叱《しか》るのよ」

「え？　あ……言われてみれば確かにそうだな。黙っていたのはかえって拙《まず》かった。ジルがこのままの調子で他の人狼に喧嘩《けんか》を売らないよう、止めてやらないと危ないな」

フィオナがジルの無罪を主張しなかったからか、エルダーは意外そうに呟《つぶや》く。

フィオナは思わず笑みが零《こぼ》れた。

「私はジルが好きだけれど、エルダーは無暗に誰かを貶《おとし》める人じゃないと信じているわ。ジルに怒っていても、そうやって心配してあげる優しい人だもの」

「……そうかな？」

エルダーは照れくさそうに視線を彷徨《さまよ》わせていたが、ハッとした様子でテーブルに向きなおり、取り出した紙箱を示す。

「そういうことで、俺はフィオナとここでお祭り気分を味わおうと、今日は早朝から一人で買い出しに行ってきただけだ」

彼が手近な箱を一つ開けると、飴《あめ》をかけた可愛い小ぶりのリンゴが現れた。

「私と……？　そのために、朝早くから出かけたの……？」

掠《かす》れた声でフィオナが呟《つぶや》けば、エルダーがバツの悪そうな顔で頷《うなず》いた。

「俺の勘違いだったら悪いが、フィオナはお祭りに興味がない訳じゃなく、行きたいのに我慢しているように見えた」

「っ！」

図星を指されてフィオナは唇を噛《か》む。

当たりだと白状したも同然の顔を見て、エルダーが微笑んだ。

「解ったのは、俺も同じだったからだ」

「エルダーも？」

「子どもの頃、外に行くのを許されないのが悔しかったと話しただろう？　だから、ロクサーヌがいくら親切を装《よそお》ったとしても、自分たちがはしゃぐのを一人で遠くから見ていろだなんて、酷い嫌がらせだと思ったし、それにフィオナが傷ついたのもすぐ解った」

「……」

何と言えば良いか解らずに黙っていると、エルダーが息を吐いて買ってきた品々を眺《なが》めた。

「だが、俺はあんな嫌がらせを受けたことはなかったから、フィオナがどうして欲しいのか解らなくて……下手に庇《かば》ったら余計に傷つけるかもしれないと遠まわしに断ろうとしたのは失敗だったな。誤解させて悪かった」

そこまで聞いた時、堪《こら》えきれずフィオナの両眼から涙が溢れてきた。

「あ、ありがとう。それから、ごめんなさい。本当はエルダーから百花祭典に誘われた時、すごく嬉しかったの。でも私は、誘惑に弱くて我《わ》が侭《まま》だから……」

心の奥に押し込めていた鬱積《うっせき》が込み上げてきて、ポロポロと零《こぼ》れる。

「一度でも外に出たら、きっと私はもっとたくさん外を歩きたくなるわ。このお店が大好きなのに、父さんや母さんと一緒にいたい気持ちを堪《こら》えられなくなる。身体を壊しても、追いかけてしまう」

「それでずっと、外に出るのを我慢していたのか」

静かなエルダーの声に、フィオナはしゃくりあげながら頷《うなず》く。

「ええ……一緒にいたいからと追いかけたりすれば、父さんと母さんは世界中のダンジョンを探る夢を諦《あきら》めて、私とここで一緒に暮らすと言ってくれるはずよ。でも、大好きな二人の夢を私の我《わ》が侭《まま》の犠牲《ぎせい》になんてしたくない」

「ああ……誰だって、好きな人を大事にしたいものだ」

「外へ行く皆に置いて行かれるのも、ここへ留まってと言って困らせるのも、どっちも嫌なの。だからせめて私の作ったものだけでも一緒に連れて行ってもらえるようにと、父さんたちに回復薬をいつも持たせていた。火吹きトカゲの魔法薬だって、必死に作ったのは自分のためよ。あの魔物のせいでドッフェルおじ様たちが村ごと引っ越しをしてしまうのが怖かっただけ……」

両手で顔を覆《おお》って俯《うつむ》くフィオナの頭上に、エルダーの声が降ってくる。

「少しだけ、触れてもいいか？」

とても優しい声音に、ぼんやりしたまま頷《うなず》くと、ふわりと抱き締められた。

エルダーは子どもをあやすように頭の後ろを優しくポンポンと叩いて、背中に流れる青銀の髪をそっと撫《な》でる。

それが凄く心地よくて、フィオナは無意識に彼に抱きついて泣きじゃくっていた。

（エルダーにも置いて行かれたくないの！　たった一年で帰ったりしないで！）

自然とそんな思いが頭に浮かび気づいた。

先日、調合室の事故で偶然唇が触れた後、ドキドキしながらもやけに寂《さび》しかったのは、何事もなかったように彼が振る舞ったからだ。

なかったことには、して欲しくなかった。

(私、エルダーが好き……ずっと、一緒にいて欲しい)

最近は、彼が帰郷することすら考えないようにしていたし、祖母の遺した魔法薬を完成させるのが先決だと言って、防御魔法の練習も中断していた。

少しでも長くここへ留まって欲しいと、知らず知らずに願っていたからだ。

「あ、あのね……エルダー……お願いがあるの……」

そろそろと泣き濡《ぬ》れた顔を上げると、彼が微笑んだ。

「何だ？」

「その、考えたんだけれど……」

言いかけながらもフィオナは迷い、口籠《くちご》もった。

一年経ってもフィオナが婿《むこ》入りを受け入れなければ、帰郷するという話だった。

だから、エルダーを好きになったから結婚してと頼めば、彼は約束通りフィオナのもとに生涯留まってくれるだろう。

(駄目よ……そもそもあの話は誤解だったのに。エルダーの厚意に甘えてずっとここに縛《しば》りつけるなんて卑怯《ひきょう》だわ)

誰だって、好きな人を大事にしたいのだと、彼も今しがた口にしたばかりだ。愛する相手には、幸せになって欲しい。

フィオナの両親に一族を救われたからという決め方じゃなく、エルダーが自分の意思で添い遂げたい相手を見つけて幸せになって欲しい。

フィオナは手の甲で涙を拭《ぬぐ》うと、リンゴ飴《あめ》を指してニコリと笑った。

「せっかくのお祭りだから、家の中じゃもったいないわ。とっておきの場所に行きたいの」

せめてエルダーがここにいる間だけでも、楽しい思い出をいっぱい作りたい。


とっておきの場所に行くべく、フィオナは急いで身支度をすませた。お祭りで購入してきたものを大きなバスケットに詰めなおし、エルダーに防御魔法をかけて銀鈴堂を出る。

正面の道を進み、最初の角を右に曲がるとすぐに、十四階へと続く階段がある。

十五階には魔物はいないけれど、上階に行けば、その瞬間に襲《おそ》いかかられてもおかしくない。だが、今はエルダーがいるから安心だし、冒険者も魔物の姿もなかった。

「ここよ」

フィオナは階段脇で足を止め、光苔《ひかりごけ》が少ない石壁の一部を、決まったリズムで数度叩く。すると、他と変わりなく見えた周辺の壁がパッと消え、大きな穴が開いた。

その穴の向こうには、中央に泉が湧き、深々とした木立《こだち》に囲まれた小さな野原がある。

「これは……？」

突如目の前に現れた光景に、エルダーが目を見開く。

「空間が歪《ゆが》んで空の見える場所が時々あるのよ。この隠し場所の太陽は、本物の陽射しと同じで温かいのに、青銀の魔女が浴びても平気なの。穴はすぐに閉じるから、急いで入って」

フィオナはそう言い終え、まず自分から穴を通り野原に入ってみせた。エルダーが後に続くと、背後で開いていた穴は、ダンジョンと同じ灰色の石壁になった。

「出る時には、この石壁のどこかを、入った時と同じリズムで叩けば良いわ。覚えている？」

「大丈夫だ」

エルダーが手仕草で、先ほどフィオナが叩いたリズムを真似てみせる。

二人の周囲は綺麗な野原が広がり、丈の短い草花の上をヒラヒラと数匹の蝶が飛んでいる。清らかな泉の水は透き通り、陽射しに煌《きら》めく水面を覗《のぞ》けば、軽やかに泳ぐ小魚が見えた。

「風の匂いや空気も、本当に外にいるようだ」

エルダーが辺りを見回し、ヒクヒクと鼻を動かした。

「この場所は最初、なにもないただの壁だったみたいなの。でも、二代目店主のミモザが銀鈴堂にきて少し経った頃、地上を懐かしんで魔力暴走を起こしてしまい、気づいたらこんな不思議な場所ができていたそうよ」

感慨を込めてフィオナはこの場所の成り立ちを話し、エルダーを見上げる。

「ここは私の……いいえ、銀鈴堂の歴代店主が大切にして、家族とドワーフ村の住人以外には秘密にしてきた場所なの。百花祭典を楽しませようとしてくれたエルダーにできるお返しは、これくらいしか思いつかなくて」

祖母に初めてこの場所へ連れてこられた幼い時、生まれて初めて見た青空のあまりの美しさに涙したのを覚えている。

いつか、フィオナと一生を共にする人ができたら、ここを教えてあげなさいと祖母に言われた。エルダーとはずっと一緒にいられないけれど、彼ほど一緒に居たいと願う人は、きっともう現れない。フィオナがここを教える、最初で最後の人だ。

「ドッフェルおじ様は当然ここを知っているけれど、他の人には秘密にしてくれるかしら？」

フィオナが頼むと、エルダーは深く頷《うなず》いた。

「光栄だ。絶対に、内緒にする」

泉の周囲にはぐるりと草が生い茂《しげ》り、さらに離れた場所は木立《こだち》となっていて、その奥は暗闇に包まれている。不気味な気配のする暗い木立《こだち》の奥は、類《たぐい》まれな魔法の使い手だったリリーベルの探査魔法でさえ弾かれて調べられなかったそうで、迂闊《うかつ》に足を踏み入れない方が身のためだろう。

フィオナはエルダーと、清らかな泉のほとりでバスケットを傍《かたわ》らに置いて座る。

「今日も空が綺麗だわ」

眩《まぶ》しい青空を見上げ、フィオナは目を細めた。

銀鈴堂から急げば十分たらずの距離とはいえ、十四階にはそれなりに強力な魔物が生息している。また、この隠し空間で魔物を見たことはないが、現れぬ保証もない。

ダンジョンでの不用意な行動は悲劇を招くため、自身に防御魔法をかけられないフィオナは、いくらこの場所が大好きでも、祖母を亡くしてからは赴《おもむ》くことはなかった。

「長閑《のどか》で良いところだな。それに、俺の故郷と空気の匂いが凄く似ている気がする」

隣で懐かしそうに目を細めたエルダーが、愛しい地を思い出しているらしい様子に、フィオナの胸がツキンと痛む。

でも、今は彼と楽しく過ごすのだと、悲しい気持ちから目を逸《そ》らしてバスケットを開けた。

揚げ芋、リンゴ飴《あめ》、ドーナツ、炙《あぶ》り肉を挟んだパン。敷物の上に、それぞれ紙箱に入った美味《おい》しそうな食べ物が並ぶ。

「どれから食べるか迷ってしまうわ」

目を輝かせて吟味《ぎんみ》した末、フィオナはリンゴ飴《あめ》を手に取った。何年か前、マギスが百花祭典の翌日に、お土産《みやげ》だと持ってきてくれた味が、未だに忘れられなかったのだ。

「俺は、これにする」

エルダーは肉を挟んだパンを一つ手に取って、豪快に食いついた。

フィオナも口の周りがベタベタになるのも構わず、リンゴ飴《あめ》にかぶりつく。

二人であれこれはしゃぎながら次々と食べ、合間に竹筒に入れて売られていたジンジャーエールを飲む。

すっかり食べ終えて口の周りや手を綺麗に拭《ふ》くと、エルダーがバスケットの底から、平べったい大きな紙箱を慎重に取り出して開いた。

すると、淡いピンク色の花を編んで作られた可愛らしい花冠が現れる。フィオナは感激して声を失った。

花冠の生花は一晩で萎《しお》れてしまうので、今まで実物を見たことはない。

当日製作される花冠を目当てに、神殿前には若い男女が早朝から列をなすので、買うのに二時間待ちは当たり前だとも聞く。

また、花冠に使われている花の内、一輪だけは護符で作られた造花で、生花の部分が萎《しお》れてからも取り外して髪飾《かざ》りとして楽しめる。

女性が自分のために買えば翌年まで恋愛成就《じょうじゅ》のお守《まも》りとなり、愛し合う相手に贈《おく》ると二人がより仲睦《なかむつ》まじく幸せになると言われている。

うっとりと花冠に見惚《みと》れていると、エルダーがそれを手に取って小さく咳ばらいをした。

「被せるから、少し屈んで」

そう促《うなが》され、フィオナは一瞬驚いたけれど、すぐに以前お客から聞いた話を思い出す。

どうやら、女性が百花祭典の花冠を自分で被るのでは、意味がないらしいのだ。

女性が自身で花冠を買いに行くと、神殿の巫女が厳《おごそ》かに被せてくれる。男性が好きな女性に贈《おく》る時には、想いを込めて相手に被せる。それでお守《まも》りの効果が発揮されるのだという。

(もし、エルダーが義務や同情じゃない気持ちで、これを贈《おく》ってくれたのなら……)

つい、そんなことを思ってしまったものの、そこまで望むのは贅沢《ぜいたく》というものだ。

彼は自身の子どもの頃の心境とフィオナを重ねて、苦労して花冠を手に入れてくれたのだから。

その優しさに感謝して満足すべきである。

それでもドキドキしながらカチューシャを外して身を屈めると、髪の上に微かな花冠の重みが加わる。

造花の一輪についているピンで髪に軽く留めてもらい、フィオナは照れ笑いしながら顔を上げた。

「……うん、よく似合っている」

フィオナのドキドキを感じ取ったのか、エルダーまで照れくさそうな顔で褒《ほ》めてくれ、頬が熱くなるのを感じた。

「本当？　ありがとう、とっても嬉しいわ」

慌《あわ》てて顔を背けて泉の傍《そば》にいき、水面《みなも》を覗《のぞ》き込んで顔を映してみた。揺れる水面《みなも》に映るのは見慣れた自分の顔だけれど、華やかな花冠のおかげか、いつもより少し可愛く見えて自然と顔が緩《ゆる》む。

色んな角度から眺《なが》めて楽しんでいると、唐突《とうとつ》にエルダーの鋭《するど》い声が聞こえた。

「フィオナ！　ドライアードだ！」

「っ!?」

フィオナが振り向けば、エルダーが高く跳躍《ちょうやく》して金狼へ姿を変えるのが視界に入った。

同時に、飛び上がった彼の下の草地がボコリと膨《ふく》らみ、土の中から、木彫り人形のような泥だらけの手が出てくる。

エルダーを掴《つか》み損ねたその手は、代わりに近くにあった空《あ》き箱入りのバスケットを握《にぎ》ると素早く土の中へ引きこんでいった。

「嘘……ここにドライアードなんか、全く生《は》えてなかったのに……」

フィオナは震え声で呟《つぶや》く。

ドライアードは植物の魔物だ。普段は頭頂部から伸びた茎葉《けいよう》と白い小ぶりの花のみが土の上に出ており、根は引き抜かれない限り地中でじっとしている。しかし、繁殖期には養分を得て新たな種子をつくるべく、人型の根が地中から這《は》い出して生き物を襲《おそ》う。

ドライアードは魔法薬の材料にもなり、根は強壮剤として有名だ。普段は人里離れた深い山奥でひっそり育っているので見つけにくく、銀鈴堂でも高価買い取りリストに載っている。

まさかダンジョン内で遭遇《そうぐう》するとは思わなかったが、ドライアードの引っ込んだ穴の周りをよく見ると、微かな地面の盛り上がりが薄暗い木立《こだち》の方から続いていた。

この歪《ゆが》んだ空間はどこに繋《つな》がっていてもおかしくない。今までここに魔物が現れたと聞いたことはなかったが、フィオナが一人でこなかったのは正解だったようだ。

「ドライアードは、地中に潜《もぐ》って獲物に忍び寄ることもあるんだ。立っていると足を掴《つか》んで地中に下半身を引きずり込まれ、動けないうちに毒棘《とげ》を刺される」

エルダーが用心深く地面を睨《にら》みながら、そう答える。

彼の故郷では、よくドライアードを見かけたそうだから、その性質にも詳しいはずだ。

「俺が仕留めるまで、フィオナは石の上に立っていてくれ。地面に直接立っていなければ、地中のドライアードに感知される心配はない」

きびきびと指示され、フィオナは素早くそれに従って、なんとか両足が乗るくらいの平たい石の上に立った。

エルダーが耳をピンと立てて神経を研《と》ぎ澄《す》まし、油断なく辺りの様子をうかがう。

周囲は先ほどのことが嘘のように長閑《のどか》な景色が広がり、フィオナには、魚が跳《は》ねる水音や辺りを飛ぶ虫の羽音しか聞こえない。

だが、突如としてエルダーが耳をピクリと震わせ、地面を蹴り、野原の一角をめがけて駆け出す。

その先で地面が盛り上がり、今度はドライアードの葉っぱや花のついた頭部がズボリと飛び出た。

目も鼻もない、木彫り人形みたいなのっぺりした顔には、口に見える穴だけが開いており、その穴が窄《すぼ》まったかと思うと、縫《ぬ》い針程の大きさの棘《とげ》が数十本、エルダーめがけて勢いよく噴《ふ》き出る。

その棘《とげ》の雨の中にエルダーが突っ込むと、金色の毛並みに触れた棘《とげ》は全てフィオナのかけた防御魔法に弾かれた。

彼が魔物と対峙《たいじ》する姿を何度か見たが、いつものエルダーは防御魔法に頼って回避の手間を怠《おこた》ったりしたりしない。

おそらく彼は、ドライアードの棘《とげ》を自分が受けることで、防御魔法のかかっていないフィオナを庇《かば》ったのだ。

ドライアードの飛ばす棘《とげ》が一本でも刺されば、どれだけ大変なことになるか、フィオナも承知している。

ドライアードはまた素早く地中に潜《もぐ》ろうとしたが、完全に引っ込む寸前でエルダーの牙が届いた。

頭頂部の草花を食いちぎられ、ドライアードは耳をつんざく奇声を発して絶命する。

決して気持ちのいい声ではないけれど、マンドラゴラのように眩暈《めまい》や吐き気を催《もよお》す威力はない。

「た、助かったわ……ありがとう、エルダー」

耳を押さえていた手を離し、フィオナは礼と共に安堵《あんど》の息を吐いた。

「驚いたが、こんな場所では珍しい魔法薬の材料が手に入ったな」

エルダーが笑い、息絶えた根を掘り出そうと前足で土をかきだしたが、急に動きを止めた。

咥《くわ》えていた茎葉と花をその場に落とし、急いでフィオナのもとへ駆け戻ってくる。

その時、フィオナの耳にも周辺の木立《こだち》から何かを引きずるような音が届き、全身に鳥肌が立つ。

「エルダー……あれはまずいわよね。今すぐ逃げましょう」

音の正体は、すぐ判明した。フィオナは青褪《あおざ》め、木立《こだち》の奥から這《は》い出てくる十数体のドライアードを指す。

いずれも成人女性ほどの大きさで、男とも女とも区別のつかない姿だ。木彫りの人形みたいな身体を不安定に揺らし、細長いひげ根をぶらさげて歩いてくる様《さま》は、不気味の一言に尽きる。

「そうだな、数が多すぎる。フィオナ、少しの間で良いから棘《とげ》を飛ばしてこないよう、あいつらを魔法で足止めできるか？」

尋ねられ、フィオナは頷《うなず》いた。

「ええ。霜《しも》の魔法なら、あの数でも凍らせられるはずよ」

「頼む。まだ他にも地中に潜《ひそ》んでいる危険があるから、足止めしたら、俺の後ろについてこい。石壁まで走るぞ」

「解ったわ。伏せていて」

エルダーが伏せると、フィオナは霜《しも》の呪文の詠唱《えいしょう》を始める。

フィオナはグルリと辺りを見まわし、ドライアードだけに正確に当てるよう、全神経を集中した。

両手が白い輝きを帯《お》び始め、同時に、三つ編みにした青銀の髪も僅《わず》かに光を帯《お》びていく。

通常よりも強力な魔法を使う時にだけ、この髪は光を帯《お》びるのだ。

呪文を唱《とな》え終わると同時に、フィオナは左右の手を大きく振った。

伏せたエルダーの毛並みの上を、真冬の寒風より冷たい風が凄《すさ》まじい速度で飛ぶ。

一瞬のち、四方から這《は》いよってきたドライアードは全て、キラキラ輝く白銀の霜《しも》を全身に張りつけて動きを止めていた。

「すぐ溶けるわ。標的が多かったから、当てるのに集中しただけ威力が弱まるの」

フィオナはそう言うと、立ち上がったエルダーに守られながら、出口の石壁を目指して駆け出す。

だが、あと数歩というところで、石版の前の地面がボコボコと盛り上がった。複数のドライアードが地中から首を出し、フィオナたちに向けて棘《とげ》を噴《ふ》き出す。

「っ！」

エルダーがとっさに身を捻《ひね》り、噴《ふ》き出された棘《とげ》がフィオナに当たらぬよう盾になってくれたが、数が多すぎた。鋭《するど》い痛みがフィオナの手首に走り、見ると細い棘《とげ》が一本、しっかりと刺さっている。

エルダーが手を伸ばしてくるドライアードの花を食い千切り、前足で石壁を必死に叩いた。

歯を食いしばって痛みを堪《こら》え、フィオナは無我夢中で飛び出す。

二人が出ると同時に壁の穴は塞《ふさ》がった。

出た先の通路に、魔物がいるか気を払う余裕もなかったから、何もいなかったのは本当に幸運だ。

フィオナは荒い呼吸を吐き、壁に凭《もた》れてズリズリと膝《ひざ》から崩れ落ちる。

棘《とげ》の刺さっている部分から痛みは既に感じないが、周囲が赤紫に薄く腫《は》れ、ジンジンと耐えがたい熱が瞬《また》く間に全身へ広がっていく。

呼吸が荒くなって目が自然と潤《うる》み、身悶《みもだ》えしたくなるような疼《うず》きが下腹部から迫《せ》り上がってくる。

「フィオナ、棘《とげ》が当たったのか！」

人間の姿に戻ったエルダーが切羽詰《せっぱつ》まった顔でフィオナを眺《なが》め、棘《とげ》のつき立った手首を見て息を呑んだ。

「っ……一本だけ……だ、大丈夫よ。ドライアードの……棘《とげ》じゃ、死なないわ……」

熱で朦朧《もうろう》としながら言うと、エルダーの顔が強張《こわば》った。

「俺の故郷にはドライアードがいると言っただろう……その毒の作用も、よく知っている」

硬い声で告げられ、フィオナも顔を強張《こわば》らせる。段々と増していく熱に思考を奪われ、エルダーがドライアードに詳しいことすら、考えから抜けていた。

エルダーが棘《とげ》を慎重に引き抜くと、フィオナの身体にビリリと鋭《するど》い刺激が走った。

「んぁっ！」

反射的に喉《のど》から零《こぼ》れたのは、苦痛を訴えるものには到底聞こえない艶《つや》を帯《お》びた声。身体を突き抜けた快感に、熱くてたまらないのに背筋が凍る。

強い催淫《さいいん》効果をもたらすドライアードの棘《とげ》の毒が、フィオナの身体を侵し始めたのだ。

＊　＊　＊

顔を上気させてぼうっとしたフィオナを抱え、エルダーは数分と経たず銀鈴堂へ戻った。

フィオナは目をとろんとさせ、呼吸を荒くしている。毒がまわっているのは一目瞭然《いちもくりょうぜん》だ。

半開きの唇から絶えず熱っぽい呼吸を漏《も》らす彼女を、花冠と靴だけ脱がせて寝台へそっと寝かせた。

繁殖期《はんしょく》のドライアードが飛ばす棘《とげ》は、種族や性別を問わず、刺されれば数秒で全身に毒がまわって強い催淫《さいいん》作用をもたらす。

そうしてろくに身体の自由が利かなくなったところを、ドライアードの根がからめとり、全身の体液を吸いつくして養分にするのだ。

人狼でも、地中のドライアードの匂いは解りづらく、不意打ちを避《さ》けるのは難しい。

幸い、毒そのものが命を脅《おびや》かすことはないが、一晩中、非常に強い催淫《さいいん》効果に悶《もだ》え苦しむことになる。

決定的な解毒剤はなく、異性の体液を摂取して性感を得ていれば苦しさが誤魔化され、毒も多少は早く消えるので、夫婦か恋人と交わり続けるしか対処法がなかった。

適当な相手がいない場合には辛くても耐えるしかないが、ドライアードは子どもや老人ではなく比較的若い成人男女を狙う。

だからエルダーの故郷では男女ともに年頃になると、医師爺《じい》と産婆《さんば》から、ドライアードへの用心と色事の知識を一通り教えられるし、もしもの時にと積極的に恋人を探す者も多い。

エルダーも何度かドライアードに襲《おそ》われたが自力で切りぬけたから、そういう経験はなかった。

「フィオナ……きちんと守れなくて、すまない」

泣きそうな思いで謝ると、フィオナが薄く目を開けた。フルフルと小さく頭を横に振り、ぎこちなく微笑む。

「あ、謝らないで。あそこには……今まで、なにも出なかったからって、私が呑気《のんき》に……エルダーは、ちゃんと助けてくれたわ……」

「何か……ドライアードの毒に効く解毒剤はないのか？」

銀鈴堂の棚に、そうした効能の魔法薬がないのは承知しているが、彼は縋《すが》るような思いで尋ねた。

しかし、フィオナは眉をきつく寄せ、また首を左右に振る。

「うう、ん……ない、わ」

そんな都合の良いものなど、やはりなかった。

フィオナは衣服の胸元を強く握《にぎ》り締め、短い呼吸を繰り返す。

毒のもたらす欲情に耐えようとする悩まし気な姿に、エルダーの喉《のど》がゴクリと鳴る。

――このまま抱いてしまえ。毒の苦しみは和《やわ》らぐのだし、なし崩しに抱いた責任を取ると言えば、フィオナは婿《むこ》入りを了承するかもしれないじゃないか。

脳裏で、歪《ゆが》んだ笑みを浮かべてそう唆《そそのか》す自分と、フィオナを傷つけたくないならやめろと言う自分が同時に喚《わめ》いている。

フィオナは狼姿のエルダーを褒《ほ》めそやすし、親しく接してくれるようになったが、やはり初対面の失敗が尾をひいているのか、男性として警戒しているようだ。

狼の姿の時は平気でベッタリくっついてきても、エルダーが人型の時には必要以上に触らない。それどころか段々と警戒心が強まって、結界で弾きこそしないけれど、少し指先が触れただけでも飛びのくようになってきた。

とどめに先日、調合室で唇が触れてしまったのが、相当嫌だったとみえる。

突然の出来事に硬直しきっていたフィオナを落ち着かせようと、とっさに平気な振りをすると、彼女もなにもなかったことにしてくれた。

だが、あれ以来どうもぎこちなく、狼姿のエルダーにも触れようとしなくなってしまった。

それでも誰だって、心が弱って誰かに縋《すが》りたくなる時はある。

百花祭典について心の内を漏《も》らしたフィオナは、まさにその状態で、普段の警戒も忘れる程に寂《さび》しかったのだろう。

慰《なぐさ》めたい一心で触れても良いかと尋ねたら、彼女は泣いて縋《すが》りついてきて、危うく理性が飛びかけた。

『――俺が望んでここに留まるのだから、気兼ねする必要もないだろう？　フィオナが望んでくれるなら、絶対に遠くへ行ったりしないと約束する。俺が生涯、傍《そば》にいるのを望んでくれ』

そう口説けば、今なら頷《うなず》いてくれるかもしれない。この場で押し倒しても、受け入れてくれるかもしれない。

そう思ったが、恩返しにきた身で弱みに付け込むような真似をしては、父にも故郷の皆にも顔向けできない。なによりも、一時の寂《さび》しさに流されてしまったとフィオナに後悔させるのは嫌だ。

あの時はそう考え、思いとどまれたのに、情欲に身悶《みもだ》える悩ましい姿を前に理性が霞《かす》む。

気づけばエルダーは寝台を軋《きし》ませて、フィオナに覆《おお》い被さっていた。

「あっ」

肩に触れるとフィオナが小さく震え、潤《うる》んだ目でエルダーを見た。怯《おび》えたように眉を寄せながらも、涙の膜が張った青い目は蕩《とろ》け、鳥肌が立つくらいに艶《つや》めいている。

ゾクゾクと、エルダーの背筋が震えた。

「フィオナが苦しむのを見ていられない。少しでも楽にしたいから、許してくれ」

言い訳を並べ、エルダーは彼女を抱き締めて唇を合わせ、柔《やわ》らかな唇の隙間に舌をこじ入れた。

「ん……っ」

熱い口腔《こうこう》を弄《いじ》り、舌を絡ませると、くちゅ、くちゅ、と粘着質な音が響く。

フィオナの香りと唾液の甘さに、眩暈《めまい》がした。

エルダーがますます舌の動きを大胆にすると、フィオナも苦しさを和《やわ》らげる術《すべ》を知ったのだろう、鼻に抜ける声を漏《も》らし、強張《こわば》っていた身体が弛緩《しかん》する。

「ん、んん……っ、ふぅ……」

エルダーの首に震える両手を絡め、フィオナはたどたどしく舌を動かしては、唾液を求めるように吸い上げる。

男女のことについて教わったことはあるけれど、教本と口述で簡単に説明されただけで、細かな技巧などは知らない。フィオナが息苦しくないかと心配になり、時おり唇を離すと、混じり合った唾液が銀色の細い糸を引く。

「っは……ん……ふ……っ」

眉を寄せて息をする声に煽《あお》られ、エルダーは毒に侵されたかのように、全身が熱くなっていく。

「んっ、……ぁ、……エルダー……」

息も絶え絶えにエルダーを呼ぶフィオナは、既に意識がはっきりしていない様子だ。

ドライアードの毒を性感で誤魔化すと、泥酔《でいすい》したも同然となるそうで、目元が朱《あか》く染まり瞳はとろんとしている。

「もっと触れると、それだけ楽になる……どうしたい？」

熱を持った頬を撫《な》でれば、フィオナは甘い声をあげながら身をくねらせた。

「ん……もっと……まだ、苦しいの……もっと、して……」

その言葉は毒の効果によるものなのに、彼女に本心で求められている気がしてしまう。

エルダーの中で歓喜と興奮が膨れ上がる。

またすぐに唇を重ね、互いの口中を貪《むさぼ》り合う。

飲み下しきれない唾液がフィオナの顎《あご》を伝うのを追い、白い首筋に舌を這《は》わせる。

ブラウスのボタンを夢中で外し、胸当てをはぎとると、二つの膨《ふく》らみがふるりと零《こぼ》れ出た。

陽に当たらぬ真っ白い肌は美しい桃色に上気し、いつもの彼女の香りに、欲情した雌の匂いが混じって雄を引き寄せる。

「フィオナ……すごく良い匂いがする……」

狼になって毛並みをフィオナに撫《な》でられるたびに抑えつけていた理性が、限界を迎える。

弱りきった無防備な状態で目の前に横たわる極上の獲物を前に、もう待つことなどできなかった。

彼女を他の誰にも見せたくない。どうしても自分が手に入れたい。

強烈な欲求に突き動かされるまま、フィオナを押さえつけると、噛《か》みつくように乳房にむしゃぶりつく。鷲掴《わしづか》みにしてこねまわし、舌を這《は》わせ、触れる前から固く尖《とが》っていた胸の先端を甘噛《が》みする。

「ひぁっ!? あ、ああっ! ん、あっ! あぁ……」

急に激しくなったエルダーの愛撫《あいぶ》に、ビクビクとフィオナが震えて身を捩《よじ》るが、逃す気はない。

二つの乳房を交互にしゃぶっていると、フィオナの腰が揺らめき始める。胸から顔を離し、彼女の膝《ひざ》を立てて足を大きく両側に開かせると、肩がビクリと跳《は》ねた。

「あっ……エルダー……んんっ……う……う……」

微かに怯《おび》えた声を発した唇を塞《ふさ》ぎ、舌を絡めると、強張《こわば》ったフィオナの身体から力が抜けていく。

純粋に彼女が行為を受け入れた訳ではなく、毒に侵された身体が反応しているだけだ。頭では解っているけれど、フィオナが自分を求めているから仕方ない、とエルダーに言い訳をさせるのには十分だった。

クチクチと音をたてて深く口腔を貪《むさぼ》り、息継《つ》ぎをさせる合間に囁《ささや》きかける。

「可愛い、フィオナ……怖がらないで、気持ち良くなってくれ」

グシャグシャに乱れたスカートは腰までめくれ上がり、下着が露《あら》わになる。清楚《せいそ》な白い下着は蜜で濡《ぬ》れそぼり、秘所に張りついて淫猥《いんわい》に形を浮き上がらせていた。

下着をずらし、指を一本差し込むと、ぬるんだ秘部は驚くほど熱くて、軽く指を動かすとグチュリと音がたつ。

「っふ……あっ、ひ……っ！　あ、ぁ……っ」

クチュクチュと粘《ねば》ついた音を鳴らして擦《こす》りあげると、フィオナの腰が上下に跳《は》ねる。快楽に溶けた嬌声《きょうせい》をあげ、後から後から溢《あふ》れる熱い蜜がエルダーの手首まで伝い、敷布に染みを広げた。

紐を解《ほど》いてぐしょ濡《ぬ》れの下着をはぎとると、ヒクヒクと震える薄い桃色の花弁が現れた。その上で、部屋の明かりに照らされた淡い青銀の茂《しげ》みが濡《ぬ》れ光っている。

「あっ！」

蜜に塗《まみ》れた秘所に指を這《は》わせた瞬間、フィオナが声をあげて身を固くした。花弁の奥からトロリと濃い蜜が溢《あふ》れ、エルダーの興奮をますます煽《あお》る。

「はぁっ、ああ、あ……」

「すごく良い声だ。もっと聞きたい」

エルダーは自分の愛撫《あいぶ》に溺《おぼ》れるフィオナの姿に恍惚《こうこつ》として、指一本でもきつそうな穴に、そろそろと中指を挿入した。

蜜に十分濡《ぬ》れたそこは、くぷり、と音をたててエルダーの指を受け入れる。あまりの熱さと狭さに驚いたが、まだ男を知らない媚肉《びにく》は、半分ほど進めただけで指をきつく締《し》めつけて先を阻《はば》む。

「う、うっ」

未知の感覚に流石《さすが》に不安を覚えたのか、フィオナが眉を寄せ呻《うめ》いた。

「っ……あ……やぁ、怖いっ……やめ……」

弱々しい拒絶に、ピクリとエルダーの狼耳が動く。

「……」

頬を上気させながらも、歯を食いしばって小刻みに震えているフィオナを、エルダーは黙って見下ろす。

この建物の中で、店主の彼女に危機感や嫌悪を抱かせれば、即座に結界で弾かれるそうだが、口で拒《こば》んでも毒にやられていることもあって、まともな判断ができていないのかもしれない。

（ああ。でも、このまま続けるのは、危ないな……確実に、仕留めないと）

ギラギラと目を光らせてフィオナを見つめ、彼は心の中で冷徹に呟《つぶや》いた。

普段のエルダーならきっとフィオナが好きだから抱きたいと懇願《こんがん》し、根気強く宥《なだ》めようとしていたはず……いや、そもそも欠片《かけら》でも理性が残っていれば、一方的に抱こうなどとしない。

興奮しきっている今は、ただ確実に獲物を仕留めたいという思いだけが、頭を占めていた。

――拒《こば》もうとしたって無駄だ。迂闊《うかつ》に急所を教えたのは彼女自身だ。この弱りきって他に縋《すが》る者もいない状態で、どう言えば落とせるか、簡単に解る。

ほの暗い笑みを浮かべ、エルダーはゆっくりと言葉を紡《つむ》ぎ始めた。

「フィオナが……」

――嫌がるならやめる。そして、一人で置いていく。

そんな、最低の脅《おど》し文句を口にしそうになった寸前、喉《のど》の傷痕がジクリと疼《うず》いた。

途端に、氷水を流し込まれたように頭が冷える。

「っ⁉」

パッとフィオナから手を離し、上体を起こした。

(俺は……何てことを……)

己《おのれ》の醜《みにく》さに吐き気を催《もよお》しそうだ。

エルダーが思わず後ずさると、フィオナが目をあけた。惚《ほう》けて焦点の合わない目でよろよろと身を起こし、何かを探すように震える手で宙を探る。

「はぁっ……はっ……あ、……エルダー……お、おねが……っ……なんでも、するから……だから
っ、行かないで！」

先ほど頭に浮かんだ卑怯《ひきょう》な脅《おど》し文句を、最後まで口にはしなかったはずだ。

でも、火照《ほて》った頬にぽろぽろと涙を零《こぼ》して泣き叫ぶ彼女の姿を見ていると、弱みに付け込んで手に入れようとした、自分の心を見透かされた気がした。

「ここにいる……何も心配しなくて良い。怖がらせて悪かった……本当に、悪かった」

彷徨《さまよ》うフィオナの手をとって抱き締めて、泣きそうになりながら詫《わ》びる。

ゴブリンに受けた重傷で瀕死《ひんし》となった時に聞いた、彼女の声を思い出す。

必死で引き止めるフィオナに励まされて助かり、彼女が寂《さび》しいのならば自分も寄り添いたいと願ったからこそ、ここにきたはずだ。

(それなのに……フィオナを傷つけて手に入れようとしたなんて、どこまでも最低だ)

自己嫌悪に苛《さいな》まれながら、フィオナの顎《あご》をそっと持ち上げる。

「無理に抱いたりしないから、毒が抜けるまで我慢してくれ」

「あ……エ、ルダー……ぁ……」

不安のあまり戦慄《わなな》くフィオナの唇に、エルダーはそっと口づけた。

好き勝手に蹂躙《じゅうりん》したい欲望を抑え込み、できるだけ優しく舌を絡め、唾液を移す。

「っふ……く、ぅん……」

角度を変えて深く唇を合わせているうちに、強張《こわば》っていたフィオナの身体が次第に弛緩《しかん》し、子犬のような鼻声を漏《も》らす。

それでもまだ身体を疼《うず》かせる熱に眉を寄せ、身悶《みもだ》えする彼女を寝台に横たえる。

「っ……あ……」

「約束する。絶対に、無理に抱いたりしない」

己《おのれ》にもしっかりと言い聞かせながら、下肢に手を伸ばす。

赤く充血した花芽《はなめ》を指で突くと、フィオナが濡《ぬ》れた声をあげてのけ反った。

「ひ、っ、やぁ……エルダー……そこっ、はぁ、あ……変に……なっちゃ……」

「安心して、気持ちよくなればいい」

くちくちと、花芯に蜜を塗りつけて愛撫《あいぶ》し、胸の先端も口に含んで転がす。

「あっ、アっ、あ……」

フィオナの声が次第に切羽詰《せっぱつ》まっていき、溢《あふ》れ出る蜜の匂いが濃厚になって人狼の鋭《するど》い嗅覚をいっそうくすぐる。

今すぐ甘い蜜を舐め啜《すす》って雄を突き入れたいと、理性が霞《かす》みかかるが、もう二度と同じ過《あやま》ちをおかす気はなかった。

(フィオナを楽にするだけだ。それ以上はしない)

繰り返し心の中で呟《つぶや》いて、一心不乱に愛撫《あいぶ》を強めると、彼女がビクンと大きく身を震わせた。エルダーに抱きつく腕に力が籠《こも》り、顎《あご》を反らして高い声を放つ。

快楽に達したのだと、エルダーは彼女の反応から察した。

フィオナの背が寝台へゆっくりと落ちて沈む。ひくひくと淫《みだ》らに動いている花弁の隙間から、大量の蜜が溢《あふ》れて敷布の染みを広げる。

エルダーは今になって、自らの施《ほどこ》す愛撫《あいぶ》によってフィオナが初めての絶頂を経験したことに、満足感を覚える。

そして彼女が何度も達して意識を失うまで、ひたすら愛撫《あいぶ》を続けた。

六　裏切りと火吹きトカゲ

閉じた瞼《まぶた》の上に、ひやりと冷たくて気持ちいい布の感触がある。

幼い頃、悲しいことや寂《さび》しいことがあって目がすっかり腫《は》れるまで泣くと、祖母がこうして冷やしてくれたものだ。

でも、フィオナと一緒に暮らしていた祖母はもういない。

「ん……？」

まだ半覚醒《かくせい》で頭がはっきりしないまま、フィオナは目を冷やしている布を取り、瞼《まぶた》を上げた。

その途端、傍《かたわ》らで椅子に腰かけているエルダーが目に飛び込み、昨日なにがあったのか怒涛《どとう》のように記憶がよみがえってくる。

「っ！」

瞬時に彼女は顔を真っ赤にして、ハクハクと口を戦慄《わなな》かせた。

「体調は？」

声も出せずにいるフィオナに対し、エルダーがややぎこちない微笑みを浮かべながらも、穏《おだ》やかな声音で尋ねた。

「あ……おかげさまで、もうすっかりなんともないわ」

モジモジと冷たい布を弄《いじ》り、フィオナは小声で返事をする。

「それなら良かった。でも、少し休んだ方がいいからな。店には臨時休業の札を出しておいた」

エルダーが安堵《あんど》した様子で息を吐いた。

「ありがとう。どのみち、今日もお客さんはこないと思うわ。お祭りの夜は皆遅くまで飲んでいるから、次の日は、全然起きられないんですって」

フィオナもなんとか笑みを作る。

チラリと時計を見ると、既に午後二時になろうというところだった。どうやら、一昼夜近く眠ってしまったらしい。

ドライアードの毒に侵されている間のことは、全て忘れたかったけれど、残念ながらはっきりと覚えていた。

体液で汚れきった敷布が新しいものに取り換えられ、自分もいつのまにか寝衣に着替えさせられていることにも気づく。

エルダーがやってくれたのだろう……身体を拭《ふ》くのも、全部。

(うわぁぁ！　私、なんてみっともない！)

理性も恥じらいもすっ飛んで足を開き快楽に溺《おぼ》れていた己《おのれ》の痴態《ちたい》を想像し、頭を抱えて絶叫したくなる。

しかも自分で強請《ねだ》っておきながら、秘所に指を入れられたら咄嗟《とっさ》に怖くなって悲鳴をあげたせいで、エルダーは律儀に止めてくれたというのに……

あの時、身を離された途端、信じられないほどの恐怖に襲《おそ》われたのだ。

彼が手の届かないところへ行ってしまい、一人で置いて行かれるくらいならなんだってする、だから行かないでと泣き叫び縋《すが》りついた。

「あの……エルダー。ご、ごめんなさい……迷惑をかけて……」

おずおずと謝ると、エルダーが苦笑して頭を振る。

「元はと言えば、俺がきちんと守り切れなくて棘《とげ》に刺されたせいだ。フィオナこそ、謝らないでくれ。ところで、なにか食べられそうか？」

「え？　ええ」

「粥《かゆ》を作ったから、動けなければ持ってくる」

「あっ、起きるわ。顔も洗いたいし……」

「解った」

エルダーは頷《うなず》き、フィオナの手から濡《ぬ》れ布を受け取ると、傍《かたわ》らの机に置いてあった洗面器に放り込んで脇に抱え、さっさと部屋を出て行った。

パタンと扉が閉まり、フィオナは息を吐く。

地下商店街では、冒険者たちがあけすけな下ネタを大声で喋《しゃべ》っていたりもする。だから、気楽な同年代の友人がいないフィオナとて、男女の行為に関する情報も多少は耳にしていた。

昨日、エルダーは毒に苦しむフィオナを慰《なぐさ》めただけだ。

純潔を奪うには、もっと先があることくらい、一応は知っている。

それから、男の人は欲情が優先して恋愛感情がなくても女性を抱けるとか、ああいう状況で我慢するのは大変だとか。

(エルダーにされるのが嫌だった訳じゃないけれど……)

秘所に入れられた指の感触をつい思い出し、顔がぼっと熱くなる。

ただ、エルダーがくるまで恋愛や色事の経験が全くなかったせいか、毒で理性が殆《ほとん》ど飛んでいた状態でさえ初めての行為に慄《おのの》いたのだ。

それに、事故でなしくずしに抱かれれば、後で悲しくなったかもしれないから、エルダーがやめてくれて良かった。

(だいたい、もしあれで最後までしていたら、エルダーは責任とか感じちゃいそうだものね)

エルダーには初対面で抱きつかれたし、なにかと口説き文句みたいなことを言われる。

でも、彼は愛想がいいだけで、とても真面目で律儀な性格だし、気楽に女性遊びを楽しむタイプではないと思う。

最後まで身体を重ねていれば、きっと変に責任を感じてしまうだろう。

昨日の出来事はこの間の調合室の時と同じ、不運な事故だ。

机の上を見ると、生花の部分がすっかり萎《しお》れてしまった花冠が置かれていた。

「あんなに綺麗だったのに……」

クシャクシャに萎《しぼ》んで縮まった花を見ると、なんとも言えない物悲しい気分になる。

ただ、お守《まも》りの造花だけは昨日と変わらない姿を保っており、フィオナは花冠からピンのついた造花を取り外す。

（エルダーの思いやりは凄く嬉しかったけど、自惚《うぬぼ》れないようにしなきゃ。ロクサーヌの誘いを断ったからって、私を好きになってくれたかとは別の話だもの）

先日の彼は、自分の子ども時代の苦い思い出もあって、ロクサーヌの提案に腹を立てると共に、フィオナに同情心を抱いたようだ。

だから、お祭り気分を味わえるよう美味《おい》しい食べ物や評判の花冠を買ってきてくれた上に、フィオナの零《こぼ》してしまった愚痴《ぐち》を聞いて慰《なぐさ》めてくれた。

そんな優しくて思いやりのある彼に、これ以上を望むなんて贅沢《ぜいたく》だ。

なのに、エルダーが義務感や同情で花冠をくれたのではなく、フィオナを愛しているから贈《おく》ったのだと言って欲しかった。愛する人に渡すお守《まも》りのつもりで被せてくれれば良かったのにと、図々《ずうずう》しく願っている自分がいた。

（だから、エルダーはそのうち故郷に帰るの。ちょっとトラブルはあったけど、百花祭典を味わえるなんてすごく良い思い出をもらえたじゃない）

フィオナは自分勝手な考えを振り払おうと頭を振り、手早く普段着に着替えると、髪飾《かざ》りを持ってそろそろと扉を開けた。

エルダーの姿は見えず、台所で粥《かゆ》を温めているらしき音がする。

急いで居間を通り抜けて洗面所に行き、冷たい水で顔を洗って口をすすぐと、かなり気分がすっきりした。

顔を拭《ふ》いて鏡を見ると、眠っている間に目を冷やしてもらっていたおかげか、目尻にまだ少し赤みが残っているくらいで普段と変わらない。

乱れてボサボサになっていた髪を梳《と》いて編み、少し迷ったが造花を耳の横につけてみた。

小ぶりの可憐な造花は華やか過ぎず、普段つけるのにも違和感がない。

「う、うん……悪くないわよね？」

空元気を出して口の両端を上げてみると、鏡の中の自分が、少し眉を下げた寂《さび》しそうな笑みを浮かべる。

（……こんな、辛気臭い顔はしないの！）

己《おのれ》を叱咤《しった》し、何度か鏡の前で練習して、ようやく普段の営業スマイルくらいにはなった。

フィオナが深呼吸をして居間に戻ると、ちょうどエルダーが薬草入りの消化の良い粥《かゆ》を一人分、食卓に置いたところだった。

「フィオナ、それ……」

彼は髪につけた花を見て、パチパチと目を瞬《しばた》かせながらその場で固まる。

「せっかくだからつけてみたの。どこかおかしかったら遠慮なく教えて」

ドキドキしながら聞くと、彼がブンブンと勢いよく首を左右に振った。

「全然、どこもおかしくなどない！　最高に似合っている！」

びっくりするくらい力を込めて言った後、エルダーは決まり悪そうに頭を掻《か》いた。

「ただ、あんなことがあったからな……一応とっておいたが、フィオナはもう花冠を見たくないだろうし、捨てると思っていた」

エルダーが意外なことを言うので、今度はフィオナが目を瞬《しばた》いた後、力いっぱい叫んだ。

「捨てるはずないわ！　エルダーがいなかったら、私はこれからもずっと、毎年百花祭典の話を聞くたびに内心でいじけていたはずよ」

「そ、そう言ってくれるなら良かった」

若干困惑しながらも、エルダーがホッと笑みを浮かべる。

それを見てフィオナも気が楽になり、唐突《とうとつ》に思いついてポンと手を叩いた。

「きっと、あの場所に出る魔物は繁殖《はんしょく》期のドライアードだけだったから、ドワーフもここの歴代店主も、今まで遭遇《そうぐう》しなかったんだわ」

「どういう意味だ？」

フィオナの言葉にエルダーが首を傾《かし》げた。

「ドライアードは絶対にドワーフを襲《おそ》わないと、以前に父さんから聞いたの。知り合いの学者さんが仮説を立てたところによると、同じく地の底に生きるドワーフを仲間とみなすようよ」

「へぇ……初耳だ」

「それから、亡くなったお祖母《ばあ》ちゃんもあの隠し場所が大好きで、店休日にはしょっちゅうあそこで一緒にお弁当を食べたけれど、百花祭典の前後には決して行かなかった……普段は大好きな場所でも、お祭りの時だけはあの陽射しを見ると、皆と一緒に行けないことを思い出して余計に寂《さび》しくなってしまうと言っていたわ」

無意識にそっと髪飾《かざ》りに触れ、亡き祖母を思い出す。

日頃は上手く陽を避《さ》けて地上を満喫していた祖母でさえ、日暮れからでも百花祭典に行ったことはないそうだ。娘時代に、無理だと解っていたけどパレードに参加してみたかったと、一度だけしんみりと呟《つぶや》いていた。

普段は愚痴《ぐち》など言わない祖母だったから、哀しげな姿が印象的でよく覚えている。

「代々の店主も、きっと同じ理由で、百花祭典の時期にあの場所へ行くのを避《さ》けていたと思うの。大好きだけど、ちょっとだけ辛くなる場所でもあったのよ。それがエルダーのおかげで、これから毎年、私は百花祭典の日が楽しみになったわ！」

フィオナが元気よく言うと、エルダーが呆気にとられた顔になった。

「は？」

「ドライアードは集団で生活していて、繁殖《はんしょく》期の内でも、動くのはわずか数日程度でしょう？　それに、確か毎年決まった道筋で獲物を探すのよね」

「ああ。俺の故郷では生息地が多数あったから、それを知っていても避《さ》けるのは難しかったが……フィオナの言う通りなら、あの場所に出るのは偶然、百花祭典の日のみだったんだな。今後もその時期さえ近寄らなければ被害に遭わないだろう」

「逆よ。ドライアードに霜《しも》の魔法は十分に効いていたから、私が防御魔法を自分にかけられるようになれば棘《とげ》の心配もなくなるし、ドワーフたちにも協力を頼めるわ。ドライアードで魔法薬を作った後の煮汁は、彼らの村では接着剤の材料として重宝されるもの。きっと皆大喜びよ」

興奮して、フィオナは拳《こぶし》を握《にぎ》り締める。

「ドライアード狩りに行けるなんて、魔法薬店の店主としては、百花祭典のパレードに匹敵する価値があるわ」

勢い込んで話すと、エルダーが苦笑して頭を掻《か》いた。

「フィオナは逞《たくま》しいな」

「来年の百花祭典までには、ちゃんと自分に防御魔法をかけられるように練習しておくつもりよ」

自分で言った台詞《せりふ》がズキリと胸を刺す。その痛みを堪《こら》え、フィオナは微笑んだ。来年のこの時期には、エルダーはとっくに故郷へ帰っているはずだから、彼を頼ることはできない。

「……とりあえず今日は、俺が今からあそこに行って、昨日倒したドライアードを持ってこようか？　フィオナが起きる前に食事もすませたからな」

青銀の魔女といっても、あれだけ苦手にしている防御魔法をフィオナが使いこなせるか不安に思ったのか、エルダーは微妙な顔になったものの、親切にそう申し出てくれた。

「ありがとう。お願いするわ」

フィオナは礼を言うと、彼に防御魔法をかけて送り出す。

そして、エルダーが上着を羽織《はお》って外に出た途端、深い溜息《ためいき》を零《こぼ》してテーブルに突っ伏した。

（た、助かったわ……今はまだ、これ以上エルダーを見ていたら心臓がもたない……）

精一杯、昨日のことは気にしていないように振る舞ったものの、やはりエルダーの方も落ち着かないように思えた。

もう少しだけ離れて、お互いに心を整理した方が良い。

そう考え、フィオナはちょうど食べやすい温度に冷めた粥《かゆ》をありがたく食べ始める。

空《から》になった皿を片づけようとしたところで、急に店の呼び鈴が鳴り、フィオナは驚いた。

「あら？」

ドッフェルがくるのはもう数日先のはずだし、エルダーは臨時休業の札を出したと言っていた。

それでも中に誰かいる限り、緊急事態には表の呼び鈴を鳴らせば、店休日だろうと店を開けてもらえると、ここの常連なら誰でも知っている。

昼過ぎとはいえ、祭りの翌日にさっそくダンジョンへ狩りに出向く人がいるとは驚きだが、何か起きたのなら大変だ。

フィオナは急いで暖簾《のれん》をくぐり、鎧戸《よろいど》を内側から開ける。

「あなたは……」

眼鏡をかけた細面《ほそおもて》の魔法使いの青年を見て、フィオナは当惑した。

魔法学校卒業生のローブをボロボロにし、顔や手を煤《すす》であちこち黒くして荒い呼吸を繰り返す彼は、ロクサーヌの仲間の一人、デニスだ。

「頼む！　助けてくれ！」

フィオナを見るなり、デニスは悲痛な叫びをあげた。

「ど、どうしたんですか⁉」

たじろぐフィオナに、彼が持っていたものを広げて見せる。

それは、デニスと同じ魔法学校卒業生のローブだった。そこには首席卒業の証《あかし》である太陽のブローチがついていて、そこかしこが無残に破れ、黒っぽい血のような染みも大量に付着している。

「そのローブは、もしかしてロクサーヌの……」

震える声でフィオナが呟《つぶや》くと、デニスがいっそう悲痛な表情となった。

「君が、ロクサーヌや僕たちに良い感情を抱くはずはないと知っている……しかし、僕は早くに親を亡くして従妹《いとこ》であるロクサーヌの家に引き取られた恩があって、彼女に頭が上がらない。戦士のダレンと鍵師のビーチェもそれぞれ事情があって、彼女の機嫌を損ねないよう日頃から気を遣っていた。だから君に失礼なことを言っていると解っていてもなにも言えなかったんだ」

「……そうだったんですか」

デニスたちは、そういう理由でロクサーヌに従っていたのかとフィオナは驚いた。

「だが、二日前のことは流石《さすが》に酷かったと、後で僕たちも思った。君が陽射しに当たれないのを承知で、自分がエルダーさんと仲良くしているのを見せつけようだなんて。彼が怒るのも当然だと、昨日の祭りでむくれている彼女を三人で叱《しか》ったんだ。ロクサーヌのことだから言い返してくると思ったのに……まさかエルダーさんに失恋して、自殺しようとするなんて……」

「自殺っ!?」

思いもよらぬ言葉に、フィオナは目を剥《む》く。

「自暴自棄になった彼女は、どうせならこの店の近くで死ぬと、僕たちの制止を振り切って飛び出していったんだ。そして先ほどようやく地下十六階で瀕死の重傷を負った彼女を見つけた」

「そんな……」

恐ろしい話に、フィオナは息を呑んだ。

最近は巨大火吹きトカゲばかりが話題になっているが、地下十六階には、他にも何種類か凶暴な魔物が生息する。いかに優秀でも、まだ若い魔法使いの少女が一人でそこに行くなど、まさに自殺行為でしかない。

「僕の見たところ、噂《うわさ》の巨大火吹きトカゲが近くにいる様子はなかった。床や壁に焦げ目がなかったからな。あの魔物は確か、よほどの獲物を目にした時以外、一定の行動範囲から出ないはずだ」

「え、ええ……そう聞いています」

だからこそ魔物の動きを読むのが上手いドッフェルなら、大量の巨大火吹きトカゲを避《さ》けて冒険者を案内したり、銀鈴堂へやってきたりするのも可能だった。

「結界を張って仲間が看《み》ているが、もう彼女は動かすのも危険な状態で、回復薬を飲ませることもできない。そして、僕は回復魔法だけが全く使えなくて……首席になれなかったのもそれが原因だ」

デニスは震える手でローブを握《にぎ》り締めていたが、床に頭を擦《こす》りつける勢いでひれ伏した。

「だから、君を頼るしかなかった。君は青銀の魔女だし、特に回復魔法を籠《こ》めた薬は地下商店街でも評判だ。今すぐ君に回復魔法をかけてもらえば、ロクサーヌは助かるかもしれない！」

「解りました。すぐに行きますから、案内してください」

フィオナは急いで調合室に飛び込み、対巨大火吹きトカゲ用の睡眠薬をポケットにねじ込む。

ロクサーヌを保護した場所は、あの魔物がうろつくルートではないようだとデニスは言ったが、用心に越したことはない。実際に効くか確証はないが、できる限りの備えが必要だ。

家の鍵は、店主のフィオナが許可しているエルダーならば、手を触れただけで開くため、彼を待たずにロクサーヌを助けに行くことにする。

駆け出してきたフィオナに、デニスが安堵《あんど》の笑みを浮かべた。

「本当に助かるよ。心から礼を言う」

「それより、早く案内をお願いします！」

焦ってフィオナは彼を急《せ》かした。重傷なら、一秒でも早く回復魔法をかけなくては。

ロクサーヌのことは決して好きではないが、死にかけているのを見捨てるなんてできない。

銀鈴堂には、魔法薬を買いにくるだけでなく、回復薬も飲めないほどの重傷を負った仲間を助けてくれと駆け込んでくる人もまれにいる。

祖母もこういう時は、なにをおいてもすぐに救助へ駆けつけていたものだ。

「ああ。早くきてくれ」

デニスが頷《うなず》き、フィオナを先導して走り出す。

（ロクサーヌ……すぐに行くから、どうか死なないで……）

フィオナは胸の中で願いながら、ローブをはためかせて走るデニスの後を追ったが……

「――デニスがちょっと頭を下げたくらいで騙《だま》されるなんて馬鹿な女。あんたは親切面をしながら私を助けて、良い気になりたかったんでしょ？　お生憎様《あいにくさま》」

焦げ臭い空気の中、手足を縛《しば》られて猿轡《さるぐつわ》をされたフィオナを見下ろし、ロクサーヌが嘲笑《あざわら》った。

ローブは着ていないが、瀕死どころかかすり傷を負っている様子もない。彼女のすぐ後ろではデニスが、ダレンという戦士の男と鍵師の女性ビーチェと共に、無表情で佇《たたず》んでいる。

「ううっ」

フィオナは呻《うめ》き、まんまと嵌《はめ》られた己《おのれ》の愚《おろ》かさに辟易《へきえき》した。

助けを求めにきたデニスについて、地下十六階への階段を下りた瞬間、フィオナは物陰に潜《ひそ》んでいたダレンとビーチェに押さえ込まれ、布で口と手足を縛《しば》られてしまったのだ。

魔物の出現する階を歩く時は、常に辺りの様子に注意を払っていたのだが、早くロクサーヌを助けねばという焦りと、先にデニスがいたことで気が抜けてしまった。

魔力はともかく、青銀の魔女だって腕力は普通の少女である。そして、拘束《こうそく》されて地面に転がるフィオナの前に、元気いっぱいのロクサーヌが現れたのだ。

「杖なしで魔法が使えるなんて得意になっている青銀の魔女でも、呪文も唱《とな》えられないならなにもできないわよね？　床に惨《みじ》めに転がされて良い気味よ」

腕組みをしてフィオナを見下ろすロクサーヌを、周囲の光苔《ひかりごけ》が不気味に照らす。

この階層には巨大火吹きトカゲが闊歩《かっぽ》しているが、彼らは決まったルートしか歩かない。ここがそのルートなら、光苔《ひかりごけ》も焼きつくされているはずだから、フィオナをおびき出す間に自分たちが恐ろしい化け物に遭遇《そうぐう》しないよう、ロクサーヌたちは慎重に火吹きトカゲの歩かない場所を見つけて選んだと思われる。

冷笑を浮かべてフィオナを見下ろしていたロクサーヌだが、不意にフィオナの髪に目を留めて顔を歪《ゆが》めた。彼女のつけていた髪飾《かざ》りをむしり取り、握《にぎ》り潰《つぶ》して床に捨て、靴でグシャリと踏みにじる。

綺麗な造花の髪飾《かざ》りは、呆気なく見るも無残な姿に変わり果てた。

縛《しば》られたままフィオナが顔を引きつらせると、屈みこんだロクサーヌに前髪を乱暴に掴《つか》まれた。痛みとともに、ブチブチと数本の髪が抜ける。

「花冠を、エルダーさんに買ってきてもらったんでしょう？　昨日、神殿の花冠の列に並んでいたのを見たわ……せっかく、辛気臭いあんたのお守《も》りを休んで百花祭典に私と行けるように提案してあげたのに、どうして私が怒られなくちゃいけないのよ！　きっと、あんたが私の悪口を上手く吹き込んでいたのね⁉　この、卑怯《ひきょう》者！」

嫉妬《しっと》に顔を歪《ゆが》めて、ロクサーヌは見事なまでの言いがかりを喚《わめ》き立てた。

「あんたはちょっと物珍しくて媚《こ》びを売るのが上手いだけなのに、地下商店街でチヤホヤされて、いい気になって！　だいたい……」

その後に浴びせられた罵詈雑言《ばりぞうごん》といったら、聞くに堪《た》えないほどだったが、それはかえってロクサーヌがフィオナに抱く劣等《れっとう》感を露《あら》わにした。

地下商店街の宿の女将《おかみ》や食堂のお爺さんに、ロクサーヌは可愛がられていたが、魔法使いとして自分の方が優秀であるとは認めてもらうことはできなかったようだ。

だからロクサーヌは、フィオナが自分を見下して仲良くしようと言っているのだと思い込んだのかと、ようやく合点《がてん》がいく。

「もう我慢できなくてフィオナを殺してやりたいと言ったら、デニスが良い案をくれたのよ。あんたを店から呼び出して縛《しば》り上げ、火吹きトカゲの巣に放り込んでやれば、跡形も残らないほど食い殺してくれるって」

キャハハ、とロクサーヌは悪意に満ちた甲高い笑い声をあげる。

「一昨日《おととい》、巨大火吹きトカゲに効く魔法薬を作っていると言ったでしょ？　すぐ善人面をしたがるあんたは、ここに初めてきたらしい冒険者が巨大火吹きトカゲに遭遇して助けを求められていると聞かされ、薬があるからと慢心して助けに行くも失敗……という筋書きよ。私はエルダーさんに怒られて反省し、あんたに謝りにきて、『偶然』それを見て止めたけれど、自分は青銀の魔女だから平気だとあんたに聞いてもらえなかったって、涙ながらに話してあげるわ！」

潰《つぶ》れた髪飾《かざ》りを靴先で蹴り、ロクサーヌが嘲笑《あざわら》った。

「これ、自分に好意を持つ人から贈《おく》られないとお守《まも》りにならないんだっけ？　あんたが今日で死ぬってことは、エルダーさんになんとも思われてないって証拠ね。義理で優しくされていただけだから当然だけど！」

勝ち誇《ほこ》って高笑いするロクサーヌを、フィオナは呆然と見つめた。

その計画は、フィオナがロクサーヌを見捨てれば成り立たない。

ロクサーヌはフィオナが自分を助けにくると確信していたのだ。

だが、フィオナが彼女の危機を助ける行為さえも、虚栄心や上に立ちたいという理由からだと思っている。

眉を寄せるフィオナを見下ろし、デニスが静かに呟《つぶや》いた。

「エルダーさんがいたら、口実をつけて呼び出さなきゃいけなかったけれど、出かけてくれていて手間が省《はぶ》けた。じゃあ、早くすませようか？」

彼が肩越しに振り返って仲間に声をかける。その手には、いつのまにかロクサーヌの魔法の杖が握《にぎ》られていた。彼女が興奮の絶頂で喚《わめ》いているうちに、腰帯から抜き取ったようだ。

「ちょっと、デニス⁉　人の杖を勝手に……」

彼の持っているものに気づいたロクサーヌが怒鳴るのと、ダレンとビーチェが彼女に飛びかかるのは同時だった。

物理攻撃に秀《ひい》でた二人が、ロクサーヌをフィオナ同様に縛《しば》り上げる。ただ、青銀の魔女でないロクサーヌは杖がなければ詠唱《えいしょう》をしても魔法が使えないので、猿轡《さるぐつわ》は噛《か》まされていない。

一体、何が起きたというのか。訳のわからないフィオナの前で、事態は進行していく。

「ロクサーヌ。君が邪魔者を殺したい気持ちは、よく解るよ。僕たちも同じだからさ。三人とも同じ気持ちなんだ……もうお前にはうんざりだから死んでくれ」

蒼白《そうはく》になって唇を戦慄《わなな》かせているロクサーヌに、デニスが言い放った。相変わらず無表情で口調も淡々としているが、その目は暗く不気味に澱《よど》んでいる。

他の二人も嫌悪を隠そうともせずロクサーヌを睨《にら》みつけていたが、ビーチェがフィオナへチラリと視線を向け、眉を下げた。

「ごめんね、あんたのことはこれっぽっちも嫌っていないよ。巻き添えにして悪いけど、恨《うら》むのはロクサーヌにしてね。せめてもの償《つぐな》いに、どうしてあたしたちがこの女に言いなりにされ、殺したいと思うようになったのか、全部話してあげる」

「おい、ビーチェ」

ダレンが咎《とが》めるような声をあげたが、デニスがその肩をポンと叩いた。

「良いじゃないか、どうせ二人とも死ぬんだし、フィオナさんが気の毒なのは事実だ」

「ふん、せめてもの誠意ってやつか。ま、いいさ。話してやるよ」

腕組みをし、ダレンが偉そうに言う。

――巻き添えで殺すと断言しておいて、何が誠意!? 謝るくらいならやめて！

恐ろしい状態にもかかわらず、余りにも身勝手な彼らに腹が立ってついそんな文句が出たが、フィオナの声は猿轡《さるぐつわ》の奥でモゴモゴとくぐもるばかりだ。

そんなフィオナの心境など知らないで、三人は溜《た》め込んだ鬱屈《うっくつ》を吐き出すがごとく、ロクサーヌの言いなりになった理由を語り始めた。

「僕の両親はちゃんと生きているよ。でも魔法学院で優秀な成績を出せと厳しくてね。試験で不正をしたのをロクサーヌに知られ、親に言うと彼女に脅《おど》されていた」と、デニス。

「あたし、既婚者の男と愛し合っているんだけど、ロクサーヌに証拠の手紙を握《にぎ》られてね。奥さんの実家はちょっとヤバイ筋の金持ちだから、バラされると彼もあたしも困るのよ」と、ビーチェ。

「俺は、昔の仲間と報酬で揉《も》めて、相手を死なせちまってな。ちょうど現場を見てたロクサーヌが事故と証言して無罪になったが、コイツは自分に逆らうなら俺に嘘の証言を無理強いされたと言って憲兵に泣きつくと、脅迫してきやがったんだ」と、ダレン。

彼らは他の二人もロクサーヌに弱味を握《にぎ》られているらしいと感づきつつ、これ以上は自分の秘密を漏《も》らしたくなくて互いに口をつぐんでいた。

ロクサーヌは仲間を高飛車にこき使っても、報酬はきちんと分けるし、魔法の実力は確かで、彼女がいれば高価な魔物をしとめられるのは事実だ。

それもあって我慢していたが、日々の細かな不満は積もり続ける。ついに我慢できなくなった三人は、思い切って各々《おのおの》の罪を打ち明けあい、彼女を消そうと示し合わせたのだった。

「考えてみれば、エルダーさんだって悪いな。知らなかったとはいえ、僕たちがロクサーヌの杖を折って、ゴロツキに襲《おそ》わせようとしたのを邪魔したんだから。あそこで彼女が予定通り襲《おそ》われていれば、フィオナさんは巻き添えにならなかったのに、皮肉なものだね」

思い出したといった調子で呟《つぶや》いたデニスの言葉に、フィオナは驚愕《きょうがく》した。だが、ロクサーヌはもっと衝撃を受けたようだ。

「あの時の!? あんたたち、なんか変だと思ってたけど、やっぱりワザとだったのね!」

顔を赤黒くして怒鳴るロクサーヌに、ビーチェが噴《ふ》き出した。

「そうよ。後腐れなく殺すならダンジョン内で始末するのが一番だけれど、あんたの魔法は手ごわいし、最近は人がやたらに増えて、他のパーティに見られる危険がある。でも、街ならあんたも少し気を抜くから、皆でうっかりした振りで杖を折ってやったの。激怒したあんたは思った通り、修理がすむまで顔を見せるなと、自分から一人になったわよね」

「奴隷商人の下っ端を雇って襲《おそ》わせたんだが、邪魔が入るとはな……お前が無事戻ってきた時には、疑われるかと思ってヒヤヒヤしたが、あの人狼に色ボケしていて助かったよ」

ダレンにも嘲笑《ちょうしょう》されたロクサーヌが、怒りでブルブルと身を震わせ、三人を睨《にら》む。

「バラされて困るようなことをした、あんたたちが悪いんじゃない。私は黙っていてあげる代わりに、ちょっと頼みごとをしただけでしょ。たかがそれくらいで本気で怒るの？　馬鹿みたい」

憤然と彼女が言いきった瞬間、三人の表情が凍りついた。

隣で聞いていたフィオナも、呆れかえる。

三人は確かに罪を犯し、それを隠蔽《いんぺい》しようとした上、無関係と承知でフィオナを巻き込み殺そうとしている最低な人たちだ。

でも、ロクサーヌのしていたことだって、立派な犯罪である。

それを棚にあげ、彼らを甘く見て調子に乗った結果この事態を招いたのだと、まだ理解していないのか。

「……馬鹿は死ななきゃ治らない。君は魔法こそ優秀でも、それ以外はどうしようもない愚《おろ》か者だよ」

デニスが溜息《ためいき》を吐きそう言い放つと、ダレンが舌打ちをして言葉を継ぐ。

「後悔して泣いて詫《わ》びるくらいするかと思ったのにな。まあ、それでも殺すのは変わらないが」

ビーチェも酷薄な笑みを浮かべ、ロクサーヌに唾《つば》を吐いた。

「嫉妬《しっと》に狂ったロクサーヌが、恋敵の青銀の魔女を騙《だま》して火吹きトカゲに襲《おそ》わせようとしたけど、逃げ遅れて二人とも一緒に死んだことにする計画だよ。あんたの腐った性格を知る人もそこそこいるし、その方が真実味があるでしょ？」

彼女は顔を歪《ゆが》めてそう言うと、ロクサーヌにも猿轡《さるぐつわ》をしてローブを羽織《はお》らせる。そしてフィオナに向き直り、先ほどとは打って変わった愛想の良い笑みを浮かべた。

「こんな最低な女を助けにきたなんて、銀鈴堂の店主さんは評判通りの優しい人ね。この女に困っているあたしたちを助けるため、犠牲《ぎせい》になってくれてありがとう」

無茶苦茶な理屈だと、フィオナは目を剥《む》く。

（お断りします！　離して！）

モガモガと喚《わめ》いたが、ダレンとビーチェに担ぎ上げられて、地下十六階のさらに奥へと連れて行かれる。

「フィオナさん、道中で退屈しないよう、もう少し詳しく話してあげるよ」

デニスが隣を歩きながら、薄ら笑いを浮かべて話しかけてきた。フィオナが退屈しないようにと言いつつ、彼女に自分の計画を話したくて仕方ないようで、小鼻がピクピクしている。

「ロクサーヌを殺す計画が一度失敗した後、僕は大量発生した巨大火吹きトカゲを使って始末できないかと考えたんだ。あれが大量に出れば、その階層に行く冒険者は少なくなって目撃される心配が減るからね」

猿轡《さるぐつわ》をされて答えられないフィオナに、デニスは勝手にペラペラと喋《しゃべ》る。

「僕は全ての魔法を使いこなせはしないけれど、姿隠しと防御魔法だけならロクサーヌよりも優れている。誰にも見られずに地下十六階へ何度も行き、手近な巨大火吹きトカゲの巣を見つけ、行動パターンも把握《はあく》した。でも、どうしたら彼女をそこへ誘い出せるか悩んでいたら……」

眼鏡の奥から、デニスが横目でフィオナをうかがい、口の端を歪《ゆが》めた。

「驚いたよ。地下商店街の護衛斡旋所《あっせんじょ》に、たまたま手伝いを頼まれて行ったら、顧客ファイルにフィオナさんの名前が書いてあるんだからね。防御魔法を自分にかけられないんだって？　青銀の魔女でも苦手な魔法があるなんて、親近感を覚えたな」

場にそぐわぬ陽気な笑い声をデニスがあげた時、焦げた臭いが漂《ただよ》い始めた。

「そろそろだな。少なくともあと数十分は、あの巣の主はここに戻ってこないはずだ」

デニスが呟《つぶや》き、魔法灯火の呪文を唱《とな》えた。すると黄色い光の玉が現れ、彼が持っている短い杖の先端付近にふよふよと浮く。

真っ直ぐに進んでいた通路を曲がると、その先にはまるで違う景色が広がっていた。光苔《ひかりごけ》は無残に焼き尽くされ、天井も壁も真っ黒な煤《すす》で覆《おお》われている。所々に転がっている黒い塊《かたまり》は、焼き殺された他の魔物の末路だろうか。

魔法灯火の弱い光が映し出す陰惨な光景に、フィオナは身震いした。

「さて、続きを話そう。フィオナさんが巨大火吹きトカゲ用の魔法薬なんてものを作っていたなんて、まるで知らなかったけれど、本当に助かったよ。おかげでそれをネタに、ロクサーヌを唆《そそのか》すことができた上に、君はそれがあるからと過信して、まんまとこの危険な場所まで人助けにきてくれたんだからね」

また通路を曲がり、そこまで話し終えたところで、デニスは足を止めた。

フィオナは辺りを確認する余裕もなく、いきなり固い床に投げ落とされて、したたかに身体を打ちつけた。ロクサーヌも同じように、ゴミでも捨てるがごとく乱暴に投げ落とされる。

「さぁ、もう好きなだけ喚《わめ》いていいぜ。この近くには誰もこないだろうし、大声を出せば火吹きトカゲをおびき寄せるだけだ」

ダレンがロクサーヌの猿轡《さるぐつわ》を取ると、彼女は大きく息をするなり、憤然と元仲間を罵《ののし》った。

「あ、あんたたち！　こんなことをしてただですむと思っているの!?」

「勿論《もちろん》だよ。ダンジョンで魔物に殺されても自己責任だからね。おまけに百花祭典の翌日までここは殆《ほとん》ど冒険者がこないから目撃者の心配もない。君もそう考えたから計画に飛びついたんじゃなかったのか？　まったく、自分の都合の悪いことだけすぐ忘れる癖は、昔から変わらないな」

激怒して喚《わめ》くロクサーヌに、やれやれと言いたげに肩を竦《すく》めてデニスは答えた。

「誰か殺しても上手く魔物のせいにできれば罰されないと唆《そそのか》したら、お前は大喜びでフィオナを殺す準備に取りかかったじゃないか。俺たちに散々あれこれ命令してさ」

ニヤニヤしながら指摘するダレンの傍《かたわ》らで、ビーチェも歪《ゆが》んだ笑みを浮かべて同意した。

「何も気づかず、あたしらの言うことを鵜呑《うの》みにしてはしゃいでいた姿は、最高に滑稽《こっけい》だったよ。普段のあんたなら少しは疑うのに、よっぽど青銀の魔女が憎らしかったんだね」

嘲笑《ちょうしょう》交じりにそう言われたロクサーヌは反論できないようだ。

「で、でも、難しい依頼を受けたり、魔物狩りで稼げたりしていたのは私のおかげでしょう？　それに、私は必ず宮廷魔術師団に入ってみせるわ。今すぐ縄を解けば、これからもあんたたちを傍《そば》に置いて、いずれいい仕事を紹介してあげる。悪くないでしょ？」

今度は媚《こ》びて懐柔に走ろうとするロクサーヌを、デニスたちがこの上なく冷ややかな目で見下ろす。

誰も何も言わなかったが、彼らはもはやどんな好条件よりも、ロクサーヌから解放されることを望んでいるのが、フィオナにもひしひしと伝わってきた。

「じゃあ、僕たちは行くよ。……そうだ、魔法灯火は残しておいてあげよう。巨大火吹きトカゲが狙う目印になるだろうし、真っ暗で何も見えないまま焼き殺されてはつまらないだろう？」

デニスが薄ら笑いを浮かべて言い放つと、残る二人と共にフィオナとロクサーヌを置いて去っていく。

「そんな……デニス！　ダレン！　ビーチェ！　ご、ごめんね！　私が甘えすぎていたわ。そんなに怒らせていたなんて気がつかなかったの！　悪気はなかったのよ。大切な仲間じゃない！　デニス！　私たち、小さい頃から仲良しの従兄妹《いとこ》なのに本気で殺すなんて、するはずがないわよね⁉」

立ち去っていく彼らの後ろ姿に、ロクサーヌは必死に縋《すが》るが、三人は一度も振り向かず角を曲がって姿を消した。

するとロクサーヌの顔が絶望に歪《ゆが》み、今度はしゃくりあげ始める。

「ひっ……う、裏切者！　酷い！　人殺し！　なんで私がこんな目に遭わなきゃいけないの！」

そもそも、自分が彼らを脅《おど》して恨《うら》みをかったことや、さっきまでフィオナを本気で殺そうとしていたことなんて、すっかり忘れているようだ。

「うーっ、うーっ」

フィオナは、泣きじゃくっているロクサーヌの肩に口元を擦《こす》りつける。

別に、慰《なぐさ》めたりなんかするつもりじゃない。

フィオナとて、いつ巨大火吹きトカゲがくるか恐ろしくて堪《たま》らず、その上理不尽に殺されるなんて、恐怖と怒りで頭がおかしくなりそうだ。

(どうやってこの状態から逃れるか、考えて行動するのが最優先でしょう！)

「うぇっ、な、何よぉ！　気持ち悪い、触らないで！」

罵《ののし》られながら、フィオナは何とか口を封じていた布を少しだけずらした。

「わらひの、くち……ほろいて……」

布に邪魔をされて上手く喋《しゃべ》れないが、『私の口を解いて』と伝えようとする。

ロクサーヌは、胸の前で両手首を縛《しば》られている。器用さが命の鍵師ビーチェが厳重に結んだ綱を解《ほど》くのは、両手が自由でも難しいだろうが、フィオナの後頭部で簡単に結ばれている布を解くくらいは手先を使ってできるはず。

「魔法を唱《とな》えて自分だけ逃げるつもり？　無駄よ。手も縛《しば》られているのに、何ができるのよ。もう駄目……なんで私がこんな目に……」

ところが、この期に及んでロクサーヌはそんなことを言ってメソメソすすり泣く。

（いい加減にしなさい！）

フィオナは目を瞑《つむ》り、ロクサーヌに思い切り頭突きを食らわせた。暴力は嫌いだし、自分も涙が滲《にじ》むくらい痛かったが、そんなことは言っていられない。

「ぎゃっ！　なにするのよ！」

こちらを見たロクサーヌに、フィオナは奥を顎《あご》をしゃくって奥を示す。

目を凝《こ》らすと、数メートル先に巨大火吹きトカゲの食べ残しらしき、元はなにかも解らない黒焦げの残骸《ざんがい》が積み上げられていた。

「ひっ！」

ロクサーヌが息を呑む。

まだ、心のどこかでは仲間が後悔して助けにくるという甘えがあったのだろう。だが無残な黒焦げの塊《かたまり》を見ると、自分たちがいかに危険な状況に陥《おちい》っているのか改めて痛感したようだ。

「……約束してよ。私を最優先で助けるって」

この場ではフィオナの魔法に頼るしかないと悟った彼女は図々しく言ってきたけれど、協力が必要なのはこちらも同じだ。

フィオナが頷《うなず》いて彼女に頭の後ろを向けると、ロクサーヌが布を解いた。

「ぷはっ！」

息苦しさから解放され、フィオナは深呼吸すると、すぐに結び目解きの呪文を唱《とな》える。

「なによそれ、鍵開けの呪文でしょ？　学校で習ったけど、間違ってるわよ」

ロクサーヌが苛立《いらだ》たし気に言い放つ。

しかし自分の両手足を縛《しば》る縄の戒《いまし》めが、見えない手で解かれると、あんぐりと口を開けたまま声を失った。

「私が臆病《おくびょう》で、外に出て魔法を学ぶ勇気がなかったのは事実よ。でも、あなたと同じやり方でなくとも真面目に魔法を学んできたの」

フィオナはそう言いながら、自分の戒《いまし》めも解く。

先日のドライアードや今回の件から解るように、ダンジョンではどんな危険も裏切りもありだ。

初代店主のリリーベルを初めとする銀鈴堂の代々店主は、ダンジョンに守られつつもそこで生きる危険をよく承知し、独自に役立つ魔法を作っては次に伝えた。

この魔法も店主の一人が鍵開けの魔法を応用して作ったもので、青銀の魔女にしか使えない。

「さぁ、早く逃げましょう！」

きつく縛《しば》られた手足は痺《しび》れていたが、フィオナはよろめきながら立つと、なかなか立ち上がれないロクサーヌに手を貸す。

だが、一歩歩き出すか出さないかのうちに、ズシリと重い音が辺りに響いた。すかさず、先ほどデニスたちが消えた先とは反対の曲がり角から、耐えがたい熱気が漂《ただよ》ってくる。

「きゃあああっ！」

巨大な平たい頭がぬぅっと現れ、ロクサーヌが金切り声をあげてフィオナの後ろに隠れた。

細い縦筋が入った黄褐色《おうかっしょく》の目がギョロリと動いてこちらに気づくと、重い足音を響かせながら、その全貌を現した。

初めて巨大火吹きトカゲを目《ま》の当たりにし、フィオナの背に戦慄《せんりつ》が走る。

赤褐色《せきかっしょく》のまだらな鱗《うろこ》は、見るからに分厚く固そうで、人間を一呑みにできそうな口には、鋭《するど》い牙がズラリと並ぶ。

短い四本の足は成人男性が両腕を広げても囲えない太さで、尾の先まで瘤《こぶ》状に隆起した鱗《うろこ》が一列に並んだ姿は、ドラゴンといったほうが相応《ふさわ》しい。

「私、杖がないのよ！　あんたが魔法でなんとかしてよ！　青銀の魔女なんだから！」

フィオナの背をぐいぐい押して、ロクサーヌが喚《わめ》く。恐慌状態に陥《おちい》った彼女は、火吹きトカゲに魔法が一切効かないことすら忘れているようだ。

「ロクサーヌ、押さないで！」

焦りながらフィオナはポケットから薬瓶を取り出す。デニスたちにかなり手荒く扱われたが、幸いに瓶は割れていない。

(これしかないの！　どうか、効いて！)

早くも炎を浴びせようと大きく開いた真っ赤な口の中をめがけて、魔法薬を丸ごと放り込んだ。

勢いよく喉《のど》の奥まで飛び込んできた異物に、火吹きトカゲが奇妙な声をあげ、長い首を大きく反らして後ずさる。ガッ、ガッ、と硬そうな足の爪が石床を掻《か》きむしり、深い傷を残し……ゆっくりと足を折りまげて巨大な体躯《たいく》をその場に伏せる。フィオナが息を詰めて見守るなか、黄褐色《おうかっしょく》の目を

下から瞼《まぶた》が伸びて覆《おお》い隠していった。

「はぁ……眠り薬が効いて助かったわ……」

本来はドッフェルに託《たく》す薬だったから、いい加減なものを作ったつもりはないが、それでも本当に効果があるのか不安だった。完全に眠った巨大火吹きトカゲを前に、フィオナは安堵《あんど》で膝《ひざ》から崩れ落ちそうになる。

「本当に……寝ているの？」

フィオナの肩越しに、ロクサーヌが恐々と首を伸ばした。

「上手くいけば五時間くらいは刺激を与えても起きないはずだけれど、急いで逃げましょう」

ここに連れてこられるまで目隠しなどはされていなかったから、帰り道は解る。

デニスたちはもうとっくに逃げているだろうが、万が一にでも様子を見に戻ってきて鉢合《はちあ》わせたら即座に攻撃されるはずだ。今のロクサーヌは戦力外だし、他に凶暴な魔物もいる。

一刻も早く銀鈴堂に帰らなければならない。

「ロクサーヌ、防御魔法を……」

フィオナは魔法で身を守るしかないが、せめて彼女だけでもと防御魔法を唱《とな》え始めた時、先ほどの巨大火吹きトカゲと同じような足音が、逆方向から聞こえてきた。

「まさか……」

巨大火吹きトカゲは、獲物を待ち伏せする時なら複数いることもあるが、基本的に巣には一体しかいないとされる。でも、極まれに雌雄で番《つが》うらしいのだ。

「ひいいっ！　またきたわ！　フィオナ、さっきの薬で眠らせて！」

真っ直ぐな通路の向こうからやってくる巨大火吹きトカゲに、ロクサーヌが悲鳴をあげる。

「あ、あれは一つしかないのよ！」

ガクガク揺さぶられながら叫ぶと、ロクサーヌはいっそう顔面蒼白《そうはく》になった。

「何ですって？　役立たず！」

フィオナたちの立っている場所は三方向に伸びた通路の交差点だが、一方はさっきの巣で行き止まりだ。

地下十六階の地形はフィオナの頭の中に完全に入っていて、障害物さえなければ、他の道からでも銀鈴堂に迷わず戻る自信はある。

でも背後の道は、倒れた巨大火吹きトカゲが通路を完全に塞《ふさ》いでおり、とても通れそうにない。

そして残る唯一の方角からは、ドラゴンみたいな魔物がやってきている。

巨大火吹きトカゲの吐く火は超高温だが、それほど距離は届かない。しかし、フィオナたちと魔物の間には他に逃げられる場所もなく、そうこうしている間にも巨大火吹きトカゲは、悠然《ゆうぜん》とこちらに近づいてくる。

不意にロクサーヌが呻《うめ》き、グラリとその場に崩れ落ちた。

「ロクサーヌ！」

慌ててフィオナが見ると、彼女は白目を剥《む》き失神していた。どうやら、巨大火吹きトカゲに対する恐怖に耐えきれなかったようだ。

フィオナもガチガチと歯が鳴るが、考えろと、頭を必死に働かせる。

巨大火吹きトカゲの鱗《うろこ》は、あらゆる魔法を弾き飛ばすけれど、吐く炎を魔法で防ぐことは可能だ。

でも、彼らが放つ炎を、もっとも得意な氷の魔法で止めることはできない。母が若い頃、別のダンジョンで巨大火吹きトカゲと対峙《たいじ》し、氷の魔法を籠《こ》めた魔道具を使ったところ、爆発が起きて危うく死にかけたらしい。

父は、氷の魔法が得意なフィオナも気をつけるようにと、その理屈を教えてくれた。

通常の炎ならともかく、巨大火吹きトカゲの猛火は温度が高すぎるので、水をかけると急激に気化して爆発を起こすのだという。

（でも、直接の魔法は効かないし……怖い……誰か、助けて……エルダー！）

幼い頃から、怖い目に遭った時にはいつも真っ先に家族の顔が浮かんだ。それなのに今は、亡き祖母でも両親でもドッフェルでもなく、自然とエルダーを心の中で呼ぶ。

見え透いた罠にまんまと騙《だま》されてここで死んだら、フィオナを守るためにダンジョンに留まってくれた彼の気持ちを台無しにしてしまうと胸が痛んだ。

それに、自分が昔から家族に大事され、愛してもらっているのを知っている。

自分がここであっさり死に、二度と戻れないあの世へ旅立ったら、きっと両親を悲しませてしまう。

（っ……こんなところで、私は死なない！　簡単に諦《あきら》めて、皆を置いて行かない！）

そう思ったフィオナは早口で呪文を唱《とな》え、倒れているロクサーヌに防御魔法をかける。

防御魔法は術者が死ねば効果は消えるので、フィオナが焼き殺されれば意味がないけれど、そうならないために今から足掻《あが》くのだ。

彼女が竦《すく》む心を奮い立たせ、巨大な魔物を睨《にら》みつけた瞬間……

「フィオナ‼」

突如、醜悪な赤褐色《せきかっしょく》のトカゲの背後から、金色の狼が駆けてくる。僅《わず》かに残っている光苔《ひかりごけ》が、その美しい毛並みを幻想的に輝かせ、フィオナの目を奪う。

どうしてエルダーがここにいるのか、そんなことを考えている余裕はなかった。

背後からの敵に気づいた火吹きトカゲが、長い首をグルリと曲げてエルダーに振り返る。

弱々しい少女より、精悍《せいかん》な若狼を脅威《きょうい》と感じるのは当然だ。たちまちそちらに注意を移し、駆け寄ってくるエルダー目がけて凄《すさ》まじい勢いで炎を噴《ふ》き出す。

紅蓮《ぐれん》の炎の渦《うず》を、エルダーは大きく跳《は》ねて避《よ》けた。何度見ても、重力があるとは思えない俊敏《しゅんびん》で軽やかな身のこなしだ。

だが、狭い通路の床は一面、表面を撫《な》でた猛火に熱されて真っ赤になっており、彼はそこへ着地するしかない。

エルダーの足元を防御魔法の光が覆《おお》って熱を防ぐが、続けざまに何度も炎を避《よ》けて、新たに熱された石に触れるたび、防御魔法の光は弱くなっていく。効果が切れるのは時間の問題だ。

フィオナはエルダーに励まされて練習した甲斐《かい》あって、今では離れた位置にいる相手にも防御魔法をかけられるようになった。

とはいえ、トカゲの巨体に邪魔をされて直接当てるのは難しく、一方で彼がこちらにくれば、その瞬間にフィオナは炎を噴《ふ》きかけられ、防御効果もなくなって二人とも死ぬだろう。

「エルダー、次に炎がきたら左の壁際に向けて飛んで！　防御魔法をかけなおすわ！」

フィオナが叫ぶと、エルダーは頷《うなず》いた。

「解った」

彼は言った通りの位置に迷わず跳躍《ちょうやく》する。

そして急いで防御魔法を唱《とな》えて彼に向けて放つと、慎重に角度を考えて放った防御魔法は、予想通りに空中でエルダーに当たった。ドライアードの時のように、魔法を正確に狙って当てるのも、フィオナの得意技の一つだ。

息を吐く間もなく、エルダーにまた業火が噴《ふ》きつけられる。

恐ろしい勢いで噴射される炎の迫力に、見ているだけでフィオナは足が震えて崩れ落ちそうになった。大概の人なら防御魔法をかけていても、あれを正面から噴《ふ》きつけられれば恐怖で腰が引けてしまうに違いない。

しかし、エルダーは微塵《みじん》も臆《おく》することなく、正面から突っ込んだ。炎を防御魔法で防ぎ、巨大火吹きトカゲの唯一の弱点である顎《あご》の下に噛《か》みつこうとするが、横殴りに襲《おそ》ってきた尾に阻まれる。

炎に加え堅い鱗《うろこ》で覆《おお》われた極太の尾に殴られては、防御魔法でも防ぎきれないと本能的に察したのだろう。エルダーは尾の直撃を避《さ》け、噛《か》むのを諦《あきら》めて鋭《するど》い爪の光る前足を振るった。だが、すんでのところで急所には届かず、鱗《うろこ》と皮膚の境目の、やや堅い部分を僅《わず》かに傷つけるに留まる。

石壁をザリザリ削りながら暴れまわる巨大なトカゲの魔物に、エルダーは果敢《かかん》に何度も飛びかかった。

怒った火吹きトカゲが恐ろしい咆哮《ほうこう》をあげて、金の狼を焼き殺そうと執拗《しつよう》に炎を吐く。

フィオナも何とか狙いを定めてエルダーに防御魔法を重ねてかけ続けるが、いずれ間に合わなくなるのは目に見えていた。

(あの魔法を使えば……お祖母《ばあ》ちゃん、私の大切な人を助けるために、一度だけ許して！)

幼い頃、二度と使わないと祖母に約束した魔法だけれど、他に方法がない。

火吹きトカゲの鱗《うろこ》は、たとえ魔法で氷の槍を突き刺そうとしても、弾いてしまう。この魔物の動きを止めるにはもうこれしか思いつかなかった。

フィオナは覚悟を決め、ありったけの声で怒鳴る。

「エルダー！　火吹きトカゲを持ち上げるから、私が魔法を放ったら思い切り下がって！」

両手に神経を集中し、呪文を唱《とな》え始める。先日のドライアードに放った霜《しも》の魔法によく似た……でも、少し違う、子ども時代のフィオナが無意識に作りあげた特別な魔法だ。

青銀の髪が光を帯《お》び、ドクドクと血流が全身を駆け巡る。

最後の一言を声高に唱《とな》えたフィオナの両手から、銀色を帯《お》びた青白い光がほとばしった。

エルダーが後ろに大きく跳躍《ちょうやく》して避《よ》けると、光はちょうど火吹きトカゲの太い足が踏み締める辺りの床へと全て吸い込まれる。

そして次の瞬間、轟音《ごうおん》とともに床へ無数の亀裂が入った。巨大な霜柱《しもばしら》……いや、極太の氷の杭《くい》が、次々と地面を割り砕いて隆起していく。

「ギエェ⁉」

いきなり身体が上に持ち上がった火吹きトカゲは、驚愕《きょうがく》して金切り声をあげた。太い足を支えているのは砕けたダンジョンの床の石だ。魔法が直接火吹きトカゲに当たっているわけではないので、弾かれることはない。

フィオナは、魔法薬の研究で火吹きトカゲの飼育と観察をしているうちにあることを知った。この生き物は、急所の顎《あご》下を守ろうと這《は》いつくばった姿勢でいることが多い。そして、急に持ち上げられたりすると、恐怖のせいなのか、少しの間ピクリとも動かなくなるのだ。

割れた石の床ごと巨大な火吹きトカゲの身体を乗せて隆起していく氷の杭《くい》は、ぐんぐんと伸び続け、驚いて固まっているトカゲを天井へ押しつける。

ビキビキと天井にヒビが入りかけたところへ、金色の稲光のごとくエルダーが火吹きトカゲに襲《おそ》いかかった。寸分たがえず、顎《あご》の急所を深々と食いちぎる。

大きく裂けた口から悲鳴と弱々しい炎があがり、傷口からは鮮血が噴《ふ》き上がる。

「っ……」

注ぎ続けていた魔力をフィオナが断ち切ると、氷は呆気なく粉々に砕けてしまった。床には大穴があき、大量の瓦礫《がれき》と氷の欠片が下の階へバラバラと零《こぼ》れていく。火吹きトカゲはその穴の縁《ふち》に引っかかり、しばしひくひく痙攣《けいれん》していたが、やがて動かなくなった。

「はぁ……はぁ……っ」

フィオナが肩で大きく息をしていると、人の姿になったエルダーが駆け寄ってくる。

「エルダー、ありが……」

礼を言いかけた途中で、フィオナは彼に抱き締められて言葉が途切れた。

「間に合って良かった……一体、何があったんだ？」

泣きだしそうな声でエルダーが尋ねる。フィオナを離した彼は顔面蒼白《そうはく》になっていて、目の端に涙が滲《にじ》んでいた。

「心配かけて、ごめんなさい。迂闊《うかつ》だったわ」

彼に心から詫《わ》び、騙《だま》されて呼び出されたことや、ロクサーヌたちの仲間割れについて手短に説明する。

一通り話し終えた直後、倒れていたロクサーヌが呻《うめ》いて目を開けた。

フィオナも似たようなものだろうが、彼女は怪我こそしていないものの、煤《すす》でどこもかしこも汚れて酷い有様だ。

痛そうに顔をしかめてよろよろと上体を起こしたロクサーヌは、辺りを見回す。まだ眠っている一匹目と、瓦礫《がれき》の中で絶命している二匹目の巨大火吹きトカゲを見てから、フィオナの隣でエルダーが険しい顔を自分に向けていることに気づき、顔をひきつらせた。

「エルダーさん！　フィオナに何言われたか知りませんが、騙《だま》されないで！　彼女は前から私を嫌いだったから、デニスたちと組んで私を殺そうとしたんです！　でも、仲間割れをして、私と一緒に殺されそうになって、だから……」

この期に及んでペラペラと嘘を重ね、何としても自分は悪くないと言い張ろうとする根性は、いっそ見上げたレベルである。

「黙れ。これ以上、フィオナを侮辱《ぶじょく》し続けるなら、口をつぐませるのに容赦《ようしゃ》しない」

エルダーが口の端から犬歯を覗《のぞ》かせ唸《うな》った。怒りが滲《にじ》む彼の声に、ロクサーヌが顔を歪《ゆが》めて口を閉じる。

フィオナは苦い思いで、彼の服の裾《すそ》をツンツンと引っ張った。

「庇《かば》ってくれてありがとう。……ただ、私がロクサーヌを嫌っていたのは事実で、騙《だま》されたのもそれが一番の原因よ」

「フィオナ？」

「ロクサーヌなら、エルダーに怒られて傷つくより、私のせいだと逆恨《うら》みして何か企《たくら》む方がよほど考えられるわ。それなのに私は、デニスの言い分を疑いもしなかった……大嫌いな彼女が傷ついていて、私がそれを助けるなんて最高に気分が良いと無意識に思っていたからよ」

座り込んでいるロクサーヌに視線を移し、己《おのれ》の醜《みにく》さに溜息《ためいき》を吐く。

フィオナを騙《だま》して捕らえた時、彼女が最初に発した『私を助けることで見下し、良い気になりたかったのだ』という言葉は、認めたくないけれど真実だった。

純粋に怪我人を助けたかったのは勿論《もちろん》だけれど、相手がロクサーヌだったことで、心の隅《すみ》でそう思ったのは否定できない。彼女と自分は同じだ。

フィオナもロクサーヌに劣等感を抱いていたからこそ、自分を認めさせたかった。

「あなたが私を殺そうとしたことは忘れないけれど、私も自分のせいで罠にかかったのだと、きちんと覚えておくわ」

「なっ！」

ロクサーヌが眉を吊り上げて怒鳴りかけたが、ふと自分の手を眺《なが》める。

「……この防御魔法、あんたがかけたの？」

「ええ、最優先で助けると約束したもの」

フィオナが頷《うなず》くと、ロクサーヌがフンと鼻を鳴らした。

「仲間に裏切られ傷ついた私を助けてあげた……期待通りになって良い気分でしょうね」

「お前……っ」

耐え兼ねたエルダーが唸《うな》るのと、ロクサーヌがクシャリと顔を歪《ゆが》めて、ボロボロ泣きだしたのは同時だった。

「ばっ、馬鹿みたい！　自分を殺しかけた相手なのに、律儀に約束守るなんて……やっぱり、あんたは大嫌い！　でも……でも……助けてくれて……あ、ありがとう」

煤《すす》で汚れた顔を涙でぐちゃぐちゃにして、悔しそうに泣くロクサーヌの姿は、いつもの同情を誘う可憐な嘘泣きとは全然違った。

彼女のハンカチはすぐ真っ黒になったので、フィオナはそっと自分のハンカチを差し出す。

ロクサーヌは黙ったまま、ひったくるように受け取って顔を拭《ふ》いた。

良い態度とは言えないが、彼女がフィオナの厚意を素直に受けたのは、これが初めてだった。

安全な十五階に戻ると、フィオナはただちに地下商店街の受信魔道具へ、一連の事件を知らせる通信魔法を送った。

その甲斐《かい》あって、ロクサーヌを連れて地下商店街についた時には、彼女の元仲間だった三人は既に警備兵に拘束されていた。

ダンジョン内で魔物と戦って死ぬのは自己責任だが、そう見せかけ、殺人を企《たくら》むのは立派な罪である。

デニスたちは最初、フィオナの方が以前から嫌っていたロクサーヌを陥《おとし》いれようとしたのだろうと言い張り、自分たちは何も知らないととぼけた。どうやら、ロクサーヌが口裏を合わせるだろうと期待したようだ。

彼女だってフィオナを殺そうとしたのには違いないから、いつものロクサーヌなら彼らに合わせてシラをきり、自分の無罪を切々と訴えるだろう。

しかし、彼女はフィオナの言う通りだと警備兵に話し、全ての罪を認めたのだ。

そして一度もフィオナの方を振り返ることなく、大人しく拘束されて転移魔法陣の装置へ入って行った。

彼女とデニスたちはカザリスの拘置所《こうちしょ》に送られ、しかるべき裁きを受けることになる。

エルダーと二人で銀鈴堂に戻れたのは夜も大分遅くなってからだった。我が家に戻った安堵《あんど》感に、フィオナは深い溜息《ためいき》を吐く。

煤《すす》だらけだった顔や手足は警備所で簡単に洗わせてもらったけれど、フィオナの服は雑巾《ぞうきん》みたいに汚れてボロボロだし、エルダーの金色の髪や尾も煤《すす》で薄汚れている。

交替で湯浴みをして清潔な部屋着に着替え、二人してお茶を飲んでやっと人心地がついた。

「今日は本当にありがとう。エルダーは私の命の恩人よ。それで、思ったんだけど……」

お茶を半分ほど飲んだあと、フィオナは思い切って切り出した。

「何を？」

曇《くも》り顔の彼女を見て、エルダーが訝《いぶか》し気に尋ねた。

家に帰った時から、フィオナはもうエルダーを解放することを心に決めていた。

今日は疲れているから……なんて、グズグズ言い訳したら、絶対に言い出せなくなる。

「……これでもう、私の両親への恩返しは立派に果たしてくれたわ。婿《むこ》入りの話は誤解だったのだし、私の命も救ったことをちゃんと話せば、エルダーは故郷へ堂々と帰れるでしょう？　もしそうしたいのなら明日にだって帰れるように、私は事情を記した手紙を書くわ」

口にした途端、エルダーがビクリと肩を震わせて目を見開いた。カップを置き、信じがたいといった表情でフィオナを見つめる。

「それ……本気か？」

「本気よ。義理堅いのはあなたの良いところだけど、必要以上に縛《しば》られることもないでしょう？せっかくの人生なんだから、エルダーの自由に生きなくちゃ！」

フィオナは空元気を出して明るく言う。少しでも気を抜けば、大好きになってしまった彼に、置いて行かないでと縋《すが》りつきそうだ。

しかしエルダーは泣きだしそうな顔になった。

「自由にして良いのなら、俺は最初に約束した一年間だけでも、ここに留まりたい」

「え？」

フィオナは耳を疑った。

唖然《あぜん》とする彼女の向かいで、エルダーは頭を抱えてガックリと項垂《うなだ》れ、ボソボソと話す。

「やっぱりフィオナはどうしても、俺を異性としては好きになれそうにないんだな。潔《いさぎよ》くないのは自覚してるけど、婿《むこ》になりたいなんてもう言わないから……」

「ちょ、ちょっと、なにを言ってるの!?」

どんよりと、この世の終わりみたいに落ち込んでしまったエルダーに、焦りと同時に腹が立つ。落ち込みたいのは、こっちの方だ。

必死に堪《こら》えていた涙が溢《あふ》れだすのを感じながら、フィオナはガタンと椅子を揺らして立ち上がった。

「私はエルダーが大好きで、本当はずっとここに居て欲しいわ！　でも、好きだからこそ、義理で結婚なんかして欲しくないのよ。好きな人を大事にしたいと、エルダーも言っていたじゃない！」

息を荒らげて言いきると、エルダーがポカンとした顔でこちらを見上げた。

「俺を、好きになってくれた……？　だから、故郷に帰るよう勧めたのか？」

「……」

フィオナは唇を噛《か》み締め、無言で頷《うなず》く。

すると、エルダーがもの凄い勢いで立ち上がり、彼女を力一杯抱き締めた。

「なら、俺は帰らない！　最初からフィオナに惚れて、志願したんだからな！」

「ええっ!?　最初からって、どういう意味？　私のことを、殆《ほとん》どなにも聞かないできたはずじゃ……」

ぎゅうぎゅう抱き締められながら尋ねると、エルダーが身体を離して気まずそうに頭を掻《か》いた。

「俺の父が誤解したのも、フィオナの容姿や性格を聞かなかったのも本当だ。でも、俺は……ゴブリンに受けた傷で死にかけた時、フィオナの声を聴いた」

「私の、声？」

「死なないで、必ず自分のところに戻ってきてくれと、あの時にフィオナの声が聞こえたおかげで、俺は生きるのを諦《あきら》めずにすんだ。姿は見えず、感じ取れたのは声と匂いだけで、最初は付き添ってくれた人の声かと思った。でも、フィオナが回復薬に籠《こ》めた強い願いが、死にかけていた俺に届いたんだと思う」

「まさか……本当に、そんなことがあったの？」

確かに両親に持たせる回復薬は、店に並べる市販品ではなく、特別に調合している。そしてまさに、エルダーが口にした通りの言葉を呟《つぶや》きながら作っていたのだ。

「本当だ。それに、皆がフィオナはゴリラみたいな凶暴娘に違いないと思い込んでいたから、俺が意識を回復するまで、志願者が出なくて助かった」

「……ゴリラ？」

聞き捨てならない台詞《せりふ》が聞こえて思わず口に出すと、エルダーは慌てて口を押さえた。

「あっ！　いや、なんでもない……」

だが、半眼で睨《にら》むフィオナに観念したらしく、言い辛そうに白状し始めた。

「本当に失礼な話だが、アーガス夫妻の強さは、人狼の俺たちも驚くくらい強烈な上に、フィオナが青銀の魔女だということや店の結界のことも知らなかった。だからご両親譲《ゆず》りの腕っぷしと逞《たくま》しい肉体があるから、ダンジョンでも店をやっていけてると思っていたんだ」

ここにきた日のエルダーに、フィオナがダンジョンで一人暮らしできるのを妙だと思わなかったか聞いたら、やけに焦った様子で言葉を濁《にご》されたのを思い出す。

そういう想像をしていたなんてと、遠い目になりかけたが、ふと我に返った。

「えっ、じゃあエルダーはムキムキの逞《たくま》しい子が好みで、志願したの？」

「いや。容姿など、最初からどうでもいいと思っていた」

「どうでもいい？」

あっさりと言われ、唖然《あぜん》とした。なにも、面食いでいて欲しい訳ではないが、そこは結構重要ではないだろうか？

「死にかけた時、薬に籠《こ》められたフィオナの声に励まされたおかげで、生きるのを諦《あきら》めずにすんだと言っただろう？　本当は俺に向けられたものではなかったが、あれほど人のことを思いやれる優しさに惹《ひ》かれ……どうしても会いたくなった。そして婿《むこ》の話を聞き、もしフィオナが傍《そば》にいる人を必要としているのなら、今度は俺が寄り添って力づけたいと思ったんだが……」

エルダーは気まずそうに視線を彷徨《さまよ》わせ、頬を掻《か》く。

「実際に会ったフィオナは信じられないくらい可愛くて、嬉しさに我を忘れて抱きついてしまった。それで怒らせた上に結婚話は誤解とくる。なんとか留まりたくても、フィオナを好きだと言ったら絶対に警戒されると思い、ここにきたのは恩を返すためだとか、このまま帰ると皆が困るとか、嘘を言い続けた……本当に、悪かった」

エルダーは深々と頭を下げ、フィオナはたじろいだ。

最初からはっきり言ってくれればと思う反面、エルダーの気持ちも解らなくはない。

「……私だって、言い出せなかったのは同じよ。エルダーは故郷と家族が大好きで早く帰りたいのに、その大事な人たちの期待を裏切りたくないから、我慢してここに勤《つと》めていると思っていたわ。でも、エルダーは長《おさ》の息子として義務を果たしているだけだと思うと段々辛くなってきて……百花祭典の日も、本当はずっと傍《そば》に居てって言いたかったの」

そう告げると、彼がいっそう居た堪《たま》れなさそうな顔になった。

「故郷も家族も大事で、父上が過度の心配性なのも本当だ。だが、どんな手段を使っても留まろうとしたのはフィオナを好きだったからだ。それに、銀鈴堂での仕事は天職だと思っている」

「天職？　でも、エルダーは故郷でお父さんやお兄さんたちのように狩りをしたいんでしょう？」

「子どもの頃は、考えが浅くて視野も狭かったから、自分ができないことの方が魅力的に見えた。だが、狼の姿で野山を駆け巡り魔物を狩るようになったら、店を出して物を売る仕事だって、同じくらい価値があると思えるようになった。フィオナ……白状すると、最近の俺の密《ひそ》かな楽しみは、陳列棚をいかに綺麗に飾《かざ》れるかだ。並べ方一つで、同じ商品でも見え方は大違いだからな」

エルダーが肩を竦《すく》めて苦笑し、フィオナは目を瞬《しばた》かせる。

彼に店番を任せるようになり、陳列棚を使いやすいよう自由に変えて良いと言ったら、やけに模様替えに熱を入れているように思えたのは、気のせいではなかったのか。

「それに、ここでも魔法薬の材料用に魔物狩りはちゃんとできる。おまけに、店の常連客は良い人ばかりで、俺は毎日が充実して幸せだ」

きっぱりと言いきる彼の金色の尻尾が、千切れんばかりにブンブンと揺れている。

「だ、だったら……エルダーは、ここでも幸せに暮らせるから、私の傍《そば》に居てくれると思っていいのね？」

恐る恐る確認すると、優しい笑みを浮かべたエルダーが、もう一度抱き締めてくる。

「ここの暮らしが幸せなのも、フィオナを愛しているから隣にいたいのも、どちらも本当だ。一緒に暮らし始めてからいっそう惹《ひ》かれた。でも、俺だって無理強いじゃなくてフィオナに望んで選んで欲しい。婿《むこ》にしてくれるか？」

柔らかい声音とこの上なく幸せな申し出に、フィオナは息が詰まって涙が零《こぼ》れる。

「よ、喜んで！　こちらこそ宜しくお願いします、お婿《むこ》様！」

背にまわされた彼の手に力が籠《こ》もる。

痛いほど抱き締められながら、フィオナも力いっぱい抱き返した。他の夢を諦《あきら》めるでも義理でも

なく、フィオナを好きだから共に生きたいと望んでくれた彼の気持ちに心が震える。

エルダーを見上げると、彼はフィオナが髪飾《かざ》りをつけていた位置に目を留めた。

「ところで話は変わるが、フィオナが百花祭典に行かなくても、花冠だけは毎年必ず贈《おく》りたい。愛し合っている相手から贈《おく》られた花冠の髪飾《かざ》りは、本当にお守《まも》りになるみたいだ」

「え？」

「ドライアードを掘り起こしている最中、フィオナの悲鳴がしたような気がした。どうしても気になって、すぐ店に戻りフィオナの匂いを辿《たど》ったおかげで、なんとかあの場に間に合ったからな」

「それで、あんなにタイミング良く駆けつけてくれたの⁉」

あまりにも目まぐるしかったせいで、エルダーが採りに行っていたドライアードのことは、すっかり頭から消えていた。

「花冠の髪飾りによって危機を察したことをフィオナに言って、好きだと打ち明けようとしたんだけど……切り出そうとした瞬間に帰るよう勧められたから、やっぱりただの偶然だったのかと思いかけた」

苦笑するエルダーを見て、フィオナは身を竦《すく》ませる。

「私がエルダーの気持ちを勝手に決めつけたのが間違っていたんだわ。本当にごめんなさい。これからずっと一緒にいるのなら、相手の気持ちをよく聞かなくてはね」

我ながら自分勝手だったと思いつつ詫《わ》びると、額《ひたい》に柔《やわ》らかく口づけを落とされた。

「ああ、そうだな。俺ももう、変な誤魔化しや嘘は二度と言わない」

クスクスと笑い合い、どちらからともなくじゃれ合うように唇を重ねる。彼を見上げ、フィオナはふとダンジョンのあの隠し部屋で見たエルダーの金色の毛並みを思い出した。

彼の毛並みはいつも美しいが、陽の下で煌《きら》めく金色は、これ以上ないほど魅力的だった。

「エルダー……私が一生かけたって完成できるとは限らないけれど、いつか青銀の魔女が陽射しの中を歩ける方法を見つけたいわ」

そう言うと、エルダーが首を傾《かし》げた。

「心配しなくても、俺はフィオナを置いて行ったりしないぞ？」

「それは信じているわ。でも、もし故郷で思い切り駆けるエルダーを見ることができたら、どんなに素敵だろうと思っただけよ。それに、お祖母《ばあ》ちゃんが研究していた魔法薬が、後で私を助けてくれたみたいに、いずれ誰かの役に立てるかもしれないでしょう？」

エルダーの首に両腕を伸ばし、そっと引き寄せた。思い切って、最後の秘密を打ち明ける。

「私が自分自身に外への憧《あこが》れを禁じていた理由は、両親の夢を潰《つぶ》したくない他に、もう一つあるのよ。巨大火吹きトカゲを持ち上げた、霜柱《しもばしら》の魔法……あれは私が小さい頃に作ったものなの」

「あんな、凄い魔法を？」

「決して褒《ほ》められるようなものじゃないのよ。あの日、久しぶりに帰ってきた両親が、また旅立ってしまうのが嫌でたまらなかったの。一緒に行きたいのを凄く我慢しているうちに、頭がぼぅっとしてきて……気づいたら知らない呪文を唱《とな》えて、巨大な霜柱《しもばしら》でダンジョンを壊し始めていたわ」

「このダンジョンを壊した……？」

「私は魔力暴走を起こしたのだと、後で聞いたわ。お祖母《ばあ》ちゃんが必死に止めてくれたから、被害は店の周囲だけで騒ぎにもならなかったけれど、父さんと母さんでさえ止めるのは無理だったそうなの」

フィオナは深く溜息《ためいき》を吐いた。

「後で思えば、両親をここに留めて夢を壊したくないのと、一緒にいたい気持ちがせめぎ合って、いっそこのダンジョンがなくなれば良いと極端な結論にいきついて魔力が暴走したんだわ。だから私は同じ過《あやま》ちを二度とおかさないために、自分の世界をここだけに限定したの。自分が住めるのはここだけだと強く思えば、それ以来いくら寂《さび》しくても魔力暴走は起きなかったわ」

「そうだったのか……」

呟《つぶや》いたエルダーの金色の狼耳を、フィオナは指先で撫《な》でる。

「でも、エルダーが自分の望みで一緒にいてくれるから、私はもう引け目も寂《さび》しさも感じない。安心して、いつか外に行きたいわ」

きっともう、取り残されて泣く夢は二度と見ないだろう。

「フィオナの研究が進めば、青銀の魔女の世界はもっと広がるだろうな。でも、俺はフィオナがどこに行こうとも、生涯共にいる」

エルダーが微笑み、優しく頬に口づけた。

「ありがとう、エルダー……」

フィオナも微笑み、最愛の押しかけ人狼婿《むこ》様に口づけを返した。

「あ……エルダー……」

灯りを小さくした部屋の寝台で、フィオナは顔中に口づけを浴びながら、くすぐったさと羞恥《しゅうち》に身を捩《よじ》る。

先ほど居間で抱き合って想いを通じ合わせ、このまま離れがたいと思ったのはエルダーも同じだったらしい。

横抱きにされて彼の部屋へ連れていかれ、寝台に組み敷《し》かれた。

「愛してる、フィオナが欲しい」

熱っぽく訴える彼を拒否する理由なんか、一つもない。情欲の火が灯る瞳に、胸が甘くざわめいた。

「わ、私も、エルダーを愛してるから……」

顔を背けてはにかみながら頷《うなず》くと、エルダーが息を呑む気配がした。

「なるべく気をつけるけど、あんまり理性が持ちそうにない。怖かったら言ってくれ」

彼が切羽詰《せっぱつ》まった声で囁《ささや》く。

深く唇が合わさり、ペロリと舐められた唇が自然とほどけると、隙間から彼の熱い舌が侵入してきた。

クチュクチュと、舌を絡める濡《ぬ》れた音に、聴覚を犯される。

何度も角度を変えて口腔を貪《むさぼ》られ、荒い息を吐くフィオナの寝衣をエルダーが性急な手つきで脱がせ始めた。

あっという間に袖《そで》を抜き取られ、下腹部を隠す小さな下着だけになる。

カアアと耳まで真っ赤にして、フィオナは控《ひか》えめな胸元をとっさに両腕で覆《おお》い隠した。

既に昨夜、一糸まとわぬ姿を見られているからと、思い切りよく裸体を晒《さら》せるほど度胸は据《す》わっていない。

「フィオナ、すごく可愛くて綺麗だ。隠さないで良く見せて」

しかし、エルダーにあっさりと両手首を一まとめに掴《つか》まれ、頭上に縫《ぬ》いつけられてしまう。露《あら》わになった胸元に彼が顔を寄せ、ヌルリと舌が這《は》う。

「ん、あっ！」

鎖骨を軽く噛《か》まれ、湧き上がった甘い痺《しび》れに、思わず高い声が零《こぼ》れた。

フィオナの体内から、ドライアードの毒はとっくに抜けている。

でも、エルダーに触れられた感触も、与えられた快楽も、しっかり身体に染み込んでいた。

肩口に、二の腕の内側に、口づけを落とされるたび、蕩《とろ》けそうな愉悦《ゆえつ》が全身に広がる。

エルダーの手が乳房を掬《すく》い上げ、揉《も》みしだかれた膨《ふく》らみが、彼の手の中で柔軟に形を変える。

「んっ、ぁ……んぅ……」

いつのまにか両手首を離されていたけれど、裸身を隠すのも忘れ、フィオナは敷布を握《にぎ》り締めて身を捩《よじ》った。

温かな口内に胸の先を含まれ、硬く尖《とが》った先端を舌で転がされる。反対側の先端も指で弄《いじ》られ、体内で増すもどかしい熱に、フィオナは瞳を潤《うる》ませて頭を左右に振る。

「あ、はぁっ……ん、あ……っぁ……」

堪《こら》えようとしても、ポロポロと声が零《こぼ》れて止まらない。

下腹部がじくじくと切なく疼《うず》き、身体の奥から蜜が溢《あふ》れだして下着を濡《ぬ》らす。

そこに触れられた時の鮮烈な快楽を思い出し、ゾクゾクと背筋が震えた。

胸を愛撫《あいぶ》していたエルダーの手が、するりと脇腹へ滑《すべ》り、小さくゆらめいていたフィオナの腰を撫《な》でる。

「あぁっ」

身を震わせて悲鳴を上げると、下着の紐を解《ほど》いて脱がされた。

反射的に太腿《ふともも》を閉じようとしたが、それより早くエルダーが足の間に身を割り込ませる。

「や、エルダー……恥ずかしい……あまり、見ないで……」

じっくり眺《なが》められるのが恥ずかしくてたまらない。泣きそうになって訴えるも、エルダーは視線を外そうとはしなかった。

「フィオナのここ、指一本でも狭かったから、よく慣らさないと」

エルダーの指が、小さな濡《ぬ》れ音を立てて秘所に触れた。

「んぅっ……あ、ぅ……っ……」

くちゅくちゅと、蜜を塗りたくるように指を前後され、花弁の隙間につぷりと彼の指が潜《もぐ》り込む。

違和感と微かな痛みに、フィオナは眉を寄せたが、やめて欲しいとは思わなかった。

もっと、エルダーに触れて欲しい。

きつく締《し》めつける中を、優しく抜き差しを繰り返される。

徐々に解《ほぐ》れていく蜜道に長い指が増やされ、フィオナの中を掻《か》きまわす。時おり花芽《はなめ》もくすぐられ、溢《あふ》れる蜜が量を増してエルダーの手首まで滴《したた》る。

膨《ふく》らみきった快楽が弾けるまで、大して時間はかからなかった。

ほどなくして高い嬌声《きょうせい》をあげ、フィオナの背が浮き上がる。

弓なりに反った身体をぐったりと敷布に落とし、ズルリと体内から指が抜かれる感触に、また身《み》悶《もだ》えた。

絶頂の余韻にヒクヒク震えていると、衣擦《きぬず》れの音がした。

ぼぅっと薄く開いた目に、エルダーの衣服を脱ぎ捨てた姿が映り込む。

すると、普段は襟元の詰まった衣服に隠れている喉《のど》の大きな傷痕が見えた。

「エルダー……」

自然と手が伸び、彼の首に両腕を絡ませて引き寄せた。

「ありがとう、私のところへきてくれて」

彼がフィオナの回復薬を飲んで声を聞いたなんて、今でも信じがたいが、こうして自分のもとへきてくれたのがたとえようもなく嬉しい。

「これからもずっと、フィオナの傍《そば》に居る」

エルダーが微笑み、愛おし気に目を細める。彼は、フィオナが今朝髪飾《かざ》りをつけていた辺りの髪を、そっと撫《な》でた。

唇を合わせて抱き締め合ってから、エルダーがフィオナの両足を抱えて開かせた。

解けた場所に押し当てられる熱くて硬い屹立《きつりつ》の大きさに、フィオナは息を詰める。

丸い先端が、濡《ぬ》れた花弁を掻《か》き分けて押し入ってくる。

「うっ……く、ぅ……」

あれだけ慣らされても、隘路《あいろ》を押し広げられる痛みと圧迫感を感じ、フィオナの眉がきつく寄る。

エルダーも額《ひたい》に汗を滲《にじ》ませ、苦しそうに顔を歪《ゆが》めながら、ゆっくりと挿入を続ける。

短く荒い呼吸を繰り返し、歯を食いしばった。

「うっ……く、あう……」

フィオナは唇を戦慄《わなな》かせ、無我夢中でエルダーに縋《すが》りついた。

程なくして、一際大きな痛みがフィオナを襲《おそ》う。結合部から生温かい液体が溢《あふ》れ出し、エルダーが動きを止める。

「大丈夫か？」

必死に胸をあえがせるフィオナの、汗で額《ひたい》に張りついた前髪をエルダーが優しく払い、頬や額《ひたい》に触れるだけの口づけを何度も落とした。

「つふ……」

心地よくなって少し痛みが和《やわ》らぎ、フィオナは息を吐く。同時に、強張《こわば》りきった両手の爪を、思い切りエルダーの背に食い込ませていたのに気づいた。

「ご、ごめんなさい、爪……」

「フィオナの中が気持ち良すぎるだけで、全然痛くない。辛ければ、思い切り掴《つか》まってくれ」

耳朶《じだ》を緩《ゆる》く噛《か》みながら囁《ささや》かれる情欲に掠《かす》れた声に、フィオナはゾクリと背を震わせる。

自分の身体で彼が気持ち良くなっているのだと思うと、嬉しい。身体の奥が疼《うず》いて蜜が溢《あふ》れ、根元まで埋め込まれた雄を、潤《うる》んだ粘膜がキュンと締《し》めつけた。

「っ！　フィオナ、そんなに締《し》め……っ……動いていいか？」

余裕のない表情で問われ、フィオナは頷《うなず》く。

まだ痛いけれど、もっとエルダーを感じたい。

「あ……っ……あ……」

抜ける寸前まで熱杭が引かれ、再びずぶずぶと奥まで沈む。

動きに合わせて寝台が軋《きし》み、繋《つな》がった部分から愛液と卑猥《ひわい》な水音が溢《あふ》れた。二人分の荒い呼吸が室内に満ちて、空気が濃厚な情事の匂いを醸《かも》す。

何度も頬や額《ひたい》に口づけられ、愛撫《あいぶ》を受け入れるうちに、奥から次第に別の感覚が生じてくる。

じくじくと子宮が熱く疼《うず》き、身体の火照《ほて》りが強まった。首筋まで薄桃色に染まり、フィオナの全身にしっとりと汗が滲《にじ》む。

「っは……ぁ……あ……」

頭が朦朧《もうろう》とし、熱い息を吐いて、いつしかフィオナも腰を揺らめかせていた。エルダーの動きに合わせて、気持ち良い場所を探しては身体を擦《す》りつける。

「んっ……エルダー……好き……もっと、抱き締めて……離さないで……」

呂律《ろれつ》のまわらない声で訴えると、フィオナの潤《うる》みきった瞳にエルダーがいっぱいに映り込む。

人狼特有の鋭《するど》い双眸《そうぼう》が、強烈な熱を込めてフィオナを見つめていた。

「離す訳ないだろう。会いたくてたまらなかった声の主を、やっと見つけたんだから」

エルダーの手が頬にかかり、貪《むさぼ》るように激しい口づけをされる。

「んっ、んっ、んんっ……！」

飲み込みきれない唾液が口の端から溢《あふ》れ、銀の糸を引いて滴《したた》り落ちた。

唇を離すと、息を吐く間もなく彼がフィオナの腰を掴《つか》んで引き寄せ、最奥に昂《たかぶ》りを深々と食い込ませる。

「ひあっ！　あっ……あぁっ！　ん、あっ！」

エルダーが揺れ弾む乳房の先端にむしゃぶりつき、腰を密着させて奥の窄《すぼ》まりをぐりぐりと熱杭でこねまわす。痛みも混じる鮮烈な快楽に、声を殺す余裕などもはや微塵《みじん》もない。

喉《のど》を反らして喘《あえ》ぎ、悲鳴に似た嬌声《きょうせい》を零《こぼ》しては、埋め込まれた雄を締め上げた。

「んっ……あ、あ……エルダー……！」

強まっていく律動に揺さぶられ、壊れてしまうのではと思うほど激しく奥を穿《うが》たれる。

蜜壁がうねって雄を締めつけ、やがてエルダーがフィオナを強く抱き締めて呻《うめ》いた。

膨《ふく》らみきった雄がビクビクと震え、先端から噴《ふ》き出した熱い精がフィオナの中に広がっていく。

「あぁ、ぁ、ぁ……」

注ぎ込まれる飛沫《ひまつ》に、フィオナは身悶《みもだ》えて何度も短く鳴き、爪先で宙を蹴る。

「フィオナ……」

荒い呼吸に胸を喘《あえ》がせていると、エルダーが顔を覗《のぞ》き込んだ。なんだか、困ったような表情を浮かべている。

「っは……どう、したの……？」

フィオナは掠《かす》れた声で尋ねると、熱を吐きだし終えたばかりの雄が、彼女の中でまた大きく硬く膨《ふく》らんだ。

「今まで我慢しすぎてたせいか、まだ全然足りない……もっとフィオナが欲しい」

「え……」

既に疲労困憊《ひろうこんぱい》のフィオナは思わず顔を引きつらせる。だが、エルダーの目に灯る欲情はむしろ増し、獲物を逃がすまいとギラギラ光っている。

飢えてるところに中途半端に与えられると、かえって我慢できなくなるという奴だろうか。

そんな考えがチラリと脳裏を掠《かす》めたが、よく考える余裕はなかった。

引きかけた腰をエルダーにしっかりと掴《つか》まれ、再び深く突き入れられる。

「ひ、あぁあっ！」

「フィオナ、愛している。人狼の男は、愛した女への執着が強すぎるくらいだからな。絶対に、一生離さない」

これ以上ないほど甘美な囁《ささや》きが、フィオナの耳に注ぎ込まれる。くらくらする程の幸福感に包まれ、フィオナも愛しい金色の人狼を抱き返した。

エピローグ

『とにかく互いの両親に、できるだけ早く今までの詳細を報告しよう』

想いを交わしあった翌朝、遅めの朝食を食べながら、フィオナとエルダーはそう話し合った。

フィオナの両親からはちょうど先日手紙が届き、居場所が判明している。

エルダーを雇って一緒に暮らしている件を、どう説明したものか悩んでいたが、驚かせるのを承知で最初から洗いざらい書いてしまおうと、フィオナは腹を括《くく》った。

二人なら理解し、フィオナが幸せならそれで良いと言ってくれるだろう。

「すまない……実のところ俺の父上は、婿《むこ》になって欲しいという夫妻の要請が誤解だったと知れば、力ずくで連れ戻しにきかねないからな。無事に到着したと便りを出したが、自力でフィオナを口説けるまで詳細は連絡しないつもりだった。恐らく激怒するだろうが、何とか解ってくれるよう全力で頑張る」

エルダーが額《ひたい》を押さえて項垂《うなだ》れる。昨日も言っていた通り、彼の父が過保護なことだけは真実だったらしい。

「心配性でも、エルダーをここに寄越した時点で、お父さんがあなたの意思を尊重してくれているのは確かじゃない。お互いに思い合っていると伝えた方が、きっと安心してくれると思うわ。……あと、私はゴリラ娘じゃないとも伝えてね」

最後の部分を、忘れずに念押しした。

ガルナ族に怒ってはいないけれど、年頃の娘としてそこはやはり訂正して頂きたい。

「わ、解った！」

エルダーが大慌てで頷《うなず》きながら空《から》の皿を重ねて持ち、椅子から立ち上がる。フィオナも同じく皿を片づけようとした時、店の呼び鈴が鳴った。

昨夜のあれやこれやで、今日は二人揃って寝坊してしまったが、店はちゃんと開けている。

「私が出るわ」

フィオナはパタパタと小走りで店に出た。

暖簾《のれん》をくぐると、本日最初のお客が目に飛び込んでくる。

カウンターの向こうに立っているのは、旅装をした一人の怪しい男だった。

外はまだ暑い季節だというのに、全身をすっぽりマントで包み、耳まで覆《おお》い隠す帽子を目深《まぶか》に被っている。とどめに、もじゃもじゃの黒い髭《ひげ》が顔の下半分を覆《おお》い、顔立ちはほぼ解らない。かなり上背がある、がっちりした体格の男性だと察せられるくらいだ。

それだけならまだしも、若い女の子みたいに甘い花の香水を漂《ただよ》わせているのが、とてつもなく不釣り合いだった。

「いらっしゃいませ！　品書きはこちらになります」

しかし、ここには種族も性別も容姿も、色んなお客がくる。

あまり気にせず、いつも通り品書きを差し出したが、男はそれに目もくれず、妙に落ち着かない様子でフィオナと店の看板をキョロキョロと交互に眺《なが》めた。

「う、うむ……突然失礼するが……あなたは、こちらの店主であらせられるか？」

「はい。私が現在の銀鈴堂の店主、フィオナ・リリーベル・アーガスと申します」

店の結界を統《す》べる者は、初代店主の名も継《つ》ぐ。

粗野な旅人みたいな身なりなのに、男の口調には妙に威厳があり、フィオナの口調も自然と改まる。

不思議な客はそれを聞くと、なぜかあんぐりと口を開いて驚き、またすぐにソワソワした様子で尋ねてきた。

「で、では、つかぬことを聞くが、ここに金色の毛並みの人狼が……」

「エルダーのお知り合いでしたか！」

フィオナはポンと手を打ち合わせる。

どうやら長旅をしてきたようだし、エルダーの故郷の人間かもしれない。

「呼んできますから、待っていてください。エルダー！」

「い、いや！　呼ばんでも……ただ、少々様子を……」

裏返った声で男が引き止めた時、暖簾《のれん》が揺れてエルダーが姿を現した。

「フィオナ、呼んだか？」

エルダーは、カウンターの向こうにいる奇妙な客を見て目を見開いた。

いつものエルダーなら、どんな客にだって愛想よく挨拶《あいさつ》するのに、思い切り顔を引きつらせて、尻尾の毛を逆立てる。

「どうして父上がここに⁉　そんな変装と香水くらいで誤魔化されるものか！」

「エルダーの、お父さん……？」

呆気にとられるフィオナの前で、奇妙な客がしおおと帽子を脱いだ。白いものが少し交じった硬そうな黒髪と、帽子に押しつぶされていた立派な黒い狼耳がピンと現れる。

もじゃもじゃの髭《ひげ》も変装用の偽物だったようで、ベリッと音を立ててむしり取ると、壮年の男性の顔が露《あら》わになった。

えらの張った厳つい顔立ちは、エルダーとそっくりとは言えないが、よく見ると鋭《するど》い目元が微かに似ている。

「絶対に、後をつけたりしないと約束したのに！　また俺を子ども扱いして……」

エルダーが睨《にら》むと、彼の父――つまりガルナ族の長《おさ》は、すっ呆《とぼ》けた顔でプイと横を向いた。

「はて？　俺は気分転換に少々旅をしていたところ、偶然立ち寄っただけだぞ。ちっとも便りを寄越さないものだから、ここがお前の婿《むこ》入り先の店だと、看板の名前を見るまですっかり忘れていた。ワッハッハ！」

――言い訳がましいにも程がある。

フィオナとエルダーの冷たい視線に、流石《さすが》に決まりが悪くなったのだろう。ガルナ族長はわざとらしい笑いを止めてゴホンと咳払《せきばら》いをし、今度は恨《うら》めしそうな目をエルダーに向けた。

「これでも三か月待ったぞ？　なのにお前ときたら、無事に着いたという短い知らせだけで、その後は何の音沙汰《おとさた》もない。いくらなんでも心配で、こっそり様子を見にきたのだ」

「そ、それは申し訳なかったが、父上は一族をまとめる責務があるのに、こんな私情で長旅に出るのは……」

「お前に言われなくとも、抜かりないわい。俺もそろそろ歳だからな。引退準備も兼ねて、留守の間は、クガイに族長代理を任せてきた」

フィオナは完璧に蚊帳《かや》の外で人狼親子の話を聞いていたが、ハッとする。

ガルナ族長は、今回の話が誤解であることを全く知らず、さらにフィオナを凶暴なゴリラ娘と思い込んでいた。

だから、エルダーが自分の望みでここにおもむいたにしろ、一体どんな暮らしになっているか心配して、わざわざ遠方まできてしまったのである。

「あの……お話し中に失礼します。良かったら中でお茶でもいかがですか？　その、色々と……長い話になってしまうので」

おずおずとフィオナは申し出ると、店には臨時休業の札を出し、驚いているエルダーの父を招き入れた。

当初のフィオナの両親とガルナ族長たちのやり取りに関する誤解や、エルダーを店に雇った経緯を伝える。

そして今では恩返しや義理など関係なく、互いに想いを通じ合わせて生涯を共に生きたいのだと、エルダーと二人で告げた。

「……婿《むこ》の件が誤解だったと、きちんとお知らせせずに申し訳ありません」

フィオナが詫《わ》びると、ガルナ族長が額《ひたい》を押さえて首を横に振る。

「とんでもない。全てはこちらの早合点《はやがてん》が原因で、フィオナ殿には大変な迷惑をおかけした。しかも話を聞くに、誤解だったと知らせないよう企《たくら》んだのは、うちの愚息だそうで……」

ギロリ、と族長に睨《にら》まれたエルダーが、非常に居心地悪そうに肩を竦《すく》める。

「い、いえ！　エルダーのおかげで、私は今とても幸せです！　ですからどうか、うちの両親への恩義とは関係なく、ここにいて欲しいのです。お許し頂けませんか⁉」

末息子を溺愛しているガルナ族長に、誤解だったのならこの話はなかったことに……と、言われてしまわないか怖い。

ドキドキしながら返事を待つと、ガルナ族長の表情が和《やわ》らいだ。泣きだしそうな笑みを浮かべ、深々とフィオナに頭を下げる。

「不束《ふつつか》な息子ですが、末永く宜しくお願い申し上げる。また、本来のご両親の希望通りに、ガルナ族からたびたび使いを出し、顔を見にきても構わないだろうか？」

「こちらこそ、宜しくお願いいたします！」

フィオナは目の端に嬉し涙を滲《にじ》ませる。

「ありがとうございます、父上」

神妙なエルダーの声音にも、心からの感謝が表れていた。

時に過保護で困っていたにしても、彼はやはり家族を心から愛しているのだ。

エルダーの幸せそうな姿を一刻も早く家族に知らせねばと、ガルナ族の長《おさ》は早々に帰っていった。

それからフィオナも両親に、彼との結婚の経緯を記した長い手紙を書いたが、その翌日から思いもかけぬ多忙さに襲《おそ》われることとなった。

地下商店街ではロクサーヌたちの起こした事件以上に、巨大火吹きトカゲに効く魔法薬ができたことや、実際にフィオナとエルダーが自力で一匹倒したらしいという噂《うわさ》で持ちきりらしい。

話を聞きつけた人たちが続々と店を訪れ、カザリスの新聞記者や魔物研究者まで押しかけてきたので、その対応にてんてこまいだったのだ。

噂《うわさ》は王都まで広まり、魔法薬ギルドからも数人の幹部がやってきて、ぜひ件《くだん》の魔法薬を検証させて欲しいと頼まれた。

ただ、あの薬は大量の魔力が必要なので、青銀の魔女でさえ一本作るのに集中しても一週間ほどかかる。そうフィオナが答えたところ、傍《そば》にいたマギスが素晴らしい解決案を提示してくれた。

彼をはじめ、カザリスの街と、このダンジョンに滞在している魔法使いがほぼ全員集まって、魔力を注ぐのに協力してくれたのだ。一人一人の魔力の量はフィオナに到底及ばなくとも、大人数が集まれば相当の量になる。

それに、マギスは以前に買った特別回復魔法薬《エクストラ・マジック・ポーション》をまだ使用せずに持っていて、フィオナがそれを飲んで魔力を回復すれば、さらに何本か作れるだろうと譲《ゆず》ってくれた。

せっかくの特別な品を譲《ゆず》ってもらうなんて気が引けたけれど、ジルがエルダーに噛《か》みついた現場を、その数時間前に押さえていたから、お詫《わ》びの品だと言われて受け取った。

そんなこんなで、なんと巨大火吹きトカゲ用の眠り薬をたちまち五本も完成させ、ドワーフ村の協力のもと、間違いなく彼らに有効と証明されたのだ。

本来魔法の効かなかった生物に有効となった魔法薬は歴史上初めてらしい。ギルドの幹部たちは素晴らしい発明だと褒《ほ》めてくれ、これをさらに応用できないか研究したいと、フィオナに調合法を売るよう求めた。

魔法薬は調合法を売らず、秘密にして自分だけが作れるようにすることもある。

調合法を非公開にすれば、この店でのみ買える貴重な商品にできるけれど、フィオナは調合法をギルドに売り、代金は祖母のように早く夫を亡くした寡婦《かふ》の支援に当ててもらった。

研究成果が、広い世界に出て多くの人の役に立つのを、祖母はきっと喜んでくれると思う。

——半月ばかり経つとギルド幹部も王都へ引き上げ、怒涛《どとう》の忙しさも終わり、日常が戻ってきた。

「はぁ～……忙しかったけど、これでようやく一段落ね」

湯浴みを終えたフィオナは、居間のソファーに横たわる金色の狼となったエルダーを、恍惚《こうこつ》の溜《ため》息《いき》を吐きながらモフモフと愛《め》でる。

この半月の間に、両親から結婚報告の返事もきた。

まさかそんなことになっていたなんてと仰天《ぎょうてん》したようだが、思った通り二人はフィオナの幸せを祝福してくれ、次に帰った時にエルダーに会うのが楽しみだと記してあった。

「ああ。明日は店休日だし、今夜は心置きなくフィオナとゆっくり過ごせるな」

心地よさそうに喉《のど》を鳴らしていたエルダーが、薄く目をあけてニヤリと笑った。瞬《また》く間に人間の姿になった彼に抱き上げられ、フィオナは赤面する。

「まだ、モフモフし始めたばかりなのに……」

忙しくても、夜はしっかりと毎晩愛し合っているのに、と、フィオナは小声で文句を言う。

「後で好きなだけ触らせるから、俺にも早くフィオナを抱き締めさせてくれ」

エルダーが耳朶《じだ》を甘噛《が》みして囁《ささや》き、フィオナは苦笑した。なんだかんだで、人の姿のエルダーに抱き締められるのだって大好きだ。

狼と人型どっちの姿でも、エルダーはフィオナの最愛の夫で、最高の婿《むこ》様なのである。

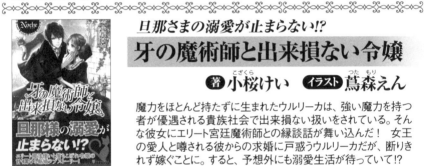

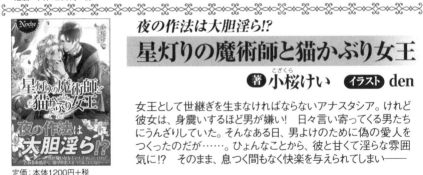

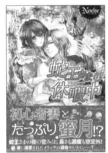

大好評発売中!!
RC Regina COMICS
異世界でカフェを開店しました。
1～6
原作
甘沢林檎
Ringo Amasawa
漫画
野口芽衣
Mei Noguchi
アルファポリスWebサイトにて
好評連載中!
異世界でカフェを開店しました。6
お客様のためにLet'sクッキング!
カフェの新作は異世界版コーヒー!
シリーズ累計62万部突破! 大人気異世界クッキングファンタジー!
異世界クッキングファンタジー
待望のコミカライズ!
突然、ごはんのマズ～い異世界にトリップしてしまった理沙。もう耐えられない! と食文化を発展させるべく、カフェを開店。噂はたちまち広まり、カフェは大評判に。精霊のバジルちゃんや素敵な人達に囲まれて異世界ライフを満喫します!
B6判・各定価:本体680円+税
アルファポリス 漫画
検索
シリーズ累計62万部突破!

待望のコミカライズ!

勤めていた会社が倒産し、絶賛求職中だった榊恵子《さかきけいこ》・25歳。とある採用面接に向かうと、そこには「賢者」と名乗る男がいた。紹介されたのは異世界で「探しモノ」をするという妙なお仕事。あまりの胡散臭《うさんくさ》さに退席しようとする榊だったが……。その「賢者」に突如異世界にトリップさせられ、気づけば見知らぬお城の庭で男たちに囲まれてしまい——!?

＊B6判　＊定価：本体680円＋税　＊ISBN978-4-434-25027-9

アルファポリス 漫画　検索

この作品に対する皆様のご意見・ご感想をお待ちしております。

おハガキ・お手紙は以下の宛先にお送りください。

【宛先】

〒150-6005 東京都渋谷区恵比寿4-20-3 恵比寿ガーデンプレイスタワー 5F
（株）アルファポリス　書籍感想係

メールフォームでのご意見・ご感想は右のＱＲコードから、
あるいは以下のワードで検索をかけてください。

アルファポリス　書籍の感想　検索

ご感想はこちらから

薬《くすり》屋《や》の魔女《まじょ》は押《お》しかけ婿《むこ》から逃《のが》れられない！

小桜けい（こざくらけい）

2018年　11月　5日初版発行

編集－古内沙知・反田理美
発行者－梶本雄介
発行所－株式会社アルファポリス
〒150-6005 東京都渋谷区恵比寿4-20-3 恵比寿ガーデンプレイスタワー5F
TEL 03-6277-1601（営業）　03-6277-1602（編集）
URL http://www.alphapolis.co.jp/
発売元－株式会社星雲社
〒112-0005東京都文京区水道1-3-30
TEL 03-3868-3275
装丁・本文イラスト－ゆき哉
装丁デザイン－ansyyqdesign
印刷－中央精版印刷株式会社

価格はカバーに表示されてあります。

落丁乱丁の場合はアルファポリスまでご連絡ください。

送料は小社負担でお取り替えします。


ISBN978-4-434-25274-7　C0093